追放されたけど
砂漠で楽しく暮らします!
スキル『植樹』を使って
追放先でのんびり
開拓はじめます

ウッディ・コンラート
コンラート公爵家の元嫡男。
『植樹』の素養を授かったことで
砂漠地帯に追放されてしまった。
アイラ
ウッディの専属メイド。
『水魔導師』の素養持ちで、
魔法戦はお手の物。

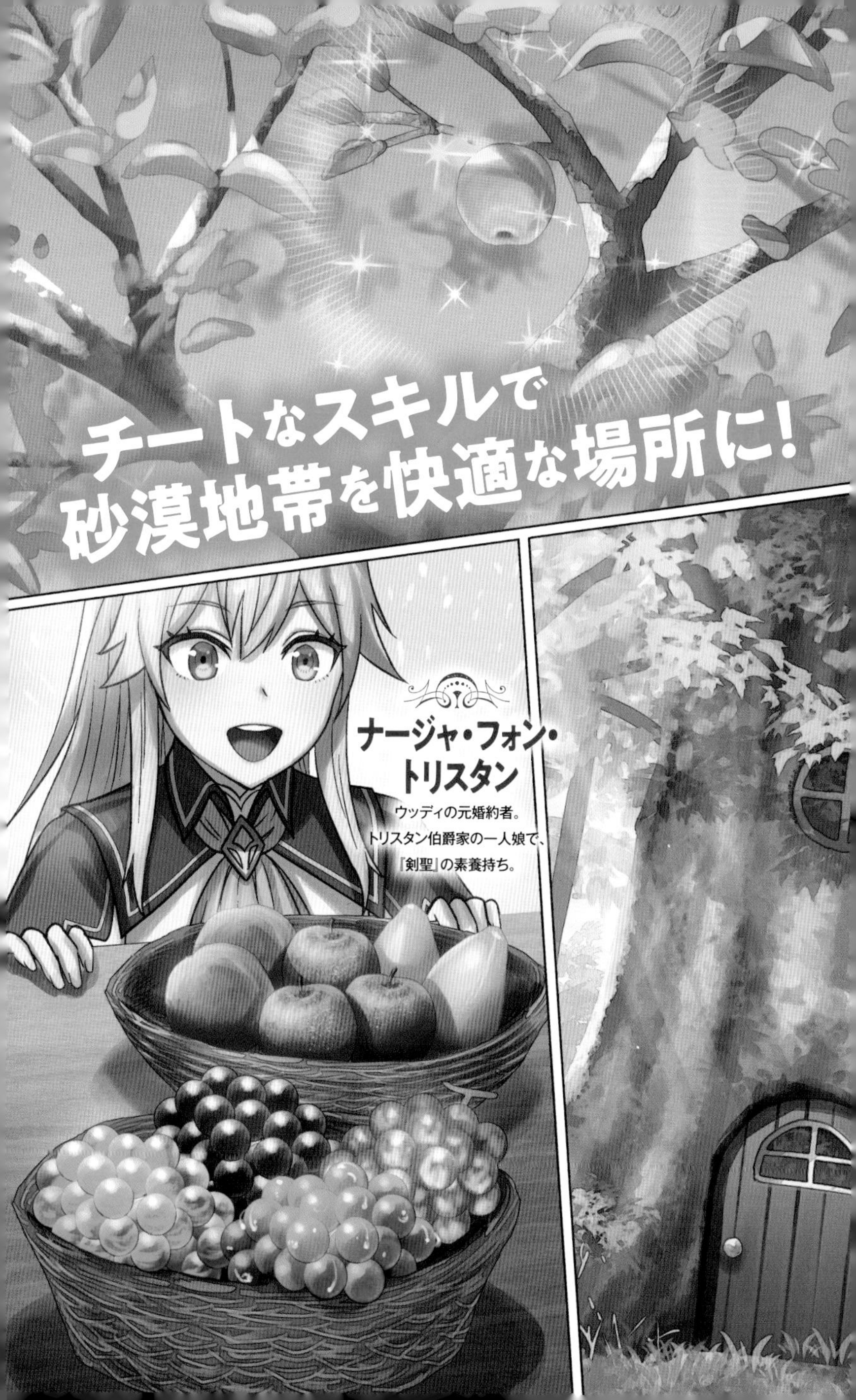
チートなスキルで
砂漠地帯を快適な場所に!
ナージャ・フォン・トリスタン
ウッディの元婚約者。
トリスタン伯爵家の一人娘で、
『剣聖』の素養持ち。

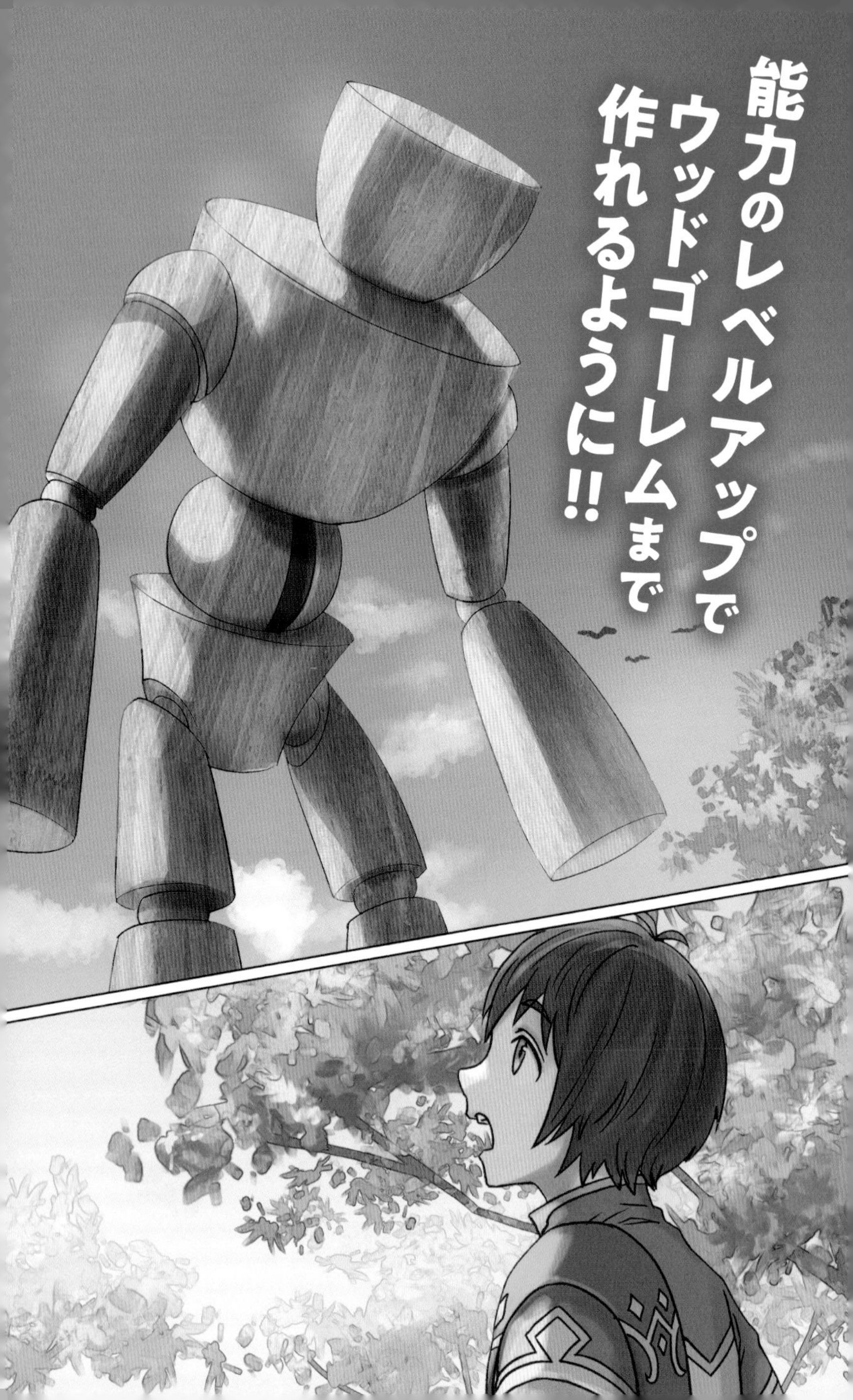
能力のレベルアップで
ウッドゴーレムまで
作れるように!!

スキル『植樹』を使って追放先でのんびり開拓はじめます

著 しんこせい
ill. あんべよしろう

口絵・本文イラスト
あんべよしろう

装丁
木村デザイン・ラボ

プロローグ

「ウッディ様の素養は……『植樹』でございます」


しん……と教会の中が静かになる。

聖堂の中には何十人という人がいるにもかかわらず、ざわめき一つ聞こえてこない。

もちろん僕、ウッディ・コンラートも口を閉じているメンバーの一人だ。

「『植樹』……どう考えても、戦闘用の素養ではないでしょうね」

そう口を開くのは、父の側室の一人だった。

僕と同い年の子供を産んでいる彼女は、僕の素養が明らかに戦い向きではないことに、喜びを隠そうともしていなかった。

この乱世の時代に貴族家の人間が生き残るために必要なのは、一に武力に二に武力。

その証拠に父さんは五男でありながら『大魔導』の素養を授かり圧倒的な武威を示したことで、公爵の地位を手にしている。

「よりにもよって生産系か……」

はぁ、と父さんが呆《あき》れのこもったため息を吐《つ》く。

顔を上げると、無感情な顔をしてこちらを見つめているのがわかった。

見下げるような軽蔑《けいべつ》するような……初めて向けられる視線に、思わず身が竦《すく》んでしまう。

「ウッディ、お前には失望した。――――アシッド、聖壇の前へ」

貴族の人間は十五歳になれば、祝福の儀という儀式を受け、素養を授かる。

素養とは簡単に言えば人が後天的に獲得する才能……スキルのことである。

コンラート家の人間が得ている素養は、ほとんどが戦闘系と呼ばれるもの。

達人のように剣が扱えるようになる『剣士』や『剣豪』の素養。

大きな熊だろうが一撃で倒せるような高威力の魔法が放てるようになる『火魔法』や『魔法使い』の素養など。

コンラート家の人間は、直接的な戦闘能力に関わる戦闘系の素養を持つ者がほとんどだ。

少なくとも非戦闘系……その中でも貴族家においてもっとも必要とされない生産系の素養を授かった例はなかった。

……今この瞬間にできた、僕という例外を除いて。

「これは――――アシッド様の素養は『大魔導』にございます！」

おお、と教会中から喝采《かっさい》が上がった。

目鼻立ちや髪色のように、素養は親から子へと遺伝することが多い。

だからコンラート家では戦闘系の素養を持つ人間が多いのである。

結婚もほとんどは優秀な素養を残すための政略結婚だ。

父さんが自分の子供に何より求めているものとは、優秀さ。

それはイコールで、彼と同じ『大魔導』の素養を受け継ぐか否かという意味になる。

持つだけで高威力、広範囲の魔法を放てるようになる『大魔導』は、コンラート家だけが受け継ぐことができる、うちの家系にだけ発現する強力な素養だ。

「おお、流石《さすが》はアシッド、私の息子だ！」

父さんは僕のことをいなかったかのように無視し、その隣で先ほどまでは縮こまっていたはずのアシッドのことをひしと抱きしめる。

僕に対してあれほど侮蔑《ぶべつ》の表情を浮かべていたのが、まるで嘘《うそ》みたいだ。

けれどあの笑顔が向けられているのは、僕じゃなくてアシッド。

そうだ、これは……現実なんだ。

「お父様――このアシッド、一層精進してコンラートの名に恥じぬ武人になってみせます！」

「おお、その意気やよし！」

ちなみにアシッドは、先ほど僕をバカにしてきた側室の子供だ。

母子ともども使用人を使ってたびたび嫌がらせをしてくるので、僕は彼らのことが嫌いだった。

アシッドが、父さんに思い切り抱きしめられながらこちらを向いた。

そして――席からは見えないのを良いことに、僕に中指を立てた。

彼はバカにしたように舌を出して……。

「（ばーか）」

パクパクと口を動かして、全力で僕を煽《あお》っている。

今まで溜《た》まっていた鬱憤《うっぷん》が解消できているからか、ずいぶんと楽しそうだった。

近くにいる人には、アシッドが僕をバカにしている様子は見えているはずだ。

「「……」」

けれど誰も、何も言わない。

そう……既にコンラート家に、僕を庇《かば》ってくれる人などいないのだ。

非戦闘系の素養を授かった僕は、既にコンラート家では要らない子なのである。

ブルブルと身体《からだ》が震えた。

どうして。

一体、どうして。

——どうして僕に、『大魔導』の素養を授けてはくれなかったのですか。

「邪魔よっ！　どきなさいっ！」

アシッドの母が父さんの隣に立つ。

父さんは然《しか》りとばかりに頷《うなず》いてから、大きく息を吸った。

「今日から我がコンラート家の嫡子はアシッドとする！」

こうして僕の公爵家嫡男としての人生は終わりを告げたのだった。

第一章

「『植樹』の素養が使えるんなら、砂漠で一生育たない樹《き》を植えてろよ！　最高にお似合いだぜ、お・に・い・さ・まっ！」

居場所も何もかも失った僕を、アシッドはまだ虐《いじ》め足りないらしい。

祝福の儀が終わり本性を隠そうともしなくなった彼の提案は、『大魔導』の継ぎ手が見つかり機嫌がよくなった父さんによって、速やかに採用されてしまう。

僕は砂漠地帯に追放されることになってしまったのだ。

コンラート家の所領の北部を更に進んだ先には、どこまで続いているのか未《いま》だ把握できないほどに広大な砂漠地帯が広がっている。

ぽつぽつと集落が点在しているらしいけれど、正確なところはよくわかっていない。

というのも、この場所は王国から完全に放置されてしまっているからだ。

コンラート家は早々に、この地域を統治することを放棄してしまっているのである。

なので一体どれくらいの人数が住んでいるのかも、どこにどのような集落があるのかも、まともに把握されていない。

というのもこの地域は、砂の中を住処《すみか》とする魔物達が多く棲《す》み着いておりかなり危険度が高い。

草木を植えてもまともに育たない不毛地帯なので開拓することもできず、税金が回収できる見込みもない。

過去には現地住民との武力闘争なども起こったことがあるらしく、統治をするにはあまりにも旨《うま》みのない領土。そんなところに割く戦力はないということで、見切りをつけられたまま放置されてしまっているというわけだ。

そんな皆が匙《さじ》を投げた砂漠地帯が、追放された僕の行き先なのだ……。


祝福の儀の翌日、父さんは僕に正式にコンラート領からの追放を言い渡した。

そしてアシッドの意地悪のせいで、僕の行き先は北にある砂漠地帯に決定してしまっている。

一応の名目は砂漠の緑化と領地の回復をするための領主としての赴任という形になるらしい。

形だけだけど、家名を継ぐことも一応認めてもらうことはできた。

なんというか、できるもんならしてみろって感じの言い方だったけど。

「これを持っていけ」

別れ際、父さんが渡してくれたのは、かつてまだ砂漠がコンラートの所領であった頃に記された地図だった。

かなり前のものなので、今も同じ状態とは限らないけれど、これもあるのとないのとでは大変な違いだ。

父さんは何も言わず去っていったけれど、一体何を思っていたんだろうか。

少しでも肉親としての情があったんだとしたら……ちょっとだけ、嬉《うれ》しいかも。

地図を見つめて少し泣きそうになりながら準備をすること二日、とうとう出立の日がやってきた。

馬車に乗り家を後にする時も、誰も見送りに来てはくれなかった。

コンラート家の嫡子でなくなってしまった僕に、価値などないのだ。

そう言われているようで、少し悲しい気分になってくる。


けれどそこから旅を続けること数日、僕は無事に砂漠地帯までやってくることができていた。

本当なら逃げ出したかったけれど、それでも人生に絶望して逃げたりしなかったのは、二人の女性のおかげだ。

一人は僕のことを励ましてくれた婚約者のナージャ。

彼女は祝福の儀を受けて皆が切って捨てた僕の素養を、それでも褒めてくれた。

今頃は屋敷に戻っている頃だろうか。

おそらく僕との婚約は破談になってしまうだろうけど、幸せになってくれればと思う。

そしてもう一人は、家を追い出された僕の隣にずっといてくれた――。

「うわぁ……本当になんにもない……」

そう言って目を細める女性を見て、僕は自分に活を入れる。

キレイな銀髪をフードで隠している彼女は、その名をアイラ。

僕の専属メイドをしてくれている、三つ上の女性だ。

出発直前に「クソ上司に辞表を叩《たた》きつけてきました！」と誇らしげな顔をしていた彼女は、どういうわけかまだ僕のメイドでいてくれていた。

ちょっぴり口は悪いけどとても有能で、素養も僕とは違ってかなり強力で有用なものだったりする。

給金がまともに払えないと言っても、それでも構わないとアイラは言ってくれていた。

どうして僕なんかについてきてくれるのかはわからないが、せめて彼女に不自由な思いはさせたくないな、と思う。

「この砂漠、十年後のウッディ様の頭髪みたいに不毛ですね」

「――十年後もふっさふさだよ、僕は！」

たしかに髪の毛が細いから将来危ないかもって理髪師には言われていたけど、二十五歳ならまだ問題はない……はず。

お父さんもちょっとうっすらとしてきたけど、大丈夫なはずだ。

……本当に大丈夫かな？

なんだか不安になって……って、そうじゃない。

「ここ……本当に住めるのかな？」

目の前に広がるのは枯れた樹々や段々になっている砂の広がる砂漠だ。

コンラート公爵領は北部にあるバッテン荒野。

そこを抜けた先にある名もなき砂漠地帯は、未だ誰の領地でもない、文字通り手つかずの土地だ。

僕は公爵領からの追放を言い渡されているため、領地である荒野に留《とど》まることはできない。

公爵領から外れた砂漠地帯で暮らしていかなければ、領主命令を無視したとして処罰されかねないのだ。

いやもしかしたら……それを狙ってるのかな。

だとしたらそんなアシッドの思惑になんか、乗ってやるもんか。

「何にせよ、とりあえず進んでみようか」

「……そうですね。とりあえず保存食が保《も》つうちに、砂漠での食糧確保をどうにかしなくては」

僕らは領外へと、一歩踏み出すことにした。


砂漠地帯を進んでいく。

馬車は返しているので、もちろん徒歩である。

先へ行けども行けども同じ景色だ。

そのあまりの代わり映えのなさに、先に精神がやられそうになってくる。

気温もかなり高く、こまめに水分補給をしないとあっという間に干上がってしまいそうだ。

これで夜になると逆に水が凍るほどに冷えるって話だから、歴代の領主達が匙を投げたのも頷ける過酷さだ。

現地住民もいるって話だけど……一体どんな人達なんだろうか。

「ウッディ様」

「どうかした？」

「水源やオアシスは近くにありません。ですので適当に身を隠せるところを探して今日は眠りましょう」

「うん、わかった」

ある程度サバイバル経験があるというアイラの言葉に従って、野営場所を探す。

幸いそれほど遠くないところに、僕とアイラを砂から守ってくれそうな巨岩が見つかった。

倒れたりしないか力を込めて確認してから、頷く。

よし、今日はこいつの陰で寝ることにしよう。

リュックを下ろして一息つく。

見れば外套《がいとう》の中で掻《か》いていた汗は完全に乾いていて、中に白い塩の線が走っていた。

今日は二時間も歩いていないけれど、今までの旅疲れもあってくたくただ。

ここでゆっくり休ませてもらおう。

――あ、ちなみに追放される前に貯《た》めていたお金のおかげで保存食や飲料水、外套といった生活に必要な諸々《もろもろ》は一通り揃《そろ》っている。

不測の事態が起こらない限り、一か月くらいであればなんとか生活できるくらいの物資は持ってきている。

「『収納袋』がなかったらと思うとぞっとするよ」

「水なら私が出しますから、じゃんじゃん使って構わないですよ。なんなら水浴びとかしてもいいです」

僕が背負っていたリュックは『収納袋』といって、見た目はしょぼいけれど立派な魔道具だ。

これは簡単に言えば、中に沢山の物が入る袋。

なんでも空間魔法を使ってリュックの中に亜空間を使って云々《うんぬん》かんぬんという話だけれど、詳しいことは僕にはわからない。

既になくなった大昔の技術で作られているために、とんでもない値段がつく逸品だ。

追放されるにあたって僕の部屋はアシッドのものになり、そこに置いていた僕の私物もほとんど返ってこなかった。

なんとか持ってこれたのは、数点の魔道具だけ。

この『収納袋』はその数少ない生き残りの一つというわけだ。

何が起こるかわからない砂漠の旅では、本当にありがたいアイテムである。

「……アイラの魔力も無限にあるわけじゃないし、水は節約するよ」

「もう、本当に気にする必要ないのに。――なんなら私が水浴びをしましょうか？　青少年に刺激的な私のナイスバデーが火を噴くぜ」

「いや、なんでそうなるのっ⁉」

「冗談です、ジョークジョーク」

アイラは謎めいていて、何をするかわからないミステリアスな女性だ。

こうしていっつも僕をからかってくる。

とびきり有能なんだけど、その分変わってるんだよなぁ。

僕の婚約者も変わっているし、有能な人間というのはどこかおかしいのかもしれない。

「幸いそれほど風量がありませんから、テントが吹き飛ばされることもないでしょう」

アイラはあっという間にテントを作ってしまっていた。

そして気付けば折りたたみのテーブルも出ていて、上には今日のご飯が置かれている。

温められた干し肉としっかり焼かれたパンにスープだ。

ティーポットの中にはハーブが入っている。

「今日はぬるめにしましょうか」

アイラがポットに指を向けると、そこからちょろちょろと水が出てくる。

――そう、彼女は水魔法使いなのだ。

彼女の素養は『水魔導師』。

これは水魔法に関連する素養の中でもかなり強力な素養だ。

父さんやアシッドのように強力な魔法の素養には『魔導』の二文字が入る。

アイラはこと水魔法に関しては、父さん達に並べるだけの才能がある。

それだけで宮廷魔導師にだって、一級の冒険者にだってなれるだけの力が。

……本当に、どうして僕についてきてくれるんだろうね。

「……うん、美味《おい》しいよ」

「今日はオルダナの葉を入れています。安眠効果もありますので、ゆっくりと寝付けるかと」

「アイラ、何から何までありがとう。本当に、ありがとうね」

僕がハーブティーを飲みながらニコッと笑うと、アイラはゆでだこみたいに顔を赤くする。

「(反則でしょうその笑顔は！　ズルいですよ！)」

ボソボソと何か言ってるけど、全然聞こえない。

なんて言ったのと聞いてみると、露骨に話題を逸《そ》らされた。

「ウッディ様、一つ聞いてもいいでしょうか？　もしかするとウッディ様のご機嫌を損ねてしまうかもしれないのですが」

「うん、何でも聞いてよ」

アイラはもじもじしてからそわそわとして、落ち着かない様子で、不安そうに僕の方を見て、

「ウッディ様のその『植樹』の素養とは……一体どういうものなのでしょうか？」

「……あ、そうか。アイラにはまだ一回も見せてなかったよね」

アイラが躊躇《ちゅうちょ》していた理由がわかった。

たしかに僕が追放された原因である『植樹』の素養のことは聞きづらいよね。

僕がここにやってきた一応の名目は、この砂漠地帯を緑化させて緑豊かな場所に変えること。

たしかに植えられるなら植えた方がいい、か。

ここが誰の土地でもないなら、植えても何かを言われることもないだろうし。

『植樹』を発動させると、視界の端に光の板が現れる。

そこには綺麗《きれい》な文字で、

【植樹を行いますか？　はい／いいえ】

と書かれていた。

「はい」を選択すると、次は植える場所を指定するよう命令される。

とりあえずテントの近くにある場所を設定っと。

【ここに樹を植えますか？　はい／いいえ】

もう一度「はい」を選択する。

するとぱあああっと強い光が辺りを包み込む。

「まっ、まぶしっ――」

「うん、これ眩《まぶ》しいよね」

アイラと一緒に手で庇《ひさし》を作って待っていると、光が収まっていく。

先ほど僕が指定した場所には……僕の膝《ひざ》くらいまでの高さのある樹が生えていた。

「まだ一回しか使ったことないけど、上手《うま》くいったみたいだね」

「これは……樹、ですね……」

アイラはそれきり黙ってしまった。

うん、だってこれ、本当にただの樹だもんね。

……反応に困る素養で、ホントにごめん。

【植樹量が一定量に達しました。レベルアップ！　植樹ステータスが解放されました！】

——って、なんかよくわからないのが出てきた⁉

「しょ、植樹ステータス……？」

「ウッディ様がストレスに耐えかねて、とうとう世迷《よま》い言《ごと》を、よよよ……」

泣き崩れる（演技をしている）アイラには反応している余裕はなかった。

妙にカクカクした字体で記されている新たな文字列が出てきたからだ。

植樹レベル　2

植樹数　0／5

笑顔ポイント　2（4消費につき一本）

スキル　なし

意味がわからないものが沢山出てきた。

これ、いったいどういうことなんだろう。

素養の中には、わけがわからないものが多数存在するって話だけど……。

【『植樹』の素養はレベルアップに伴い、新たな力が増えていきます。使用者様には何本も樹を植えていただき、どんどんとレベルを上げていただくことをおすすめいたします】

「うわあああ喋《しゃべ》ったあああああっっ⁉」

意思疎通のできる素養なんて今まで聞いたことがない。

これはものすごいレアな素養なのでは？

……まあ、レアだからなんだって話ではあるんだけどさ。

レベルが上がると新たな力が手に入る。

素養とスキルは同じものだとばかり思っていたけれど……もしかして、そういうわけでもないのかな？

今回手に入ったのが、自分の『植樹』の素養がどういうものなのかを理解するための力。

どうやらそう考えてよさそうだ。

この素養は、深く考えたら負けな気がする。

とりあえず謎の案内に従っておこうっと。

「どうやったらレベルって上がるの？」

【レベルアップは植樹数が一定量を満たした段階で行われます。そして植樹を行うためには、笑顔

ポイントを消費します】

笑顔ポイントって何さ？

わからないものの説明に、更にわからないものを足さないでほしいよ、ぷんぷん。

【失礼、これほど使用者様の物わかりが悪いとは思わなかったもので】

——って、よくわかんないけど自分の素養にけなされてる、僕っ⁉

なんで素養にまで悪口を言われなくちゃいけないのさ！

【冗談です、ウィットに富んだ場を和ませるジョークですよ】

そんなのいいからさっさと説明してってば！

「ウッディ様がとうとうエア友達とお話を……大丈夫ですよウッディ様、私が一生養ってあげますからね」

気付いたら悲壮な決意を固めていたアイラの目の前にまた新たな文字が。

しっかりと見たかったので、ぐいっと近付いてしっかりと読んでいく。

【笑顔ポイントとは、人が使用者様に対するプラスの感情を発露させた時に溜《た》まるポイントです。たとえばそうですね……目の前のアイラさんの手をキュッと握って下さい。壊れ物に触れるように、そっと優しく、がポイントです】

意味はわからないが、とりあえず言われるがままアイラの手を握る。

「ウッディ様……？」

【そう、そしてジッと目を見つめる！】

僕とアイラの視線がぶつかる。

「は、はうっ⁉」

急に近付かれたアイラが戸惑っている。

嫌がられてはいなそうで、一安心だ。

「なっ、なななななっ、なんですか急にっ⁉」

アイラは僕のことをからかうのは大好きなのだが、こうやって実際に近付くと照れてしまうことが多い。

なんていうか……かわいいよね。

【そのまま好きだと伝えて下さい】

「好きだ、アイラ」

「……ぷしゅ〜〜」

僕の言葉を聞いたアイラは、顔をゆでだこのように真っ赤にしてから、謎の奇声を発して倒れてしまった。

ぼ、僕も気恥ずかしいんだけど……なんでこんなことをしなくちゃいけなかったんだろう。けどその理由は、植樹ステータスを見ればすぐにわかった。

植樹レベル　2
植樹数　0／5
笑顔ポイント　9（4消費につき一本）
スキル　なし

「笑顔ポイントが一気に7も溜まってる！」

【笑顔ポイントを溜めるのに、相手を笑わせる必要はありません。恥ずかしがらせたり、楽しませたり、喜ばせたり……プラスの変化を引き出すことができれば、それだけポイントは溜まっていきます。ちなみにポイントの多寡は思いの強さに比例します。アイラさんはあなたに好きと言われて、それだけ嬉《うれ》しかったということですよ。愛されてますね、使用者様は】

アイラが僕のことをそれだけ好いていてくれるのか……なんだか嬉しいな。

今後とも、彼女が好きでいてくれるような主《あるじ》でいられればって思うよ。

とりあえずこれで樹が二本植えられるようになったわけだ。

それなら早速……と思っていたところでまた変化があった。

植樹レベル　2

植樹数　0／5

笑顔ポイント　11（4消費につき一本）

スキル　なし

……あれ？

笑顔ポイントって僕への感情で増えるって言ってなかった？

アイラは気絶してるのに、どうしてポイントが増えるのさ。

【どうやら既に植えている樹……ここから遠方に植えている樹の方で動きがあったようです】

僕が『植樹』の素養を使ったのは、今回を除いてまだ一度だけ。

僕との婚約を解消することになるだろう彼女に頼まれて、一回使ったたっきりだ。

ということは……ナージャがまだ、僕のことを？

◇◇◇

「はぁ……」

彼女、ナージャ・フォン・トリスタンは一人憂鬱《ゆううつ》そうな顔で窓の景色を眺めていた。

トリスタン伯爵家の一人娘であるナージャは、将来が約束され、自分の愛し《いと》の人と結ばれる……はずだった。

けれどその運命は変わってしまった。

（ウッディ……）

彼女の婚約者であるウッディ・コンラートが祝福の儀で得た素養が『大魔導』ではなく、『植樹』というおよそ戦闘には使えないものだったからだ。

王国の貴族は皆、戦闘用の素養を大切にする。

ナージャのトリスタン家もその例に漏れない。

故に婚約は破棄、新たに『大魔導』を持つアシッドとの婚約が結ばれることになった。

ナージャはまったく納得できていない。

（私は素養を好きになったわけじゃない）

彼女の家は、魔法よりも剣技を重視する家系だった。

皆が『剣豪』を始めとする剣に関連した素養を持っており、トリスタン家にもコンラート家における『大魔導』のような、『剣聖』というレアで強力な素養がある。

そしてナージャは女性で『剣聖』の素養を継いだ、トリスタン家で初の人間となった。

素養は混ざり合うことで強力なものに変化する場合がある。

『剣聖』と『大魔導』が混ざれば、もしかするととんでもない素養を持つ子が生まれてくるかもしれない。

『勇者』や『魔導騎士』、『竜騎士』などの強力な素養が発現すれば、自分達の子孫の地位はより盤石なものになってくれるだろう。

——けどそんなもの、ナージャにとっては心底どうでもよかった。

（私は素養じゃなくて……ウッディを好きになったんだ）

ナージャはウッディと初めて会った時のことを思い出す。


婚約が嫌で嫌で仕方なかった彼女は、破談に持ち込んでやろうと初対面のウッディのことをボコボコにした。

けれど彼はそれでも、にこにこと笑ってナージャに近付いてきた。

何度追い返しても、彼はやってきた。

「そこまでして私の素養が欲しいのか！」

当時既に『剣聖』の素養を授かり、ナージャはナーバスになっていた。

誰も彼もが彼女の素養を褒めそやし、以前にも増して見合いの希望者が増えた。

ナージャは、自分がまるで素養を継がせるための機械にでもなったような感じがして、常にイライラしていたのだ。

そんな彼女に、ウッディはこう告げた。

「僕は腕っ節はからっきしだから、あなたみたいな強い人に憧《あこが》れるんだ。だからこの出会いがどんな結果に終わるにせよ、仲良くなれたらって思う」

貴族の嫡男らしからぬ温和なウッディに、ナージャは興味を持った。

そして正反対の性格を持つ二人は……徐々に惹《ひ》かれ合っていった。

（本当であれば素養を授かってからすぐに、結婚式をするはずだったのに）

ナージャは現実へと意識を戻し、くるりと後ろを振り返る。

そこにはウッディにせがんで植えてもらった一本の樹があった。

毎日ぐんぐんと生長しており、今ではナージャの背丈くらいの長さに育っている。

ウッディの笑顔を思い出して嬉しい気持ちになり、もう二度とあの笑顔は見られないのだと思うと悲しい気持ちになった。

つぅ……と瞳《ひとみ》から涙がこぼれる。

「……ウッディの、バカッ！　私のこと大好きって、絶対結婚してくれるって——言ったのにッ！」

ナージャは思いっきり、樹をグーで殴る。

『剣聖』を授かった時からナージャの身体能力は強化されている。

だが……オークを拳打で殴り殺せる彼女の一撃を受けても、その樹はびくともしなかった。

「こらこら乙女よ、その樹をそう粗雑に扱ってはならぬ」

「だ、誰だっ⁉」

ナージャが飛び下がり、腰に下げた剣に手をかける。

彼女が先ほど殴った樹の上に、一羽の真っ白い鳥がいた。

中型犬ほどの大きさがあり、明らかに鳥のサイズではない。

窓は閉め切っていたはずだ。

こんな馬鹿デカい鳥が、この部屋に入ってこれるはずがない。

ナージャの剣気を見ても、鳥は驚いたりすることもなく泰然としている。

「そう剣呑《けんのん》に構えなさるな、乙女よ。我に戦う気はないのだ。勝手に入ってきたことは詫《わ》びよう、けれど我もしんじゅ――」

彼女は剣に手をかけ――抜いた。

『剣聖』の素養を持つナージャの神速の居合いが、鳥を真っ二つに切り裂いた。

けれど鳥は姿がブレたかと思うと、何事もなかったかのように元に戻った。

怪我《けが》をした様子はない。

「言ったであろう、我は戦うつもりは――」

「その樹から降りろ、それは私の大切な人がプレゼントしてくれた、大切な樹なんだ」

「世界樹を……プレゼントだと？　こいつはそんな簡単に持ってこれるような代物では――むむっ⁉」

鳥は律儀に樹から降り、そのまま瞳を閉じた。

かと思うとすぐに、カッと目を見開いた。

そしてブルブルと震えながら、左右の翼で頬を包んでいる。

鳥のくせに、妙に感情が豊かなやつである。

こんなにサイズがデカい時点で、ただの鳥ではないのだろうが。

「なんということであるか！　世界樹が本当に増えているのである！　乙女よ、お主にこの樹を贈ったのはいったい誰なのであるか？」

ナージャは少し冷静に考えた。

攻撃が通らずに、勝手に部屋に侵入できる、敵意のない魔物のような鳥。

そして鳥が先ほど言いかけていた言葉。

これだけヒントがあれば、彼女にはこの鳥の正体が掴《つか》めた。

であれば教えた方がいい。

下手に隠し立てをしてもあまり意味はないからだ。

「私の婚約者――ウッディ・コンラートだ」

「そうか、ウッディ殿というのか。世界樹の栽培に成功するとは、なんたる御仁であるか！」

「ふふん、そうだぞ、ウッディは凄《すご》いのだ……って、世界樹？　どこかで聞いたことがあるような……？」

自分の好きな人のことを褒められて、鼻高々なナージャ。

そんな彼女の様子を見て、鳥はフフッと笑ってから、その顔をキリリと引き締めた。

「乙女よ、我はそろそろ失礼させてもらう。今すぐにウッディ殿の下へ向かい――神獣としての役目を果たさなければならないのでな！」

気付けば声が出ていた。

「私も連れて行ってくれ！　あいつには言わなければいけないことがあるんだ！」

「ふむ……それならば我の風に乗っていくといい。想《おも》いを伝えたいという乙女の願いを無下にするほど、我は野暮ではないのである」

「それと私は乙女じゃない！　私はナージャ……ただのナージャだっ！」

「そうか、失礼した。それでは行こう、ナージャ嬢」

二人はそのまま部屋を――スルリと抜ける。

そしてナージャは鳥が使う風魔法に乗って、一路ウッディのいる砂漠地帯まで飛んでいくのだった。

「待ってろよウッディ……私の諦《あきら》めの悪さを、舐《な》めるんじゃないぞ！」

こうしてナージャは私室から忽然《こつぜん》と姿を消した。

逃げ出した姿を見た者は誰一人としておらず、捜索隊も彼女が逃げた痕跡《こんせき》を見つけることができなかった。

街に住む住民のうちの一人が空を飛ぶ女性と鳥を見たと口にしていたが、その情報は与太話として俎上《そじょう》に載せられることはなかったという……。

◇◇◇

僕達が砂漠地帯に来てから、早いもので三日の期間が経《た》った。

ちなみに今のところは、結構うまくやれている。

「今日も砂嵐がすごいですねぇ……」

「だねぇ……」

――そう、僕らの砂漠行はそれほど問題なく進んでいた。

今だって飢えてガリガリになったりするようなこともなく、のほほんと砂漠を歩いている。

というのも、僕が素養で植えられるあの樹というのが、思っていたよりもずっと有用だったのだ。

砂漠の旅のためにあつらえられたんじゃないのかってくらいに。

砂漠を進んでいると、砂嵐は徐々に強くなっていく。

けれど今の僕らは、足裏についてしまうものを除けばまったくというほど砂に汚れていない。

パチパチパチッ！

今もまた、僕の目の前で砂が弾《はじ》かれて左右に割れていく。

その理由は、僕らが両手で抱えている樹にあった。

「しかしこの樹、便利ですね……私、これから旅行する時は、ウッディ様の樹が欠かせなくなりそうです」

「ふふっ、そう？　そう言ってくれて嬉しいよ」

この樹の力その一。

樹の周囲に、結界を張ってくれる。

色々と試しているうちに、この樹は周囲に結界を張ることがわかったのだ。

僕はこれを樹結界《じゅけっかい》と名付けることにした。

この樹結界は結構高性能で、砂粒や小バエ、突然のスコールに加えて空気中の塵《ちり》まで色んなものをしっかりと弾いてくれる。

しかもただ便利なだけじゃなくて、なんとこの樹結界には魔物避《よ》けの効果もある。

この結界を見ると、魔物達が怯《おび》えたように去っていくのだ。

なので僕らはこれを思いっきり活用することにした。

樹を手に抱えて歩けば、僕らを守ってくれる結界装置のできあがりってわけ。

おかげでほとんど汚れることなく、危険を感じることもなく、どんどんと先へ進むことができている。

「そろそろ日も沈んできましたし、今日はここまでにしましょうか」

「うん、そうしよっか」

砂を避ける必要がないから、もう休める場所を探す必要もない。

休憩スペースだって、今はもうスムーズに作ることができる。

まず僕は、持っている植木鉢を置いた。

するとアイラが、そこから二人分のスペースを空けたところに樹を置く。

「ほい、『植樹』っと」

そしてその二つから等距離になるところに『植樹』を使って樹を植える。

三つの樹が三角形に設置されている形だ。

バチバチバチッ！

結界同士が干渉して光ったかと思うと、三つの樹の結界が重なり合う。

そして一つの大きな結界が出来上がった。

その樹結界は、ちょうど僕らがゆったりできるくらいの大きさになっている。

三本の樹でしっかりと二人がくつろげる樹結界を作るまでには、結構時間がかかった。

こうして無駄に笑顔ポイントを使わずに休めるのも、試行錯誤の賜物《たまもの》なのだ。

植えた樹はとりあえず『収納袋』に入れている。

この水のない砂漠だとすぐに枯れちゃうだろうし、誰かに樹が持っていかれたりしても嫌だしさ。

あ、ちなみにこの三日間で僕の植樹レベルが上がっている。

植樹レベル　3
植樹数　7／10
笑顔ポイント　7（4消費につき一本）
スキル　自動植え替え

この自動植え替えを使うと、樹の周りの土を固めて即席の植木鉢ができる。

今までは手で掘り起こして根まで持つしかなかったので、正直ほっとした。

おかげで『収納袋』に入れるのが簡単になったので、かなり助かっている。

けどそろそろレベルがまた上がるな。

明日になったら笑顔ポイントを溜めて一気に三本植えて、レベルを上げよっと。

「よし、ご飯にしよっか」

「はいっ！　私、今ではこれが一日に一度の楽しみなんですよねぇ」

アイラはそう言うと、自分が先ほど置いた樹の方へと手を伸ばす。

向こう側を向いて手を伸ばしているせいで、お尻《しり》がこちらを向いている。

お尻が、どどんとその存在感を示している。

す、すごく、大きいです……。

「揉《も》んでもいいですよ」

「そ、そんなことしないってば！」

くすくすと笑い出すアイラは、ひとしきり僕をからかって楽しんでから樹についている果実をもいだ。

今のでまた笑顔ポイントが2溜《た》まったぞ、この調子なら今日にでも樹が植えられそうだ。

僕も近くにある樹へグッと手を伸ばして、果実をもいだ。

——この樹の力その二。

一日一個、果実を実らせてくれる。

「いただきま～す」

手に持っているのは、金色の光を放っている果実だ。

楕円形《だえん》の見たことがない形をしていて、その食感はマンゴーやモモに似ている。

何故《なぜ》か一日一個実ってくれるこの樹の果実は僕らのおやつであり……この過酷な旅に現れた一種の清涼剤だった。

「んんっ、美味しいです〜幸せ〜ウッディ様愛してます〜〜」

この実は、アイラが思わず顔を綻《ほころ》ばせて愛の言葉を囁《ささや》いてしまうくらいに美味しい。

僕も彼女に続いて口に含む。

ねっとりとした食感に、暴力的にも感じる甘み。

けれど奥の方に少しの酸味があるおかげで、食べていてもまったくくどくならない。

「うまああああああいっっ！」

相変わらず思わず叫んでしまうおいしさだった。

これでも最初に食べた時と比べると、声はかなり小さくなっている方だ。

強烈な甘みととろみを感じるのに、ずっと食べていられる。

何度食べてもまた食べたくなる果実だ。

一日一個じゃ足りないと思っているのは、きっと僕だけじゃないだろう。

僕は公爵家の嫡男として色々とスイーツを食べてはきたけれど、この実は今まで食べたどんな甘味よりも美味しい。

そしてこの果実、実はむちゃくちゃ美味しいだけじゃない。

なんと驚くべきことに、これを一個食べるだけで不思議なほどに満腹感を感じるのだ。

僕もアイラもこの実を食べるようになってから、一日に一度、この実を食べるだけで丸一日食事が要らなくなっていた。

満足感も持続するので、持ってきている食物も、小腹が空《す》いた時におやつ感覚で干し肉をかじるくらいでしか消費していない。

おまけに『収納袋』にも樹のストックはあるから、果実のストックはどんどんと増えている。

一応食べようと思えば無限に食べられそうな気配はあるんだけど、食料はなるべく温存しておこうということで、何個も食べるのは我慢している。

明らかにやばい禁断の果実のような気がするが、『植樹』の素養によればこの果実に人体に有害な物質は何一つ入っていないらしい。

それどころかこの実は滋養強壮に優れており、これ一つ食べるだけで栄養バランスが完璧《かんぺき》に整うとのこと。

もしこの樹で果樹園が作れたら、王国で天下だって取れたんだろうな。

……まあ王国内に僕の居場所はないから、叶《かな》わぬ夢ってやつだけどさ。

「私達はこの樹のおかげで驚異的なスピードで進めていると思います。そろそろ現地住民と遭遇した時のことも考えておくべきかと」

「うん、そうだね。ん……？」

別に特になんとはなしに見ていたのだが、気付けば樹がブルブルと震えていた。

そしてチカチカッと赤い光を発している。

こんなこと、今までなかった。

明らかに変だ。

きっと僕らに、何かを伝えてくれようとしているんだと思う。

この樹の力の内容がまだ完全にわかったわけじゃない。

これがもしかして、三つ目の力……？

「ウッディ様！」

見ればアイラも警戒態勢を取っている。

どうやら彼女も自分の近くにある樹から異変を察知したらしい。

「…………ぃ…………」

「何か……聞こえてくる？」

遠くからのか細い声が、どんどんと大きくなっていく。

そして声が聞こえるようになってから、どんどんと風が強くなっているのがわかる。

立っているのも難しいくらいの突風だった。

「…………でぃ……」

「え、この声……まさか……」

僕はその声の主を、知っている気がした。

でもまさか、そんなはず……。

けれど、そのまさかだった。

「ウッディィイイイイイイイィィィィッ‼」

もう二度とは聞けないと思っていた声。

ここに来るまでに……ううん、ここに来てからも。

もう一度聞きたいって思っていた声。

スタッ！

音もなく着地する、その軽々とした身のこなし。

びっくりするくらいに綺麗《きれい》な金髪に、鋭くて切れ長な目。

強そうな見た目をして、強そうな言動ばかりして。

それなのに実はかわいい、僕の元婚約者。

「ウッディ……会いたかったっ！」

「ナージャ……うん、僕だってそうさ」

僕達はギュッと、力強く抱きしめ合う。

こうして僕とアイラの二人旅にナージャが加わった。

しかしやってきたのは、ナージャだけではなかった。

「ほう……小ぶりながらも、見事であるな」

「と、鳥さんが……喋《しゃべ》っていますっ⁉」

アイラが驚いているのも当然。

気付けば僕がさっき『植樹』を使って埋めた樹に、一匹の鳥が乗っかっていたからだ。

いや、それを鳥と言っていいのかは、正直判断に迷う。

だってサイズが……樹と同じくらいあるのだ。

鳥型の魔物、と考えた方がいいかもしれない。

人の言葉を解するってことは、相当高位な魔物だ。

もしかしなくても、樹結界を抜けてきたわけだし。

「メイドよ、彼は敵ではない」

「ナージャがそう言うなら大丈夫だよ、アイラ」

「ぐぬぬ、なんたる信頼の高さでしょう（二人で一緒にいて親密度爆上がり、そのままゴールインして子供を三人作るところまで見えていたというのに……強敵出現、ですね）」

「ハッハッハッ！　ウッディ殿はモテモテであるな！」

いつでも魔法が使えるよう臨戦態勢だったアイラは、ごにょごにょ言いながらも警戒を解いた。

二人の様子を見たデカい鳥は、楽しそうに笑っていた。

ほんとになんなんだろう、この鳥は。

ナージャも言っていたし、心配はしていないけど……。

僕が不思議そうな顔をしているのを見て取ったナージャが、ババンッと口で言いながら鳥の方に手を向ける。

「この鳥さんはな、私をここまで連れてきてくれたのだ！　だから良い鳥さんだぞ」

「こ、根拠が弱すぎるっ⁉」

「なんだメイド、文句があるのか？」

「いいえ、ですがウッディ様を危険に近付けることがあってはいけないと思いまして」

何故かナージャに対してキツくあたるアイラ。

二人がバチバチとやり合っている間に、鳥さんとコミュニケーションを取ることにした。

「ど、どうも。ナージャがお世話になったようで……」

「いきなり失礼したな、ウッディ殿。我はシムルグ、人間からは神鳥《しんちょう》などとも呼ばれているな」

「――し、神鳥っ⁉　神獣様でしたか、これは失礼を！」

この国には、神獣という生き物がいる。

彼らはただの動物でも魔物でもない。

神獣とはこの世界と共に在り、この世界を守る守護者だと伝えられている。

神狼《しんろう》フェンリル、神鳥フェニクス、神獅子《しんじし》レグルス……神の名が付く異名を持つ彼らは、おとぎ話や伝承に度々登場しては、人を導いたり、またある時は戒めたりする。

皆、とてつもない強さを持っているという話だ。

もっとも基本的にはただ世界を見守るだけで、人間界に出てくることはほとんどないと聞いている。

僕がされてきた領主教育でも、神獣については触れられてはいなかったし。

「でも神獣様が、一体どうしてナージャを……？」

神獣は信仰の対象にもなるほどにレアな存在だ。

少なくとも僕が知っている限りで、王国建国以来一度も接触を持ったという話は聞いていない。

「ナージャ嬢が持っていた世界樹を感知したからであるな。そしてそれを素養で生み出したウッディ殿に興味を持ち、ここまで一緒にやってきたのである」

「世界樹……？　――世界樹ッ⁉」

最初こそぽかんと呆《ほう》けたように聞いていたけれど、一瞬で目が冴《さ》えた。

今間違いなく、世界樹って言ったよね？

「なんだ、気付いていなかったのか？　ウッディ殿が『植樹』の素養で生み出しているその樹は、紛れもなく世界樹である」

世界樹とは、神獣と同じくらい伝承として取り上げられることの多い、大きな樹だ。

大きいと言っても、並大抵のサイズではない。

その樹の上に街が作れてしまうようなものだと聞いている。

なんでも世界そのものに根を下ろすほどに巨大な樹という話だ。

伝わっているのも、おとぎ話にしてもファンタジーすぎるような荒唐《こうとう》無稽《むけい》な話ばかり。

天高くそびえ立つ世界樹を登りきれば、その先には天空世界が広がっているだとか。

世界樹から取れる葉で薬を作れば死人が蘇《よみがえ》るとか。

世界樹が穢《けが》されてしまわぬよう、エルフ達が樹の下で里を作っているだとか。

僕が休憩するためにポコポコ出してるこれが、世界樹……？

「すごいです、ウッディ様！」

「うむ、流石《さすが》ウッディだな。私の婚約者というだけのことはある」

ナージャの到着に神獣の来訪、そして明かされる『植樹』の真実……あまりの情報量の多さに、目眩《めまい》がしてきた。

「とりあえず……今日は寝よっと」

僕は一旦《いったん》全てをなかったことにして、ゆっくり眠ることにした。


なぜか寝苦しさを感じて、夜中に目が覚めてしまった。

そして当たり前だけど、寝ても何一つ事態は好転していなかった。

「ぎゅむむ……く、苦しい……」

――というか、状況が悪化しているっ⁉

僕が樹結界で作ったスペースは、二人なら広々というくらいの広さだ。

けど昨夜はナージャも入って三人で寝たので、いつもよりかなり狭かった。

それでもこんなにギチギチなはずは……と思って見上げてみると、アイラとナージャがなぜか僕の布団に入ってきていた。

そしてその先には誰も眠っていない布団と広々スペースが……空いてる、あっちめっちゃ空いてるよ！

動こうとするが、まともに身動きができない。

僕の身体《からだ》を、がっちりと二人が捕まえてしまっているのだ。

アイラが下半身を、ナージャが上半身をがっちりと掴《つか》んで離してくれない。

密着しすぎていて、なんだか甘くてクラクラする匂いがする。

そして胸とお腹《なか》に感じる、もにゅっとした感触……ダメだ、あんまり深いことは考えないようにしよう。

僕は内に秘めたビーストが顔を出して暴れ出す前に、さっさと眠ってしまうことにした。

◇◇◇

次の日の朝になった。

一日中歩いて疲れていた身体がリフレッシュしたので、考える力も大分戻ってきたみたいだ。

「ねぇナージャ、すごく当たり前の質問をしてもいい？」

「ああ、なんでも聞いてくれていいぞ」

「こっちに来ちゃってよかったの？」

「まったく問題ない。私は自分の行動を、何一つ後悔していないぞ」

「でも『剣聖』の素養を持つナージャなら、アシッドと婚約をすれば……」

言葉は続かなかった。

僕の唇を、ナージャの人差し指が押さえてしまったからだ。

「くどいぞ、ウッディ。別れる前にも言っただろ？　私はあんなクソ野郎との結婚など、死んでもごめんだと」

そう言って片目を瞑《つぶ》るナージャ。

その言葉を聞いて、彼女と別れた時のことが脳内に蘇る――。

◇◇◇

それは僕が追放を言い渡されてからすぐのことだった。

僕が『大魔導』を受け継いだことを祝うために来ていたナージャが、僕のところに悲しそうな顔をしてやってきたのだ。

「ナージャ……」

「探したぞ、ウッディ」

その時の僕は、ちょっとヤケになっていた。

アシッドと彼の息のかかった使用人達にひどい目に遭わされていたせいだ。

どうせナージャも僕のことをバカにしに来たんだろうとばかり思っていた。

「──公爵の奴《やつ》、なんとふざけた真似《まね》を！　ウッディをこんな馬小屋に押し込めるなど！」

「……ナージャ？」

けど彼女は僕を嘲《あざけ》るんじゃなく、僕を部屋から追い出して馬小屋に押し込めた父さんに怒っていた。

予想外の反応に面食らう僕の頬に、ナージャはそっと触れる。

「話は父さんから聞いた。お前が『大魔導』を受け継げなかったことも、お前が手に入れたのが、『植樹』という生産系の素養だったことも」

「うん、ごめんね……たはは」

僕は笑った。

笑うしか、なかった。

だって笑って自分を誤魔化しでもしないと、どうにかなってしまいそうだったから。

今までの僕の人生はなんだったのか、とか。

情けなくて泣いてしまいそう、とか。

色んな思いがぐるぐる渦を巻いて、堪《こら》えきれなくなるような気がしたから。

「ぼ、僕はその……ダメだったから。だからナージャは……アシッドと結婚して、幸せになってよ。コンラート家とトリスタン家が結ばれれば、きっと君やその子供の将来は安泰に――」

「バカを言うな。あんな奴と結婚して、まともな結婚生活が送れるようになるものか。好きでもない相手の子供を産むだなんて……考えるだけでぞっとする。私が結婚したいのは、だな、その……」

「どうかしたの？」

言《い》い淀《よど》んだかと思うと、顔を真っ赤にしてしまったナージャ。

大丈夫かとその顔を見上げる。

僕は小柄でナージャは女性にしては長身だから、自然と見上げる形になった。

「な……なんでもないっ、なんでもないぞ！　と、とにかく！　私はアシッドなんかとは死んでも結婚しない！　そんなことになるくらいなら、この舌を噛《か》み切《き》って死んでやる！（か、かわいい、かわいすぎる！　もう素養とか、正直どうでもいいくらい好きだ！）」

なんという覚悟だろうか。

たしかにアシッドはかなり性格が悪いとは思うけれど、ナージャにまでひどいことをしていたのかもしれない。

許せないな、と思っているとナージャは立ち上がった。

そして厩舎《きゆうしや》の出口を指しながら、

「そ、そうだっ！　ウッディの素養を使って、樹を植えてはくれないか？　私にその樹をプレゼントしてくれ」

「う、うん、いいけど……」

僕は言われるがまま、素養を使って樹を植えた。

誰かに素養を使って欲しいと言われたのは初めてだったので、樹を植えたのも当然初めてだ。

僕が植えた小ぶりな樹を見て、ナージャは笑ってくれた。

「ウッディに似てかわいらしい樹だな……気に入ったぞ！　よし、こいつは植え替えて、私の家に持っていく！」

ナージャのおかげで、自分の素養がちょっとだけ好きになれた。

そんな思い出深い一幕だった――。

◇◇◇

「安心しろ。既に絶縁状は置いてきている。机の中に入れておいたから、そろそろ父さん達が見つけている頃合いだろう」

「ぜ、絶縁っ⁉　そんなことして大丈夫なの？」

「好きな人と結婚できないくらいなら、貴族なんぞやめてやる！」

「そ、そっか、ナージャは政略結婚、そんな嫌だったんだね……」

嫡男じゃなくなったから思うけれど、素養を継がせるための政略結婚なんて碌《ろく》でもないものだと思う。

ナージャみたいなかわいい女の子からすれば、普通に恋愛結婚がしたいのは当たり前のことだよね。

僕との結婚も嫌だったのかなぁ。

そんな風に考えると、なんだかちょっと悲しくなってきた。

「ちっ、違うぞ、何か勘違いしてないか？　そ、その、私はアシッドとの結婚が嫌だったのであって、ウッディとの結婚は……ごにょごにょ……」

明後日《あさって》の方向を向いて左右の指をつんつくさせだしたナージャ。

彼女を見てアイラは、

「あ、あざとい……あれを天然でやってのけるとは……ナージャ、恐ろしい子ッ！」

と何故か白目をむいていた。

どうしてそんなことをしているのかは、まったくの謎だ。

「甘酸っぱいムードの中恐縮である」

「あ、神獣様」

朝起きた時にはいなかった神獣様がやってきた。

てっきり元いた場所に帰ったのかと思っていたけど、どうやら違うようだ。

その長い鉤爪《かぎづめ》に魔物をひっさげて、結界の中へとスルリと入ってくる。

そして僕らと反対の空いているスペースへと着地した。

「我は仰々しい名で呼ばれるのがあまり好きではなくてな。気軽にシムルグと呼んでほしいのである」

「わかりました、シムルグさん」

「よし、では我も親しみを込めてウッディと呼ばせていただこう。ウッディ、一つ相談なのだが……我にその世界樹の実を恵んではくれないだろうか？　無論対価は、しっかりと渡すのである」

あ、そういえば世界樹について完全に忘れてた。

……って、あれ。

よくよく考えてみると……僕らが食べてたのって、世界樹の実ってことだよね？

これって、シムルグさんでも欲しがるようなものなんだ……美味しいから、パクパク毎日食べちゃっていたけど、実はとんでもないものだったのかもしれない。

「世界樹の実について……いや、世界樹というものについて教えてくれますか？　僕、その辺のことにはかなり疎いので……」

「ふむ、いいだろう。何も知らぬ相手に吹っかけるほど、我の性根は腐っていないのである」

シムルグさんの世界樹講座が始まる。

彼の持っている知識は、僕が知っているものとは大きく異なっていた。

ただそれも当然っちゃ当然だ。

だってシムルグさんは人伝《ひとづて》じゃなく実際に自分で世界樹を何度も見ているらしいから。

「まず世界樹というのは、簡単に言えば聖域を作り出すための魔道具である。魔力の吸収・変換を行うこともできるが、これらはあくまでも聖域生成の副産物に過ぎぬのである」

「……ぐぬぬ、シムルグの言っていることは難しいぞ」

僕と一緒に起きて特にすることもないナージャは、隣で話を聞いている。

ちなみにアイラは、いつでも出発できるように片付けを終えてから、皆が飲めるように紅茶を準備している最中だった。

けれどしっかりと聞き耳も立てていて、話を聞きながら作業をしているみたいだ。

でもナージャじゃないけれど、たしかにちょっと分かりづらい。

というか……。

「聖域ってなんですか？」

「簡単に言えば、神が安住の地として認めた地域のことである」

聖域とはそのまま聖なるスペースのことを指している。

聖域として認められた地域では作物が豊かに実ったり、川が自然と浄水されたりといいこと尽くめになるらしい。

また、聖域の聖なるエネルギーを恐れて、魔物が近付くこともないのだとか。

そして聖域の中でも更に神聖な場所ともなれば、神と交信をすることも可能になるのだという。

「基本的に国においては、教会の一部——素養を授ける聖壇が聖域になっていることが多いのである。というか、そこしか聖域にできないというべきであるな。『神託』や『祈祷《きとう》』の素養持ちによる人海戦術で強引に聖域を作り、そこを素養を授けるための祭壇にしているのである」

「教会……」

ズキン、と胸が痛くなる。

その二文字を聞いて浮かんでくるのは、父さんのあの無感情な瞳《ひとみ》と、僕をバカにするアシッドの顔だったからだ。

けどその感情はすぐに振り切った。

ナージャやアイラの前で、情けないところは見せたくないもの。

「聖域を作るためにはいくつかの方法がある。その中で最も効果的なのが、世界樹による聖域生成である」

聖域には魔物が寄りつかないというさっきのシムルグさんの言葉を聞いてピンときたことがある。

「……もしかして、樹を重ねて作っているこの大きめの樹結界って……？」

「――いかにも。簡易的なものではあるが、たしかにそれは聖域である。複数の世界樹で聖域を作るのを見たのは、我ですら初めてである。なんとも贅沢《ぜいたく》な使い方であるな、エルフが見たら驚きのあまり失神してしまうやもしれぬ」

え、エルフが失神って……僕の『植樹』の力って、思っていたよりもすごいものなのかも……？

「ちなみに世界樹の実は栄養バランスに優れ、老化防止や疾病治癒などの効果があり、おまけに味もとてつもなく美味しいため、人間界ではたしか白金貨千枚以上で取引されていたはずである」

「白金貨……千枚……？」

「おまけにドライフルーツでその値段であるから、生で食べられるとなれば一体いくらの値がつくのか……。あ、ちなみに世界樹の実は神獣界隈《かいわい》でも人気の果物であるから、他の奴らがやってくる可能性も結構高いのである」

「神獣様が、他にも……？」

アイラがその光景を想像して目を大きく見開いている。

そしてこてんと首を横に傾《かし》げていた。

ちょっとぶっ飛びすぎていて、イマイチ想像がついていないんだろう。

その気持ちはよくわかる。

――だってそのすぐ横にいる僕も、まったく同じ気持ちだからね！

昨日はナージャが突然登場したインパクトがデカすぎたせいでつい流しちゃったけど、ことの重大さ的にはこっちの方がよっぽど大きいかもしれない。

だって白金貨千枚だよ、千枚。

金貨にしたら十万枚……下手な貴族家の年収なんかよりずっと多い。

継続して実が採れる世界樹が一本あるだけで、孫の代まで遊んで暮らせるんじゃないかな……？

それに神獣様が他にも来る？

そもそも神獣って、おとぎ話に出てくる空想上の生き物だと思ってたよ。

冷静に考えてそんな凄《すご》い生き物とこうして話をすることができていて、おまけにこれから更にやってくるかもって言われてるんだから、正直理解が全然追いついてない。

「なんだか……私の『剣聖』なんかより、『植樹』の方がよっぽど凄いものに思えてきたぞ……」

「たしかに我も長いこと生きてきたが、こんなでたらめな素養を見たのは初めてである」

うんうんとシムルグさんとナージャが頷《うなず》き合っている。

どうやらここに来るまでの旅路で、二人は仲良くなったようだった。

それにしても、神鳥にでたらめって言われるなんて……。

「さて、そこで話を戻すのであるが……その世界樹の実を、定期的に我に譲っていただくことはできぬだろうか？　もちろん、しっかりと対価は渡すのである」

「はい、いいですよ。一日一個でいいですか？」

「わかっている、そう簡単に頷けるものではないということくらい。無論、我だってそれ相応の対価を……は？」

シムルグさんがぽかんとしている。

神獣が驚いた様子を見た人間は、もしかすると僕が初めてかもしれないな。

でも……うん、別に一日一個渡すくらいなら全然問題ないんだよね。

だって……『収納袋』の中にも、まだまだ果実の生《な》る世界樹、いっぱいあるし。


「な、なんということであるか……」

僕が『収納袋』からポンポンと世界樹の実を出しているのを見たシムルグさんが、呆《ほう》けた顔をして呟《つぶや》く。

見た目は完全に大きな鳥なんだけど、妙に感情表現が豊かで、動きもコミカルだ。

「……」

シムルグさんは新たに実が生り始めている世界樹を出したところで、完全に絶句してしまった。

「ひ――非常識にもほどがあるのである！　そもそも世界樹の中でも、実の生る確率はかなり低いというのに……どうしてこんなにちっちゃな世界樹全部で実が育っているのであるか！」

「ウッディ様、神獣に非常識って言われてますよ……（ひそひそ）」

「白金貨が千枚、二千枚、三千枚……わわっ、あわわわっ（あせあせ）」

後ろの方で、アイラとナージャが何やら話をしている。

お互い好きなことを言っているだけから、全然意思疎通はできていなそうだ。

でもこれが一つ白金貨千枚……それが現状でも、一日十個以上手に入る……一日の稼ぎが白金貨一万枚……ハッ！

いけないいけない、完全に目がお金のマークになってしまっていた。

とりあえずこんな僻地《へきち》ではお金なんかあっても意味ないし、今は考えないのが無難だね、うん。

僕はお金の問題を一旦《いったん》棚上げしてから、最後の世界樹の植木鉢を置いた。

「ちなみに世界樹の数は、まだまだ増やせます」

「……」

「まだ今だと一日四本が限界、ですけど」

「——世界樹を一日四本植えるとか、もう限界がどうこうという問題ではないのであるっ‼」

シムルグさんは眉間《みけん》を押さえて、頭痛を我慢する時のような顔をしていた。

そしてやれやれと首を振ってから、うなだれてしまった。

一体どうしたんだろう？

「ウッディ……いや、もう何も言うまい。とりあえず我は世界樹の実を一日一個もらう対価として、魔物の肉や素材をプレゼントするのである。もちろんこれだけだとウッディの持ち出し超過になるために、この砂漠で住む場所を決めてくれたら、そこに我の守護を与え正式な聖域とするのである」

聖域にも格のようなものがあるとシムルグさんは言う。

僕が樹結界を重ねて作ったあれは簡易的な聖域であり、等級としては最下層。

そして教会が作っている聖壇は、それよりは上だが等級は下から二番目にあたるという。

これら二つは聖域とは言っても名ばかりなので、効果は限定されている。

例えば樹結界は魔物避《よ》けの機能しかないし、聖壇は素養を授けることしかできない……といった風に。

けれど神獣様が守護を与えた聖域は、それらとは一線を画したものになるらしい。

シムルグさんが守護を与えた場所は真の意味での聖なる領域となり、砂漠だろうが水資源が豊富になり、豊穣《ほうじょう》も約束され、魔物も寄ってこなくなり、素養を授ける祝福の儀だってできるようになる。

「あまり数を増やされると今後数百年で問題が起きかねないので、とりあえず、聖域の数は一つに留めておいてほしいのである」

「――すごいですねウッディ様！　これで砂漠でも幸せに二人で生きていけそうです！」

「流石はウッディだな！　それなら善は急げだ、私達二人が生涯暮らせるような場所を探しに行こう！」

僕の右からナージャが、左からアイラが肩を掴《つか》んでくる。

ぐっ、二人とも握力がすごく強い。

肩がもげちゃいそう……と半泣きになりながら後ろを振り返ると、二人がバチバチと火花を散らしていた。

「はぁ？　ナージャはお呼びではないんですが、今すぐ故郷に戻ってあの領主の息子と結婚して子供を孕《はら》んで、一生あっち行っててください」

「なんだと貴様⁉　トリスタン家の一人娘である私に対してそのような口をっ……！」

「ああ、やだやだ。絶縁したくせに、都合がいい時だけ家の名前を口に出すんですね。そんな賤《いや》しい品性だから、ウッディ様が連れて行こうとしなかったのですよ」

「なんだとこの駄乳メイド！」

「うるさい貧乳剣聖！」

「へ、変なあだ名をつけるなっ‼」

「……」

僕は何も言わずに、顔を前へと戻した。

するとシムルグが、器用に翼をクロスさせながら、うんうんと頷いていた。

「心中お察しするのである」

神獣に同情されるという世にも珍しい経験をしていると、気付けば二人の手が離れていた。

今にも戦い始めてしまいそうなほどの緊迫感があるが、流石にいきなり戦い出すほど二人とも無分別じゃない……よね？

うん、きっと大丈夫。

「世界樹の実……食べますか？」

「――ありがたくいただくのであるっ！」

こうして僕は、神鳥シムルグさんと行動を共にすることになった。

友好の証《あかし》として、一緒に世界樹の実を食べる。

相変わらず美味しい……けどなぜだろう。

半日ぶりに食べる世界樹の実は、なぜだかちょっぴりしょっぱいのだった……。

二人の一時間にも及ぶ舌戦は、引き分けという形で終わった。

とりあえず仲直りをした二人と一緒に、僕らはまた先へと進み始める。

ちなみにシムルグさんは結界の外を飛んでいる。

飛んでいるというか……浮かんでいるっていうのかな？

どうやら僕達に足並みを揃《そろ》えてくれているみたい。

「聖域にするにせよ、ある程度遠くまでは行っておきたいよね」

「はい、ここは完全に放棄された領外ですし、滅多なことで公爵の私兵が来るとは思えませんが……一応警戒はしておいた方がいいでしょう」

「聖域がどの程度の広さになるのかにもよるんじゃないか？」

「あ、そういえばそうだね。シムルグさん、聖域ってどれくらいの広さになるんですか？」

「それは聖域の守護神獣となる我が自由に決められるのである。以前聖域を作った時は、とりあえず百万都市全域に広げられたのである」

ひゃ、百万都市……ってことは一度聖域を設定すれば、いくらでも広げられるってことか。そもそもこんな砂漠に百万人も人は来ないだろうから、広さの問題はあまり気にする必要はなさそうかな。

「ただ、一度聖域とした場所は基本的にはしばらくの間は聖域のままになってしまうのである。領地でのいざこざが起こりうる場合に、そこだけは留意してほしいところであるな」

なるほど……となると、奥に行けるだけ行っておいた方がよさそうだね。

乱世のこの世の中、いつ誰に場所を奪われるかわからないし。

そういえば、結構進んできたはずなんだけどまだ現地人とのコンタクトも取れてないんだよなぁ。

お互いの生活領域とか、しっかり決められたらいいんだけど。

……ってそうだ、忘れてた。

ナージャが再会して喜んでくれたり、シムルグさんと一緒に世界樹の実を食べたりしたことで、また笑顔ポイントが溜《た》まった。

多分だけど、レベルアップできるくらいには溜まってくれているはずだ。

植樹レベル　3
植樹数　7／10
笑顔ポイント　25（4消費につき一本）
スキル　自動植え替え

うん、やっぱり。

それならさっさとレベルを上げちゃおう。

レベルが上がると何か特典が得られるみたいだしね。

日が暮れる前に今日の宿泊場所を決め、腰を落ち着けてから『植樹』を発動させることにした。

とりあえず、樹結界から離れて干渉しないくらい離れた場所で、足下に樹を三本植えてみる。

【植樹量が一定量に達しました。レベルアップ！　植樹が可能な新たな樹木が解放されます！】

レベルが上がると、僕の目論《もくろみ》見通りまた新たなスキルが手に入った。

でも……新たな樹木？

少しだけ怖くなりながら、再度『植樹』を使ってみることにした。
【植樹を行いますか？　はい／いいえ】
うん、ここは前と同じ。
慣れた手つきで「はい」を選択する。
すると今までなら樹を植える位置を決めるところで、新たな文字が現れた。

【植える樹木を選んで下さい】
世界樹
モモの樹
リンゴの樹
梨の樹
桑の樹
柿の樹
栗《くり》の樹

って、植えられる樹の種類が増えてるっ⁉　新たな樹って、そういうことか！
後で『収納袋』に入れればいいし、とりあえず植えてみよっか。
僕が知らない物もあるけど……とりあえずはモモとリンゴを植えてみようかな。
というか世界樹って、こうやって見ると分類的には果樹になるのかな……？

どうにもぴんとこないのは、一体どういうわけだろう。

【ここに樹を植えますか？　はい／いいえ】

場所を選択してから「はい」を選んで、『植樹』を連続して使ってみる。

すると今まで植えてきた世界樹と比べると一回り小さな樹がポコポコと生えてきた。

「きゅ、急に何か生えてきましたよっ⁉　ウッディ様、今度は何をやらかしたんですか？」

ひどい言われようだ。

ただ新しい力が手に入ったから、試してみただけなのに。

果樹が植えられるようになったんだよ。

「新しい力……そういえばこの樹、どこかで見たことがあるような……？」

「これはリンゴの樹であるな。我の好物の一つなので、よく覚えているのである」

流石シムルグさん、長い時間を生きてきた神獣だけあって物知りである。

シムルグさんなら、僕が知らない樹のことも知ってるだろうか？

「何っ、リンゴだけではなく他の種類も植えられるのであるか？　後に聖域を作った時には是非とも沢山植えてほしいのである！」

梨や柿はリンゴやモモのような大ぶりの果実らしい。

梨はリンゴと結構似た使い方をすることが多くて、柿の方はモモと同じ感じで熟してから食べるのがいいらしい。

僕は固いモモも結構好きだから、柿も固めの方が好きかもしれないな。

そして桑や栗は小ぶりの代わりに沢山取れるタイプの果実なんだって。

それ一つだと食べごたえがないから、沢山集めてむさぼり食うのが好きらしい。

桑は砂糖で煮詰めてジャムに、栗は砂糖を塗って石の上なんかで焼いて食べたり、スイーツにもできたりするらしい。

じゅるり……というアイラとナージャのよだれが垂れる音が聞こえた。

二人とも甘い物大好きだよね。

もちろん僕も好きだけどさ。

「そういえば桑は人間界でも色々なことに使えた気がするのである。うむ、なんであったか……」

シムルグさんは結構頭を悩ませていたが、思い出せなかったようだ。

「まったく思い出せないのである！　神獣などと崇《あが》められていても、所詮《しょせん》寄る年波には勝てないのである、ハッハッハッ！」

よくわからないけれど、楽しそうならそれでＯＫです。

ていうか、神獣も物忘れってするんだね。

なんだかちょっと、親近感が湧いてくる。

でもそっか、果樹ばっかりに意識が行っていたけれど、樹がちゃんと育つなら木材としても使えたりして応用はできるよね。

聖域で植樹がしっかりできるようになったら、林業とかもできるかも。

こんな砂漠地帯で木材なんか稀少《きしょう》だろうから、交渉とか取引の材料として使えないかな。

「そういえば、砂漠なのにこのリンゴの樹は全然枯れないんだな」

ナージャに言われて、今更ながらにハッとする。

そういえば世界樹が砂漠でもすくすくと育っていたから、つい感覚が麻痺《まひ》していた。

冷静に考えて、樹が育つのって水が必要だよね。

砂漠に樹なんか植えても、枯れて終わるんじゃ……？

だがどうやら見ている感じ全然しおれた様子はない。

「と、とりあえず……経過観察もしたいし、今日はここでキャンプをしてもいいかな？」

僕の問いに、コクリと頷《うなず》く二人と一羽。

新たな樹がどんなものなのかを試すため、僕らはじっくりと樹を観察することにしたのだった。


一時間後。

既にじっくりしているのは僕だけで、他の皆は自分の好きなように時間を過ごしていた。

樹を観察することに飽きたナージャは素振りを始め、アイラは手慰みに砂に絵を描いて……って、それ僕の絵？　どうして裸なのさ！

そしてにシムルグさんは器用に腕を組み、うたた寝をしている。

皆やりたい放題だが、僕は自分の力が気になるのでじっと観察を続けていた。

小さなリンゴの樹に、明らかに不釣り合いな大きさのリンゴの実が生っている。

そしてリンゴはものすごい勢いで生長をしており、生まれた時は小指サイズだったのに、今では果皮の色も青から赤に変わって、どこからどう見ても食べ頃な感じだ。

リンゴだけじゃなくて、他の樹も似たような感じだ。

水なんかどこからどう頑張っても採れなそうなカピカピの砂に根付いた樹は、面白いほどの爆速で生長して果実を大きく実らせている。

とりあえず僕の『植樹』で植えた樹であれば、水がなくても育ってくれるようで一安心だ。

「私が水をあげなくていいのは正直助かりますね」

「というかモモってこんなに簡単に生るんだな、モモ農家って簡単そう」

「いやいやいや、モモは普通もっと樹を生長させて、その上で年に一度採るものなのである！　どうして三人ともそんな普通な顔をしているのであるか⁉」

シムルグさんが驚いている。

どうしてって言われても……世界樹だって一日一個実をつけるし。

世界樹の実と比べればレアじゃないリンゴとモモの果樹が一時間で実をつけても、別に何もおかしくはない気がするけど……。

僕の説明に二人ともうんうんと頷いていた。

やっぱりそう思うよね。

「こ、これって我がおかしいのであるか？　うむむ……」

シムルグさんが悩み始めてしまったので、とりあえず僕らは果実を採ってみることにした。

リンゴとモモはそれぞれの樹に五個ずつ生っている。

一つずつ手でもいで、軽く水洗いしてから食べてみる。

「「う……うっっまあああああああっっ‼」」

「なっ、なんですかこれ、公爵家でつまみ食いしていたリンゴよりも美味しい……」

「こんなリンゴ、家《うち》でも食べたことないぞ……？　シロップやハチミツをかけてるんじゃないかっ

てくらいに美味しい！」

僕も二人と似たような感想だ。

アイラにつまみ食いをしてたんかいとツッコむだけの余裕もない。

シャクシャクとリンゴを頬張る。

一度食べ出せば止まらない。

噛《か》んでいれば、違いは歴然だった。

内側に蜜《みつ》がたっぷりと入っていて、見れば中までしっかりとつまっているのがわかる。

世界樹の果実は美味しすぎてちょっと理解が追いつかないし比較対象もないからどうにも表現しづらいけれど。

リンゴは食べ慣れている分、その美味しさがしっかりとわかる。

「これは売り物になる美味しさだね……」

「リンゴがこれほどの味となると……」

「モモの方にも期待せざるをえないな……」

僕達はもう片方の手に持ったモモに、そのままかぶりついた。

「「「う……うまあああああああい！」」」

もちろんモモの方も、期待は裏切らなかった。

いつも皮を剥《む》いてから食べていたから、モモにかぶりつくのは初めてだったけれど……かなり薄皮だったので問題なく食べられた。

とろっとした果肉と、噛んだ瞬間に口の中で弾《はじ》ける果汁。

口の中に幸せが広がっていく。

こんな美味しいモモ、食べたことない！

公爵家の僕でも食べたことがないレベルとなると、そのまま王の食卓に並んでも問題ないレベルだ！

「うまああああああい、のであるっ！」

シムルグさんは今になってリンゴを食べたようで、時間差で叫んでいた。

どうやら神鳥さんのお眼鏡にもしっかりと適《かな》ったらしい。

今のところ商いをする予定はないけれど、聖域を作って他の街と取引をする時には、この果物達はうちの主要な取引科目になりそうだ！

気付けば樹についていた果物は全てなくなってしまった。

ごくり……と皆が唾《つば》を飲み込む。

明らかに食べ足りないという顔をしていた。

ていうか、僕もそうだ。

見れば皆がフルーツを食べて笑顔になったおかげで、笑顔ポイントは植える前よりも増えていた。

それならもう一回くらい植えてもいいか。

どうせなら浮いたポイントで、食べたことのない果樹も植えてみよっと。

モモとリンゴ、そして梨の樹を植えることにした。

それからまた一時間後。

収穫した果樹も、一時間するとまた実が生っていた。

モモ十個、リンゴ十個、梨五個の合わせて二十五個の果実ができた。

まずはモモとリンゴを食べ。

そろそろいいかというタイミングで今度は梨を食べる。

「「うっまあああああああっっ！」」

初めて食べる梨の実は、食感はリンゴに近かった。

でもなんていうんだろう……リンゴよりもみずみずしさが強くて、さっぱりとしているのだ。

けれど甘みが足りていないわけじゃない。

噛みしめた時に口の中を跳ね回る果汁の一滴一滴にはしっかりとした甘みが乗っていて、むしろ口の中全体で考えれば、リンゴより甘く思うほどだ。

「「……」」

気付けば梨は全てなくなっていた。

そしてまだ数があるリンゴとモモを食べる。

けれど僕も含めて、皆どこか物足りなさそうな顔をしている。

無言の催促を受けた僕は、結局皆が満足するまで果樹を植え続けるのだった……。

求められるがまま果樹を作り、くたくたになってしまった僕はそのまま眠ってしまった。


そして次の日。

目が覚めると、僕が植えていた果樹は世界樹を除いて全て枯れてしまっていた。

やっぱり水源がない場所に放置していると、数時間で枯れちゃうみたいだ。

砂漠に置きっ放しで植えていても枯れない世界樹が例外ってことなんだろう。

「やっぱり聖域は早く作った方が良さそうだねぇ」

「ですねぇ、こんないい果樹が枯れてしまうのは、人類の損失です」

「そんな大げさな……」

「大げさなわけがあるか！　あんなに美味しい果樹が枯れるなんて、あってはならないぞ！」

どうやらアイラもナージャも、あの果実の虜《とりこ》になってしまったようだった。

結局昨日は二人とも、妊婦さんみたいにお腹がパンパンに膨らむまで食べ続けてたからね。

でも今朝の二人はいつものスリムボディだ。

二人とも、一体どんな身体をしてるんだろうか。人体の神秘だね。

「我が空から探索をして、手頃な場所を探してくるのである！」

昨日はゆっくりと聖域候補地を探せばいいと言っていたシムルグさんも、どうやら気が変わったらしい。どうやら彼も、果実に魅了されてしまったようだ。

シムルグさんは意気揚々と空に飛び立ち、一瞬で見えなくなってしまった。

――は、速っ⁉

流石神獣様だ。

まあその原動力は、果物なんだけどさ。

何にせよ、空から見れば色々とわかることもあるだろう。

それに樹結界を使って普通じゃ不可能な無理なペースで何日も進んできたんだから、ここら辺に聖域を作っても問題ないはず。

と、そんなことを考えているうちにシムルグさんが帰ってきた。

行くのも早ければ帰るのも早い。

「現地住民の集落を見つけたのである。歩いて行けば今日中には着けるはずである」

現地人はどこにいるのかとずっと思っていたけれど、どうやら距離はかなり近いみたいだ。ただ……とシムルグさんは続けた。

「どうやら水と食糧に難儀しているようなのである」

「恩を売って彼らを私達の国の住民にしましょう」

「ちょっとアイラ……そういうことは思っても口にするものじゃないってば……」

「すみません、うっかり本音が（てへぺろっ）」

アイラが既に王都では廃れてしまった古《いにしえ》のジェスチャーをしているのは放置するとして。

うん、困っている人がいるのなら助けに行こう。

僕とアイラがいれば、大抵の問題はなんとかできるはずだ。

こうして僕らは砂漠で初めて、現地人と接触することになったのだった——。


歩き出すこと半日ほど。

樹結界のおかげでサクサク進めた僕らは、昼休憩を挟みながらも無事に集落に辿《たど》り着《つ》くことに成功した。

「これは……」

「ボロいな……砂の侵食がひどいようだが、まともに修繕もされていないように見える」

外は砂避《よ》けのための砂壁で囲われているのだが、既に虫食いのように穴が空いていたり、崩れている場所が何ヶ所もある。

崩れている壁の隙間からは、たしかに、村らしきものが見えている。

けれどその村は、ナージャの言う通りにひどくボロボロだった。

家屋があるのではなく、テントが疎《まば》らに立っている感じだ。

見ればテントもかなりボロい。

恐らくは、あらゆることに手が回っていないんだろう。

人手不足ってことなんだろうか。

シムルグさんに言われなければ、間違いなく廃村だと思ってたよ。

「とりあえず、行こっか」

「ウッディは私の後ろに居てくれ。何人たりとも後ろには通さん」

「いえ、ウッディ様は私の後ろに。なんならうなじとか、舐《な》め回すように見ていただいてかまいませんよ？」

ゴゴゴ……と僕の前を行く二人からすごいプレッシャーを感じる。

なんだか怖くなった僕は、シムルグさんの後ろに行くことにした。

「我の後ろが最も安全なのは間違いないのである！」

これには流石のアイラ達もぐうの音も出ないようで、僕らは喧嘩《けんか》をすることなくゆっくりと進んでいくのだった。

僕らは何事もなく、村の中へ入ることができた。

見れば住んでいるのは老人や女子供ばかりで、若い男はほとんど居ない。

徴兵に次ぐ徴兵で、まともな労働力が残らなくなる……公爵領ではよく見た光景だ。

この村の働き手が居ない理由は、どこにあるんだろうか？

案内された先に居たのは、三十代くらいに見えるおじさんだった。

シェクリィさんという名前らしい彼は、ここの村長さんだった。

「すまんが、今の我々に旅人の方をおもてなしするだけの余裕はないのだ。申し訳ない」

砂漠に住む彼らの流儀では、村にやってきた人間はたとえそれが敵であろうが歓待するというルールがあるのだという。

だが今は食料も水もほとんどなく、それも難しいということだった。

ちなみに男手が少ない理由は、彼らが近くの現地人の集落と争い、負けたかららしい。

「戦いに負けて男手がほとんどなくなったこの村は滅びゆく運命にある。勝てなかった我らが悪いのだが、子供達の未来を奪ってしまったのはやるせない……」

砂漠の民は結構弱肉強食なようだ。

いきなりの異文化に触れてちょっとビビりながらも提案することにした。

少なくとも僕らが力を合わせれば、子供達のお先が真っ暗な未来なんて簡単に吹き飛ばせるはずだ。

僕はまず、村長さんに村の皆を集めてもらうことにした。

その間に、会場設営の準備を始める。

まず最初に簡単にお腹がいっぱいになるリンゴやモモ、梨の樹を植え。

世界樹を『収納袋』から取り出し、大きな樹結界を作っていく。

村長さんから聞いていた村人達全員が入ってこれるようなサイズの樹結界を作るには今ある分だけでは足りず、更に数本の世界樹を追加で植えた。

溜《た》まっていた笑顔ポイントは、準備が完了した時にはほとんどなくなってしまっていた。

けどなんとか完成したぞ。

植樹レベル　4
植樹数　24／30
笑顔ポイント　2（4消費につき一本）
スキル　自動植え替え

そろそろレベルも上がりそうだなぁなんて考えていると、村人達が続々とやって来る。

強い陽光を浴びているからだろうか、皆地肌が黒めだ。

やってきた人達は聞いていた通り、女子供と老人が多い。

何人かいる若い男達は片目がなかったり身体に包帯を巻いていたりと、生々しい傷が残っている人がほとんどだった。

ちゃんとご飯を食べることは出来ていなかったのだろう。

皆血色がかなり悪く、明らかに栄養が足りていない状態だった。

「とりあえず言われた通りに皆を集めたが……これはなんだ？」

シェクリィさんは僕達が入っている樹結界を見て不思議そうな顔をしている。

善は急げということで、とりあえず中へ入ってもらう。

「これは……？」

シェクリィさんを始めとして、大人達はかなり躊躇《ためら》っている様子だった。

「ねえパパ、砂がバチバチって！」

「わあっ、フルーツが生ってる！」

好奇心旺盛《おうせい》な子供二人が、駆けだして僕らの近くまでやってきた。

どうやら彼らは、シェクリィさんの子供らしい。

彼らに釣られて、他の子供達もやってくる。

そして自分達の子供にこっちこっちと引き寄せられる形で、大人達も樹結界の中に入った。

「すごいな、砂がまったく入ってこないぞ！」

「一体ここはどうなってるんだ!?」

大人達があれこれと驚いているうちに、子供達はドダダッと果樹の方へと駆けだしていた。そして果実の前まで走って行ってから、僕の方をちらりと見た。

僕がこくりと頷《うなず》くと、皆思い思いの果実をもぎって食べ始めた。

「お…………おいしいいいいいいいいっ!!」

「何これ、こんなフルーツ食べたことない！」

「手が、手が止まらないよっ！」

子供達の異常な様子を見て、保護者の人達もちょっと引いていた。

けれど彼らもかなりお腹が空《す》いていたようで、美味しそうなフルーツを前にして我慢の限界が来たようだった。

そして……。

「「「うんめえええええええっっ‼」」」

子供達に負けず劣らずのペースで果実を平らげ始めるのだった……。

皆がフルーツの虜になり三時間ほどが経過した。

植えた樹々が三回実らせた果実を全部食べきった頃には、全員にしっかりと果物が行き渡ったようだった。

お腹をパンパンに膨れさせて、幸せそうな顔をして地面に横になっている。

「礼を言う、ウッディ殿」

「あ、シェクリィさん」

どうやらシェクリィさんはある程度自制が利くようで、見た目に大きな変化はなかった。

ただ、会ったばかりの頃よりもずっとエネルギッシュになったように見える。

恐らくはこっちが本来の姿なんだろうね。

「ただ、これだけの物をもらってしまったのに申し訳ない。今の我らには、貴殿に返せるような何かがないのだ……」

「いえいえ、僕の方でも結構もらっちゃいましたから」

「……?」

シェクリィさんは意味がわからないと、不思議そうな顔をしていた。

けれど僕の方からすると、本当に何も返してもらう必要などないのだ。

いや……というか僕の方がもらいすぎと言ってもいいかもしれない。

植樹レベル　4
植樹数　24／30
笑顔ポイント　１５８（4消費につき一本）
スキル　自動植え替え

僕がここに来てから植えた樹の本数は二十本弱。

それで四十本近く植えられる笑顔ポイントが手に入ったんだから、むしろ僕としてはプラスなんだよね。

多分だけど、明らかに栄養が足りずお腹が減っていたシェクリィさん達に食料を与えたっていうのが大きいんだと思う。

僕に対する尊敬度みたいなものがぐんっと上がった結果の、このポイント爆増具合と見た。

でもこの感じだと、もしかすると現地の人にフルーツを渡しているだけでポイントが無限に溜められるようになるんじゃないかな……？

って、今はそれはいっか。

「アイラ」

「全ては ウッディ様の御心のままに」

「ナージャ」

「ウッディ、私は君が進むと決めた道に、黙ってついていくだけだ」

二人がこちらを見て頷く。

僕に全幅の信頼を寄せてくれている彼女達を見れば覚悟は固まった。

シェクリィさん達が果物を夢中になって食べていた間、当たり前だけど僕らはバカみたいにただ口を開いて待っていたわけじゃない。

僕らは話し合いをして——そして決めたのだ。

この場所を僕らの新たな出発地点にしようと。

「シェクリィさん」

「なんだろうか、ウッディ殿」

「もしよければここを、僕が治める領土という形にしてはもらえませんか？　もちろん村長は、引き続きシェクリィさんに務めてもらうつもりです」

「む……？　それは我らがウッディ殿の下につくということだろうか？」

「はい、その認識で問題ありません。僕は自らの領民を安んじ、そのために労力を惜しみません。それこそが貴族として生まれた……僕、ウッディ・コンラートの義務であり責任。僕は父上から、そう教わりました」

実家から追放された僕ではあるけれど、幸いなことに家名を名乗ることを禁じられたわけではない。

僕が父さんから常々教えられて、口ぐせのように言っていた言葉を耳にすると、アイラが痛ましい顔をするのが見えた。

そんな顔をしないでほしい。

僕はもう大丈夫だから。

「九死に一生を得た我らは、ウッディ殿に返しきれない恩義がある。あなたの言うことには従うと、既に村の皆で結論を出してもいる」

どうやら僕らが話をしている間に、彼らの方でも話は済んでいたらしい。

それなら話は早いね。

「シムルグさん」

「うむ、なんであるか？」

「なっ、鳥が、喋《しゃべ》って――――っ⁉」

今まで姿を消していたシムルグさんが、とぼけたような顔をして現れる。

シェクリィさん達が腰を抜かしそうなほど驚いている。

「ここを聖域にします。神鳥シムルグ、ここを僕らの安住の地にしてください」

「――うむっ、心得た！」

シムルグさんが、バッと翼を広げる。

ぶわっ！

緑色の光が周囲に拡《ひろ》がっていく！

すると目を疑うようなことが起こった。

先ほどまで砂しかなかったはずの空き地に、草が生え始めたのだ。

そして魔法のように、砂場にぽっかり穴が空いたかと思うと、そこに水が溜まっていく。

あっという間に、オアシスができてしまった。

「す、すごい……」

「なんだ、これは……まるでおとぎ話でも見ているみたいだ……」

アイラとナージャが呆《ほう》けたような顔をしている。

けど多分、僕も似たような顔をしていると思う。

これが、聖域……あ、よく見ると村の端の方まで結界が張られてる。

あれが樹結界じゃない、本物の聖域の結界なんだ。

たしかに言われてみると、なんだか神々しさを感じるな。

「僕は誰もが争わずに楽しく過ごせるような、優しい世界を作りたいと思っています。シェクリィさんにはぜひ、そのためのお手伝いをしていただけたらな……と」

「あ、ああ……我らはもしかすると、とんでもない人に拾われたのかもしれんな……」

驚きすぎて逆に落ち着いた様子のシェクリィさんと握手を交わす。

こうしてシェクリィさん達の暮らす村は聖域となり、僕らには安住の地ができた。

そして僕はこの砂漠の村の領主となり、砂漠の緑化が正式に始まるのだった。

ちなみに、領地の名前はもう決めている。

豊穣《ほうじょう》を意味する王国語であるウェンティという名をつけることにした。

これから先、僕が緑化させ、豊穣の地へと変えていくという意気込みも込めたネーミングだ。

僕はこの日から、ウェンティの領主を名乗ることになる。

閑話一

「ちっ、やっぱり見つからねぇか……」

かつてはウッディが住んでいた、公爵家の中でも一際大きな居室。

今のこの部屋は、次期当主として嫡男の立場に上り詰めたアシッドのものになっている。

舌打ちをしながらいかにも機嫌が悪そうな彼が見つめているのは、机の上に並んでいる書類の山だ。

側室の子であり、元々領主になるための教育を受けてこなかったアシッドは、現在大急ぎで詰め込み教育を施されている真っ最中。

勉強と鍛錬の日々に明け暮れるアシッドは疲れていた。

けれどそんな苦しい毎日に耐えるだけの意味はある……はずだった。

彼を癒やしてくれる、自分がずっとほしいと思っていた美しい婚約者が、隣にいてくれるはずだったからだ。

「一体どこにいやがる……ナージャァァッ！」

ドンッと机を思い切り叩《たた》く。

インク瓶が浮き上がり、中身をぶちまけながら地面に転がった。

アシッドはウッディのことが大嫌いだった。

ウッディはこの戦乱の世にもかかわらず、甘っちょろい理想論ばかりを口にする。

戦うことが大嫌いで、誰に何をされても黙っているビビり。

嫌なところはいくらでもあったが……アシッドが一番気にくわなかったのはやはり、あんな軟弱もののウッディの結婚相手が、絶世の美女であるナージャということだった。

アシッドは以前会った時に、ナージャに一目惚《ひとめぼ》れしていた。

だから素養を授かった瞬間、彼は歓喜した。

――これでウッディから、彼女を奪うことができたと。

ナージャと結婚するのはあいつではなく、この俺、アシッドなのだと。

だというのに、結果を見ればどうか。

たしかにウッディを追放できてスカッとはしたが、自分は日々の教育と鍛錬でまともに息つく暇もない。

そしてウッディが持っているものの中で一番ほしかったナージャは、失踪《しっそう》してしまっている。

「おまけに近隣の街でどれだけ聞き込みをしても、目撃情報が一つもねぇときている……」

アシッドは私兵まで動かして、ナージャの目撃情報を漁《あさ》っていた。

髪の色や瞳《ひとみ》の色、背丈を頼りに、ナージャらしき人物がどこかにいないかと、かなり広い範囲に渡って探し求めていた。

だというのに彼女の行方は、一向に知れない。

空を飛んで逃げたなどという荒唐無稽《こうとうむけい》なアホ話までやってくる始末だった。

思わずトリスタン家の人間がナージャを逃がすために手引きしたのではないか、と邪推したくなるほどに、痕跡《こんせき》らしい痕跡は残っていない。

だがトリスタン家の人間が、戦えば手痛い打撃を受けるコンラート家と仲違《なかたが》いをするようなことを、わざわざするとは思えない。

「……」

アシッドは黙ったまま机の引き出しを開いた。

そこに入っているのは、『絶縁状』と表紙に記されている一枚の手紙だ。

トリスタン家から送られてきたこの紙は、ナージャの部屋に置かれていたものらしい。

『好きでもない人間と結婚をするなどあり得ない。そんなことをさせられるくらいなら、自分からこの家を出て行く』

手紙の内容は要約すればこういうことだった。

アシッドとしても、跳ねっ返りの強い女は嫌いではない。

手に入れるまでに手間がかかればかかるだけ、それを手中に入れた時の達成感は跳ね上がるからだ。

「気の強い女は、嫌いじゃねぇ。なんとしてでも見つけ出して……この俺に屈服させてやる。首に鎖をつけて飼ってやるぞ、ククク……」

暗い笑みを浮かべながら、パチリと指を鳴らす。

すると一瞬のうちに炎が燃えさかり、机の上に並べられた愚にもつかぬ目撃情報を黒い消し炭へ変えてしまった。

「おいお前らっ、たるんでるんじゃねぇぞ！」

「はっ、はいぃぃぃ‼」

アシッドはナージャを探し出せない兵達を怒鳴りつけると、革張りの椅子へ不機嫌そうに座り直すのだった。

――彼は考えもしていなかった。

謎の美女と鳥が空を飛んでいたという馬鹿げた目撃情報がまさか真実であるなどと。

出て行ったナージャが、自分の好きな男を追いかけて、砂漠へ向かったなどと。

第二章

『ウッディ、お前には失望した。――アシッド、聖壇の前へ』

違う……違うんだ父さん！

たしかに僕の素養は『大魔導』じゃなかった、だけど、だけど――ッ！


「――はっ！」

がばりと上体を起こすと、目が覚めてくる。

見れば全身が汗でびしょ濡《ぬ》れになっていた。

どうやら悪夢を見ていたみたいだ。

……僕はあの時のことを未《いま》だに夢に見ることがある。

自覚はないけれど、あれは僕にとって、それほどまでに強いトラウマってことなんだと思う。

「ん、目が覚めたか？」

目を覚ますと、僕の目の前にはナージャがいた。

ギュッと僕の手を握ってくれている。

今の僕は間違いなく、ものすごい手汗を掻《か》いているはず。

「気持ち悪いでしょ、ほら、だって手汗が……」

「ウッディの手汗が気持ち悪いはずがあるか。むしろ舐《な》め取ってやるとも」

「いや、流石《さすが》にそれは変態チックすぎる気が……あれ、そういえばアイラは？」

「何やら問題が起こったようでな、解決しに向かっている」

ちなみに僕は今も、アイラとナージャと一緒に三人で眠っている。

村の空き家を使わせてもらえるようになったから、一人一棟使うだけの余裕はできたんだけど……なぜか二人とも僕の家に泊まると言って聞かないからだ。

それならばとベッドだけは分けたんだけど、どうやら今宵《こよい》も抵抗虚《むな》しく僕は二人に挟まれて寝ていたようだ。

僕は二人に腕っ節で言うことを聞かせるだけの力もないので、黙って全てを受け入れるしかなかった。

弱肉強食のこの世界では、力を持たない僕に選択肢など残されていないのだ……。

……え？

女の子と一緒にベッドで眠れて男冥利《みょうり》に尽きるんじゃないかって？

そ、そんなこと思ってないってば！

……ほんのちょっとしか。

今日はシェクリィさん率いる村が、聖域になった翌日。

アイラが必要になったということは、水不足とかの問題かもしれない。

とりあえず『植樹』のレベルがもう少しで上がりそうだし、皆の様子見がてら何本か樹《き》を植えよっかな。

何もない砂漠で野垂れ死ねと言わんばかりに放り出された僕だけど、案外なんとかなっている。

案ずるより産むが易《やす》し。

世の中って案外、そんなものなのかも。

「大変ですウッディ様！　どうやら急にオアシスができたのを訝《いぶか》しんでいる砂賊達が近隣に現れたようで――」

慌てた様子で、アイラが家の中へと入ってくる。

一難去ってまた一難。

食糧問題が解決したと思ったら、次は賊の問題だ。

どうやら僕が何もせず休めるまでには、まだまだ時間がかかるらしい。

「よし行ってくるぞウッディ、賊程度に遅れなど取らん！」

「うん、ありがとう。『剣聖』にそう言ってもらえるととっても心強いよ」

僕らは手を取り合って家を出る。

「あーっ、ズルいです！　私も私もっ！」

そして逆の手を、アイラが取った。

僕は二人に引きずられるように、皆の下へと向かっていく。

父さんの跡を継ぎ、公爵になるとばかり思っていたけれど。

こんな毎日も――案外、悪くない。

僕のスローライフは、まだ始まったばかり――。

「というわけでまずは、状況を教えてくれるかな」

「はい、といっても先ほど言ったものの内容からほとんど変化はございません。今日未明、謎の人物がこの街の周辺にやってきました。そこからシムルグさんに色々と調べてもらった結果、その人物が他の人員を連れてこちらへと向かってきているようです」

「身なりも宿す魔力も上質とは程遠い……恐らくは食い詰め傭兵《ようへい》や山賊の類なのである」

「なるほど……」

誰かが来たことをどうやって察知したのかと聞くと、どうやらそれもシムルグさんがやってくれたらしい。

神獣様々だ。

感謝の気持ちとして、獲れたての栗《くり》をあげることにした。

栗の実は一つ一つは小さいけれど、その分数が沢山採れる。

そしてリンゴなんかの強い甘みはないんだけど、上品な甘さがあるのだ。

何個でも食べちゃえるような優しい味は、村の皆からも大好評だった。

「まだ砂賊達が来るまでには時間がかかるのである。今のうちにどうするべきかをきっちりと考えておくのが吉であるな」

「とりあえず私が突っ込んで全員斬り殺せばそれで解決ではないか？」

「いや、そういうわけにもいかないと思う」

気付けば採取した栗を焼き出すナージャ。

かわいい僕の元婚約者は、漂ってくる香りに顔を綻《ほころ》ばせているけれど、言っていることはものすごく残酷だった。

けれど全員を殺してしまうだけじゃダメだ。

彼らの後ろに親玉がいるかもしれないし、盗賊達にも横の繋《つな》がりみたいなものがあるかもしれない。

僕は前に、マフィアは面子《メンツ》を潰《つぶ》されれば損得を抜きにして暴れ回るという話を聞いたことがある。倒すにしてもしっかりと背後関係とか黒幕とかを洗ってから倒せたらベストだ。

けれど残念なことに、そういった側面からの回り道にナージャは致命的なほどに向いていない。

僕も拷問や尋問の心得なんかはないんだよな。なんとかする方法はないだろうか……？

と考えていると目の前にキラキラと輝く光の板が現れた。

【『植樹』によるレベルアップを強く推奨致します】

素養のガイドが言っているんだから、とりあえずは何も考えず言うことを聞いてみよう。

まだ植えていなかった柿の樹をさくさくっと植えてから、とりあえず余っているポイントを消費するために世界樹をガンガン植えていく。

するとすぐにレベルが上がった。

【植樹量が一定量に達しました。レベルアップ！　植樹が可能な新たな樹木が解放されます！　聖域の機能の一部が解放されました！　交配スキルを獲得しました！】

植樹レベル　5

植樹数　15／50
笑顔ポイント　98（4消費につき一本）
スキル　自動植え替え　交配

よしっ、新たな樹とスキルが手に入ったぞ！

でも……聖域の機能の、解放？

シムルグさんがいるから、ここは既に聖域なんじゃないの？

「聖域の機能の解放、であるか」

僕ではイマイチ意味がわからなかったので、まずはシムルグさんに聞いてみる。

少し考えた上で、シムルグさんはこくりと頷《うなず》いた。

「恐らく聖域の機能の解放ということは、ウッディの植えた世界樹の聖性が上がったことで、能力制限が解放されたということであろうな」

「もうちょっと易しく説明してくれ！　私にはまったく意味がわからないぞ！」

ナージャの言葉に僕も心の中で頷く。

けれど表面上は全てを理解しているような顔をしておいた。

余裕のある態度を崩さぬことが、モテ男になるための秘訣《ひけつ》だからだ。

「要は世界樹が汲《く》み取れる魔力の量が増えたので、できることが増えたという認識で相違ないのである。恐らくは今までできなかったこと、そうであるな……素養の授与や浄化機能あたりが解放された、と考えるのが自然なのである」

「素養の授与ですか……たしかにできるようになるって言ってましたよね。オアシスができてからフルーツパーティーをしたことで、完全に頭から抜け落ちておりました。もぐもぐ」

世界樹の実を頬張ってほっぺたを膨らませながら、アイラが頷く。

うちの女性陣は、食べながら話す癖でもあるのだろうか。

周り皆が食べているので、とりあえず僕もモモを手に取って食べることにした。

しゃくしゃく……うん、美味《おい》しい。

――って、のんきに果物に舌鼓を打ってる場合じゃないよ！

盗賊がこっちに来てるんだってば！

「問題ないのである。とりあえず今回は我が手を貸そう。直接的な加勢はできないが……我とナージャ嬢が力を合わせれば、事後処理で情報を取るくらいのことならわけないのである」

うう、すみませんシムルグさん。

神獣さんに頼りすぎるのはよくないとはわかってはいるんですが……。

「何、言ったであろう。我は既に神獣としてこの聖域に居着くと決めたのだ。我はウッディと同じく、ここに暮らす者達の安寧を守る必要があるのである」

「それなら私と一緒に戦うか？　神獣の力というのを、是非この目で見てみたいのだが」

「残念ながら、それはできないのである。少々事情があってな……我はこの現世で暮らす人々に、過度な干渉をすることを禁じられているのである。助言や間接的な手助け、聖域生成ならギリギリ許容範囲内……だと思うのだが」

眉《まゆ》を顰《ひそ》めるシムルグさん。

どうやら神獣の世界にも、色々とルールがあるようだ。

今のシムルグさんには、おとぎ話のようにその力で悪《あ》しき魔物を討ち滅ぼす……みたいなことはできないということだった。

「あまり直接的な武力による助太刀はできないのである。今後も戦いの際、我を戦力としては期待しないでほしいのである。加勢することは、よほどの幸運が重なりでもしない限りは不可能だと覚えておいてほしい」

「もちろんです。これは僕らの問題ですから、僕らが解決しなくちゃいけないですし。色々と手伝ってもらっている現状で、これ以上のわがままなんて言えないです」

「ほっ……そう言ってくれると、肩の荷がおりるのである」

シムルグさんだって、別にずっと僕らを助けてくれるわけじゃない。

例えば世界樹の実に食べ飽きたりしたら、ここを去っていってしまうかもしれない。

もしそうなってもこの村の皆を守れるように、僕ももうちょっとしっかりしないといけないな。

というわけで今回はナージャが盗賊達を生け捕りに、シムルグさんが彼らから情報を引き出してくれるという運びになった。

この二人がやってできないはずはない。

僕は二人が帰ってくるまでに、もし今後砂賊が来たらどうすべきか、その対応策について考えることにした。

◇◇◇

山賊に海賊と呼び方は色々あるが、賊――つまりは他人の財産を奪う者達というのは基本的にはどんな場所にも現れる。

食い詰め追い詰められた者がそれでも生きていこうとするのなら、真っ当な道など選んではいられないからだ。

農家が一年かけて必死に育て上げ、収穫された小麦。

その成果をたった一度の襲撃で奪う喜びを知ってしまえば、もうまともな生活に戻れるはずもない。

この砂漠での生活は辛《つら》く苦しい。

鼠《ねずみ》だろうが魔物だろうが食べられる肉であればなんでも食べるし、水なんて一滴すら無駄にはできない。

故に何か飯の種になりそうなものがあればすぐさま飛びつく。

何かが起こった時に躊躇《ちゆうちよ》しないのが、砂漠を根城にする盗賊達――砂賊の生き方だった。

「おいおい……なんだぁ、ありゃあ」

「だから言ったじゃないっすかお頭！　本当にオアシスと村ができてるって！」

「ああ……正直お前の駄法螺《だぼら》だとばかり思ってたぜ」

砂賊の親玉――カディンは目を細めながら、目の前に広がっているあり得ない光景を観察する。

――カディンは今朝、部下の一人から信じられない報告を受けた。

なんと砂漠の外れの方に、急にオアシスができたというのだ。

オアシスというのは、一日や二日でできるようなものではない。

そこに水源があり、水の恵みを受けられる樹木が育つことで初めて生まれるものなのだ。

そんなふざけた報告をする部下は斬り殺してやろうかとも思ったが、彼は砂賊の頭である。人員補充が利かない砂漠で、むやみに部下を殺すのは上手《うま》くない。

時にはリーダーとして余裕のある態度も見せなくては、部下はついてきてはくれないからだ。

故に部下の間違いを許してやるボスとして振る舞うため、彼はわざわざ報告の場所までやってきた。


けれどこうして実際に来てみれば、事実は小説よりも奇なり。

本当に今までなかった場所に、見知らぬオアシスができているではないか。

(たしかここには村があったはずだ)

けれど以前カディンが見たときと比べると、その様子は様変わりしている。

今の村には樹々が青々と茂り、そして瑞々《みずみず》しい果実を実らせているからだ。

ごくり……という生唾《なまつば》を飲み込む音は自分のものか、それとも部下達の中の誰かのものか。それがわからなくなるほど、カディンは目の前の光景に目を奪われていた。

「これだけのオアシスに果樹……あれだけ樹々が育つんなら新しい水源が見つかったんだろう」

この砂漠において、水資源は何よりも重要だ。

水は高値で売れるし、水さえあれば基本的にはどんな物々交換にだって応えることができる。

その時の降雨量や水魔法使い達の居場所にもよるが、鉄資源などよりも水の方がよほど高値で取引できることも多いのだ。

つまりあのオアシスは——正しく宝の山。

あの有り余る水源とフルーツを上手く利用することができれば、ここら一帯を牛耳ることもできるだろう。

（いや、そんなもんじゃねぇ。あれだけの場所が俺様のものになれば、それこそ砂漠を纏《まと》め上げる王にだって……じゅるり）

思わずよだれがこぼれそうになるのを必死に抑え、カディンは手に持った曲刀を強く握った。

今の彼の目は、完全にお金のマークになっている。

そして彼の部下達も多かれ少なかれ、似たような状態だった。

目の前に極上の獲物がぶらさげられていて、奮わない砂賊はいない。

高く掲げた曲刀が、強い太陽の光を浴びてキラリと輝く。

「行くぞ野郎共ッ！　今日からあの場所は——俺らのもんだっ！」

「「「うおおおおおおおおおおおおっっ‼」」」

カディンを先頭にし、砂賊達が動き出す。

雄叫《おたけ》びを上げながら駆け出す彼らの目には、明るい未来しか映っていなかった。

「浅ましいな……他人から盗《と》るよりも自分で築き上げた方が、何百倍も価値があるというのに」

チャキリという音が聞こえたかと思うと、向かっている三人の男が意識を失った。

欲に眩《くら》む男達は鯉口《こいぐち》を切る音にも気付かず、ただただ前を目指していく。

「ウッディが作ろうとしている優しい世界。それを壊すというのなら――私は一切、容赦はしない」

「うおっ、なんだっ⁉」

吹き付ける突風に、砂賊達はたたらを踏んだ。

そして――『剣聖』が暴威を振るった。

「ぐっ⁉」

「ぐわっ、なんだ――⁉」

「ひ、ひいいいいいいっっ！」

砂がめくれ上がり、人体がボールのように吹っ飛んでいく。

カディンは事態の深刻さに気付くが、もう遅かった。

「ま、待て、助け――」

「問答、無用ッ！」

剣がカディンへと襲いかかる。

素養もなく、一般人にしては高いという程度の戦闘能力しか持っていない彼に、為《な》す術《すべ》はなかった。

ガクリ、と脱力し意識を失う直前にカディンが聞いたのは――。

「安心しろ、峰打ちだ」

そう言って剣を鞘《さや》へと収める、女剣士の声だった……。

「ふむふむなるほど、背後関係はなしと……」

ナージャが紐《ひも》でグルグル巻きにした盗賊達を連れてきたのは、出掛けてから半日も経《た》たないうちのことだった。

どうやら近くに根城があったようで、そこに控えていた人員も漏れなく捕らえることができた。

シムルグさんの使う真偽判定の魔法を使って背後関係を洗ったけれど、バックに巨大な組織や陰謀が……なんてことはなかった。

近くの村や定期的にやってくる商隊なんかをターゲットに絞っている、ごく一般的な砂賊だ。

とりあえず彼らを一網打尽にできたことで、今後しばらく砂賊に悩まされることはなくなった。

けれど逆に僕らは、新たな問題を抱えるようになってしまったのだ。

「この砂賊達、どうするのがいいかなぁ……」

そう……この捕らえてきた砂賊達を一体どうするべきかという問題である。

本当なら皆殺しにしても良かった、王国の法律では盗賊は殺しても罪に問われないからね。でも砂漠は、そもそもの人の数が少ない。

彼らを人的資源として考えれば、何か使い道があるかもしれない。

それに改心してくれれば、彼らだって大事な村人になるわけだし。

「まあとりあえず、収容場所に困らなくなるのは助かりますね」

「うん、それはたしかに」

そう言って僕らが見つめる視線の先には、一本の樹があった。

でも、今まで植えてきたような樹とはずいぶん違う。

それをあえて一言で表現するのなら……平屋のような見た目をした、樹だ。

屋根に相当する部分がわさわさっとした緑色の葉で覆われており、外には樹の回りに蔦《つた》が生えていたりと……見た目は長いこと放置されて自然に負けそうになっている民家みたいな感じである。

この樹はその正式名称をハウスツリーというらしい。

今回新たに植えられるようになった樹のうちの一つだ。

今の僕が植樹をしようとしたらこんな感じになる。

【植える樹木を選んで下さい】
世界樹（果樹タイプ／非果樹タイプ）
モモの樹
リンゴの樹
梨の樹
桑の樹
柿の樹
栗の樹
ブドウの樹
ハウスツリー
ライトツリー
ファイアツリー
ウォーターツリー

ウィンドツリー
アースツリー
レベルが上がったことで、今までとは違い実をつけないような謎の樹々を植えられるようになった。

ちなみにライトツリーというのは、太陽光を浴びせておくだけで、暗い場所でピカピカと光ってくれる小型の樹だ。

これをハウスツリーの中に入れておけば、夜中も灯《あか》り要らずで生活をすることができるのだ。

それだけじゃない。

ブドウも作れるようになったから、これでワインなんかも作れるようになった。

お酒が自作できるようになれば間違いなく交易品になるし、商人なんかも寄ってくれるようになるはずだ。

食糧問題が解決したから、次の問題を解決していくべし。

素養にそんな風に言われているような気さえしてきてしまう。

あ、そうだ。

ちなみにレベルが上がったことで、実をつけない……つまりは非果樹の世界樹を植えることもできるようになった。

これで今まであった、貴重すぎる世界樹の実が普通にそこら中で採取できてしまう問題が解決できた。

食べられるだけならいいけど、下手に外で売られたりしてその価値に勘付かれたら絶対面倒なことになっちゃうしさ。

ハウスツリーは、簡単に言えば家として使える樹だ。

中へ入っていけば、どんな感じかは一目瞭然《いちもくりょうぜん》。

「最低限の居住環境は整ってる感じなんですね……」

「うん、こんなものが植えられるようになるなんて。助かったよ」

「これは……樹、でいいんでしょうか……？」

首を傾《かし》げるアイラ。

斜めに見ると何か見方が変わるのかと思い、僕も同じように首を傾げてみる。

「はうっ⁉　……（かわいすぎです、ウッディ様！）」

そんなこと言われたってしょうがないじゃないか。

植えられるものは植えられるんだから、使わないと損なだけだし。

中には葉っぱでできた絨毯《じゅうたん》や木製のテーブルなんかもあり、最低限の生活設備が整っている。

……というかこれ、間違いなく僕が泊まったシェクリィさんの家よりもしっかりしている。

これを樹と言っていいのかは、正直僕ですら微妙だと思う。

けれどまあ、植樹で植えられるんだから樹に違いない。

とりあえずこっちのハウスツリーを、村人の家と順次入れ替えていこうと思う。

空き家になる村人さん達の家を、盗賊達のとりあえずの収容場所にしておくのがいいだろう。

「でもそんなずさんな監視体制だと、盗賊達が逃げちゃうんじゃないですか？」

「ううん、その心配はないよ」

そう言って笑いかけると、アイラは何故《なぜ》か俯《うつむ》いてしまった。

僕の言葉が信じられないのかもしれない。

でも多分、ホントに問題はない。

新たに植えることができるようになった樹を使えば、彼らは逃げようがないからね。

◇◇◇

「チイッ、まったくついてねぇ……」

そんな風に言いながら、足を引きずって歩いているのは一人の大男――カディンだった。

カディンは苛立《いらだ》たしげに地面を蹴《け》る。

つま先が蹴り上げた土が飛び散り、砂が巻き上がった。

「ぺっぺっ！　クソッ、ついてねぇぜ、まったく」

カディンは倒置法を使い再度愚痴ってから、つまらなそうな顔をして歩き出す。

その全身は砂に汚れており、身体《からだ》中至るところに青あざや切り傷があった。

「うるさいぞ、死にたいか？」

「かっ、こんなキツいことをされ続けるくらいなら、死んだ方がマシだっての！」

彼は目隠しをされており、その両腕は後ろ手に縄で縛り上げられている。

その縄を掴《つか》んでいるのは、先ほどまでカディン達をボコボコにしていた『剣聖』ナージャだ。

（しかしまさか村に『剣聖』がいやがるとはな……考えりゃあおかしいことはわかってたんだ）

謎の剣士にボコボコにされたカディン達は意識を取り戻すと、村の端に作られている謎の場所にいた。

拘束されることもなく、何故か手元には素朴な造りの木剣が。

そして少し先には、自分達の方を睥睨《へいげい》している鬼がいたのだ。

『貴様らの性根を私がたたき直してやる』

木剣片手にこちらをにらみつける彼女がナージャという名であることを教えられたカディン達は、彼女が『剣聖』の素養を持っているということを、その身体に教え込まれることとなった。

地獄のようなシゴキに血反吐《ちへど》を吐きながらもなんとか耐えた彼らは、アイマスクで目隠しをされ、両手を縛られた上で村の中へと連行され、そして一人また一人と収容施設へ入れられていった。

カディンは言われるままに歩いているが、既に周囲に仲間達の気配はない。

どうやら自分が最後の一人らしいとあたりをつけてからしばらくすると、ようやく足が止まる。

「入れ」

中へ入ると、目隠しだけは外された。

両腕は縄で縛られているが、足の自由は利くので動き回ることができる。

ナージャは盗賊達を収容すると、さっさとどこかへ行ってしまった。

彼女の足音が遠ざかるのを確認しながら、カディンは部屋の中をくまなく探すことにする。

用を足すための桶《おけ》、寝るためのベッド、食事を摂《と》る時に使う机。

生活に必要な用具は、最低限揃《そろ》っている。

部屋も広い……というか、広すぎる。

そこは少々ボロくはあるが、ちゃんとした一軒家だった。

捕まえた虜囚に与えるには破格すぎる物件だろう。

「マジか……本当に監視もねぇのかよ」

死を覚悟していたが、これは幸運だ。

監視の目がないのなら、抜け出すチャンスが絶対にあるはず。

盗賊として捕まっているのだから、明日がどうなるのかもわからない身だ。

それならさっさとずらかるのが吉に違いない。

カディンは音を立てぬよう慎重に扉を開き、外に人がいないのを確認。

そのまま勢いよくドアを開き、そして……。

「な、なんじゃこりゃあ……」

絶句した。

彼の家の前には一本の樹があった。

樹からは蔦が伸びており、ピンと張った状態で家をぐるりと囲んでいる。

そしてそれらは……凄《すさ》まじい勢いで燃えていたのだ。

「樹が、燃えてる……あっち！　あっちいっ！」

外に出すぎると、火の粉がかかって火傷《やけど》をしてしまう。

こんな風に家を囲まれていては、出る術はない。

「……家に、戻るか」

カディンは自分の力の及ばぬ何かに巻き込まれたことを悟り、黙って家へと戻る。

そして同様の光景が村の至る所で引き起こされ、盗賊達は抜け出そうなどと考えることもなく、家で大人しくしているのだった……。

◇◇◇

「うん、エレメントツリーは問題なく動いてくれたみたいだね」

ゆっくり眠り朝になった。僕は、ぐるりと村を回って結果を確認していた。

僕が問題ないと言っていた理由はエレメントツリー——つまりはファイアツリーやウィンドツリーのような属性を持つ樹々にあった。

ハウスツリー以外に新たに手に入ったこの四大元素の属性を持つ樹々の特性は、非常にシンプル。

周囲の魔力を吸って、それを魔法にして放つというもの。

僕らの村は聖域であり、世界樹とシムルグさんの魔力が満ちている状態になっている。

そんな村の中にこのエレメントツリーを植えれば、周囲の魔力を吸って常に魔法が発動している状態になるのだ。

おかげでぐるりと樹で囲んでしまえば、盗賊達は逃げられなかったってわけ。

「ただちょっと威力が高すぎるね、もうちょっと調整できるようにしなくちゃ」

「そんなことできるのか、ウッディ?」

もし逃げられた時のことを考えて僕と一緒に気を張っていたナージャが尋ねてくる。

その質問への答えは、もちろんイエスだ。

「今回は蔦をぐるっと家の周りに巻いたでしょ？」

「うん、それがどうしたんだ？」

「蔦からも魔法が出てたの、変だと思わなかった？」

「言われてみれば……たしかに。魔法が出るのは、樹だけじゃないのか？」

「僕も途中まで知らなかったんだけど、どうやら蔦も樹の一種みたいなんだよね」

そう、どうやら蔦も樹の一種らしいのだ。

けどもちろん、ただ植樹をしただけだと普通の樹が植えられるだけだ。

じゃあどうやってエレメントツリーを蔦にしたのかというと、そこで僕が新たに手に入れた二つ目のスキル、交配が関わってくる。

「交配……なんだかエッチな響きですね」

いつの間にか現れて不穏な台詞《せりふ》を呟《つぶや》いているアイラがお茶を淹《い》れてくれる。

軽く唇を湿らし、一呼吸置いてから、説明を続けることにした。

この交配の力は、簡単に言えば樹々を掛け合わせることのできる力だ。

実際に使って試してみようか。

交配を発動っと。

【交配する一つ目の樹を選んで下さい】

僕の目の前に赤のカーソルが現れる。

とりあえず近くにあったモモの樹を選択する。

【交配する二つ目の樹を選んで下さい】

次は青のカーソルが現れる。

今度は少し遠くにあるリンゴの樹を選ぶことにした。

【交配を行いますか？　はい／いいえ】

ここで「はい」を選択。

すると今までとはまた違う赤と青の光が凝集し、僕の手のひらの上に載った。

その見た目は赤と青が入り交じった、紫色の種だ。

けれど不思議なことに、毒々しさは感じない。

むしろ生命の力強さなんかを強く感じさせてくれる。

【ここに樹を植えますか？　はい／いいえ】

場所を指定してから「はい」を選択すると、手の上に載った種がその場所へ吸い込まれるように飛んでいく。

そしてピカピカッと光り……光が収まった時には、そこに一本の樹が生えていた。

これが交配によって生まれた新たな樹――。

「そう、これが……モモリンゴの樹だよ」

「モモリンゴってなんだ!?」

「あら、ナージャは知らないんですね」

「その口ぶり……知っているのか、アイラ？」

「もちろん私も今初めて聞きました」

「だったらなんで知ったかぶりをするんだ！」

モモリンゴの樹というのは、僕の造語だ。

けどあながち間違いなわけでもない。

その理由は、一時間後にはわかる。


「こ、これは……」

「なんだかものすごい違和感です……」

シャクッと果実を食べるアイラとナージャ。

甘くて美味しいフルーツを食べているっていうのに、二人は微妙そうな顔をしている。

その理由はこのモモリンゴの樹に生《な》っている果実にある。

この樹になっている果実は四種類。
・モモ味のモモ
・リンゴ味のリンゴ
・モモ味のリンゴ
・リンゴ味のモモ
僕が手に入れた交配スキルは、簡単に言えば僕が植樹した二種類の樹木を掛け合わせ、その特性を持った樹を植えることのできる力だ。

モモとリンゴの樹を掛け合わせたモモリンゴの樹だと、今までのような普通の果実に加えて、味だけ掛け合わせた果樹の果実になるフルーツも作れるようになる。

二人が微妙そうな顔をするのも、よくわかる。

見た目は完全にリンゴなのに食べたらモモっていうのは、その……なんだか違和感がすごいからね。

でもこれは単に色んな果樹を作る以外の効果もある。

ブドウの樹と別のものを掛け合わせることで、特性を持った蔦《つた》も作れるようになったのだ。

ここまで言えばわかるだろう。

あの魔法が出ている蔦は、エレメントツリーとブドウの樹を掛け合わせて作った蔦なのだ。そうだな……エレメントマスカットと名付けることにしよう。

なんにせよこの交配の力、まだまだ使い道がありそうだ。

この後するシムルグさんとシェクリィさんを交えた会議が終わったら、もうちょっと色々試してみることにしよっと。


「お待たせしました」

「うむ、問題ないのである」

「神獣様とブドウを食べているとは……人生何が起こるかわかりませんな」

会議場所に選んだシェクリィさんの家に行くと、彼は緊張の面持ちで身体を縮こまらせていた。

パクパクとブドウをつまむシムルグさんはまるで家にいるようにリラックスしている。

「さて、それなら急いで終わらせちゃいましょう」

「うむ、こんなことにかかずらっている暇はないのである」

僕らが話し合うのはもちろん、砂賊の処遇についてだ。

不穏分子である彼らを殺さずに済む手はないだろうか。

三人で知恵を絞れば、何かアイデアが出るはずだ。

「とりあえず畑仕事をさせるとか」

「たしかに水源ができたおかげで、麦も生育できるようになりました。けど……彼ら、ちゃんとやる気を出してくれますかね？」

「それはたしかに心配だね。人の物を盗ることを生業《なりわい》にしてきた彼らが、まっとうな労働に励んでくれるようになるとは到底思えないし……」

盗賊達を更生させるのは難しい。

かといって無理矢理働かせようとしても、どこかで手を抜くに決まっている。

人間自分に何かメリットでもないと、なかなかやる気を出せないものだしさ。

「更生させる、であるか……聖域の浄化作用を浴び続ければ、ある程度マシにはなると思うのだが……」

「浄化作用、ですか？」

「うむ。聖域には魔を祓《はら》うだけではなく、悪感情を取り払ってくれる効果もあるのである。もちろん根っからの悪人が、急にボランティアに目覚めたりはしないがな。通常は長い時間をかけて、徐々に清らかな心になっていくものなのである」

どうやら聖域には人を改心させてくれるような力もあるらしい。

けれど聖域単体での力はそれほど強くはなく、もし短期間で改心させようとするのなら『神官』

や『牧師』、『修道女』などの素養を持つ人間の力が必要になるんだって。

素養か……あ、そうだ。

そういえばシムルグさん、聖域があれば素養の授与もできるみたいなことを言ってたよね。

「うむ、神官系の素養持ちや『祈祷《きとう》』持ちがいれば授与はできるのである。あと一応神獣の我もできるぞ」

「うむ。だが正直神と対話をしなくちゃいけないので、やりたくないのである。神獣というのも、実は結構しがらみとか多いのだ」

「シムルグさん……なんでもできるんですね」

「そうですか……それならとりあえず別の方法を探さなくちゃいけませんね」

素養を持っている修道女や神官が、この村に流れついたりするまでは我慢するしかないか。一体いつの日になるのやら。

……やめやめ、辛気くさいことばっかり考えてたら気が滅入《めい》っちゃう。

もうちょっと別のことを考えよう。

何かないかな……とちょっと考えて思い出した。

折角採ってきたし、あれを食べてもらうことにしよう。

僕はポケットから、とある果物達を取り出すことにした。

「シムルグさん、これ食べます?」

「ふむ……って、それ本当に食べていいやつであるかっ⁉」

僕の手に乗っているのは燃えているブドウに膨れ上がったブドウ、中で風の渦が巻いているブドウになんかまっ茶色のブドウ……そう、四種のエレメントマスカットである。

エレメントツリーとブドウを掛け合わせると、何故か魔法の込められたブドウができたのだ。

「これが食べられるか知りたいので毒味……もとい試食お願いできますか？」

「毒味！　今毒味って言ったのである！」

「というかウッディ様……それ、触って大丈夫なんですか？」

シェクリィさんが指さす先には、四つの属性を帯びてとても食物とは思えない異彩を放っているブドウ達を持つ僕の手がある。

「不思議なことに、なんともないんだよね。だからより怖いんだけど」

なんとも摩訶不思議《まかふしぎ》なことに、燃えているブドウを持っていても僕だけはまったく熱くないのだ。

試してもらったところ、ナージャとアイラは普通に熱を感じていた。

ちなみに薪《まき》に放り込んだら普通に燃え出したたし、昨日の夜から一度も火は消えていない。

多分素養で植えた樹だから僕には効かないみたいな話だとは思うんだけど……流石の僕も、これを食べる勇気はない。

というわけでもし何かあってもどうにかしてくれそうなシムルグさんに試してもらうことにしたのだ。

「うむ……まあ珍味というのもたまには悪くないか」

ほとんど躊躇《ちゆうちよ》することもなく、シムルグさんはパクリと燃えるブドウを食べてしまった。

「ふむふむ……刺激的だが、まあまあであるな。初級火魔法程度の熱量はあるから、普通の人はまず食べられないであろうな」

「れ、冷静だ、流石神獣様……」

崇《あが》めるような顔をしているシェクリィさん。

一つ食べて問題なさそうなことがわかったからか、シムルグさんは他の三つのブドウも食べ始めた。

彼の様子が変わったのは三つ目の風のブドウ――ウィンドマスカットを食べた時のことだった。

「むっ！　むむむっ、これは――っ⁉」

「シムルグさん、大丈夫――」

「――美味！　美味なのであるっ！」

バサッ！

その美味しさを表現するかのように、シムルグさんが翼を大きく広げる。

どうやら本当に感動しているらしい。

世界樹の実を食べた時に勝るとも劣らないほどに興奮しているように見える。

「ウッディ、このウィンドマスカットも定期的に作ってほしいのである！」

「え？　……まあはい、いいですよ」

エレメントマスカットは燃えたり風が吹いたりと周囲に何かあるとちょっと面倒だけれど、村の外れに作る分には問題もないだろうし。

「ありがたい！　ただ無償でというのもちょっとマズいので……それならさっき言っていた素養の授与を、神官系の素養持ちが現れるまで行う、という契約ならどうかな？」

「――え、いいんですかっ⁉」

「うむ。このウィンドマスカット、風魔法が得意な我にとっては正しく天にも昇るような味がするのである。恐らくだがアイラ嬢もウォーターマスカットを食べれば我と似たようなことを言うと思う」

なるほど、どうやらこのエレメントマスカット達は、魔法使い達に刺さるフルーツらしい。今のところはアイラとシムルグさんしか食べる人はいなそうだから、他のエレメントフルーツを作るかはちょっと迷うところだな。

盗賊を捕らえる用には使えたし、色々と使い道はあるかもしれない。

でもなんにせよ、これで聖域の力をまた一つ利用できるようになった。

というわけでひとまず、問題は解決だ。

平民達の中にも素養を持つ人は数は少なくともいるって話だから、村人達の中にも素養持ちがいるといいんだけどなぁ。

家庭教師の先生に、こんな風に教わったことがある。

『素養を持つのは、貴族が貴族であるが故。平民が祝福の儀を受けたところで素養を授かることは極めて稀《まれ》。ですから平民が祝福の儀を受ける意味などないのです』

僕は以前、この先生の教えに疑問を持ったことがあった。

この国の貴族達も、数百年前はただの平民だったわけで。

だとしたら素養が授かる可能性が貴族と平民でそこまで大きく変わる理由はどこにあるのか。

それを聞いた先生はキレてまともに答えてはくれなかった。

そして僕はその答えを、数年越しに知ることになるのだった。

「まさかこんなに沢山の素養持ちがいるとはね……」

自分だけのウィンドマスカット園を手に入れてご機嫌のシムルグさんに手伝ってもらいながら、片っ端から村人達に祝福の儀をしてみたところ、驚愕《きょうがく》の事実が発覚した。

なんと全体の二割が、素養持ちだったのである。

とてもではないが、この結果を見て平民に祝福の儀が必要ないとは言えないだろう。

だとすると王国の貴族や王族達は、素養持ちの数を増やしたくなかったから、情報統制をしていた……そう考えるのが自然だろう。

「なんということだ……」

僕と同じくらい、いや下手をすればそれ以上に、ナージャはショックを受けていた。

そりゃあ僕が先生から教わっていたのと似た嘘《うそ》を吹き込まれていたとしたら、衝撃を受けるのも当然だ。

けどまあ、悪いことばかりじゃない。

聖域があるおかげで特にお布施なんかがなくともガンガン素養持ちを増やせる僕達にとって、これは朗報でもある。

若干増した王国への不信感を除けば、プラスのことばかりだ。

だって素養持ちが村に沢山いれば、それだけこの砂漠での生活を豊かにすることができるからね。

『植樹』の素養がある僕がいれば食糧問題や居住場所の問題を解決することができたように。

『水魔導師』のアイラが水問題を解決し、『剣聖』のナージャが盗賊を打ち倒してくれたように。

さて、それじゃあ村人達にどんな素養持ちがいたのかを見ていこう。

「まさか私が『牧師』とは……聖教典をパラパラ見たことがある程度なんですが……」

まず村長のシェクリィさん。

彼は『牧師』の素養持ちだった。

シェクリィさんのおかげで、これからはシムルグさんに任せなければいけなかった祝福の儀を自分達で行うことができるようになったぞ。

迷惑かけ通しだったから、シムルグさんにはしばらくウィンドマスカット園でくつろいでもらうことにしよう。

「僕が……『水魔法』の素養を……」

そしてシェクリィさんのいとこであるマクレー君は、『水魔法』の素養を持っていた。

この砂漠では、水魔法使いの確保は何よりも重要だ。

何せ水不足に陥った時には、水魔法使いの誘拐なんかも平気で起こるらしいし。

「もう二度と……この村を水不足にはさせません！」

グッと拳《こぶし》を握りながらファイティングポーズを取るマクレー君。

どうやら気合いは十分なようだ。

とりあえず空いてる時間にアイラを派遣するから、是非水魔法を極めてくれたらと思う。

マクレー君の年齢は、僕より一つ下の十四歳。

まだ成人前だったが、普通に素養を授かることができていた。

どうやら祝福の儀の年齢制限も、あまり意味のないルールだったみたいだ。

この他に村人達が持っていた素養は三つだ。

『剣士』

『火魔法』

『海賊』

村人は合わせて二十六人で、素養持ちはうち五人。

この調子で村を大きくすることができれば、それだけ素養持ちも増える。

まだ村を一歩出れば魔物の脅威に晒《さら》される現状下、戦闘系の素養持ちが増えてくれるのはありがたい。

ナージャとアイラが鍛えてくれれば、恐らくそう遠くないうちに皆戦力になってくれると思う。

『海賊』の素養っていうのがどんなものなのかはわからないけれど……とりあえず彼女にもナージャの訓練を受けてもらおうか。

どんなことになるのか、今からわくわくする。

こうやってできることが増えていくのは、正直結構楽しい。

僕も交配で色んな樹を掛け合わせて、色々と試してみることにしよっと。

閑話二

元は滅びを待つだけだったはずの、小さな名もなき村。

けれど今その村は、やってきた者達の力によって確実に変わり始めた。

かつては名前もなく、ただ砂漠最南端の村などと呼ばれていた場所には、今では別の名がついている。

それをやってのけた領主の名前と力にあやかって、その村はこう呼ばれていた。

――ツリー村と。

周囲よりも高さのあるハウスツリーは、尖塔《せんとう》のような形になっている。

交配によってウッディが生み出したこの特製のハウスツリーには、多数の椅子が立ち並んでいる。

多数の人がやってくることを想定して作られているこの場所には、なんと採光用の穴まで空いていた。

このハウスツリーの用途は……教会。

神を信じる者達の、祈りと憩いの場だ。

「皆様、ごきげんよう」

教会の中にある教壇へ上ってそう言っているのは、シェクリィである。

以前のような襤褸《ぼろ》切《き》れではなく、しっかりとした衣装に身を包んでいる彼は周囲の者達にぎこちないながらも語りかけていく。

その話を聞いているのは、皆強面《こわもて》の男達ばかりである。

かつては村の代表だったシェクリィの今の仕事は、村長兼牧師。

彼は『牧師』の素養を使い、彼ら盗賊達を更生させるよう命じられているのだ。

「けっ、誰が教会なんぞ」

「ちっ、あいつさえいなければ……」

「はあ~、めんどくせぇ」

魔法の檻《おり》に閉じ込められてまともに移動ができず、久しぶりに移動が許されたかと思えば、やってきたのは教会。

信心などというものと縁遠い彼らは、明らかにつまらなそうな顔をして座っていた。

今すぐにでも牙《きば》を剥《む》きそうな彼らが、文句を言いながらもしぶしぶと言うことを聞いているのは、シェクリィの後ろにナージャが控えているからである。

下手なことをすれば彼女に殺されることがわかっているため、逃げたりはできない。

けれど牧師のつまらない話など聞きたくない……と盗賊達の態度は思わしくなかった。

(私になんとかできるでしょうか……でもまあ、どうにかやってみせましょう。ウッディ殿に助けてもらった恩返しと思えば、この程度お安い御用です)

シェクリィはくるりと振り返り、後ろに歩いていく。

その先には、布のかけられた謎の物体があった。

彼がひらりと布を取り払うと――そこにはシムルグそっくりの木彫りの像と、等身大スケールウッディのフィギュアがあった。

「皆様、神を信じましょう。信心さえあれば、あなた達の道は必ず開かれます」

最初はたどたどしかったシェクリィの説法からは、話す度によどみがなくなっていく。

これが素養の力か……と実感しながら、シェクリィは彼らに物事の道理を説いていく。

彼は王国で信じられている聖教を信仰はしていないが、自分達のことを助けてくれたウッディとシムルグのことは信じている。

聞きかじりの聖教の知識と自分の経験談を交えることで、シェクリィは独自の宗教を完成させたのである。

その信仰対象はもちろんウッディとシムルグ。

風が得意な神獣のシムルグととんでもない樹《き》を植えるウッディから採り、『風樹教《ふうじゅ》』と呼ぶことにした。

こうしてシェクリィの思いつきから生まれた『風樹教』は、やがて発展していくこととなる。

盗賊達もその豊穣《ほうじょう》を実際に見ることで信仰心が増していき、そこに聖域の浄化作用が加わることで、悪心は取り除かれていく。

そして気付けば彼らは立派な村人として生まれ変わり、ナージャに率いられて砂漠での狩猟部隊として活躍することになっていくのであった……。

第三章

村が聖域になってから四日目の朝が来た。

ここまで来ると、色々と生活も安定してきている。

昨日やってもらったシェクリィさんの説法も、なんとか上手《うま》くいったようだ。

『一発で完全に改心！』というほど簡単ではないけれど、それでも盗賊達の行動には明らかに変化が現れているみたい。

だって昨日なんか、村の人達が果樹を採っている姿を見学して何やら感心するような顔をしていたしね。

その時に僕の方を見た盗賊が拝むような仕草を見せた気がするんだけど……まああれは流石に気のせいだろう。

あ、そうだ。

そういえば植樹レベルが上げられるところまで来たんだけど、色々としているうちに時間がなくてできてなかったんだった。

ハウスツリーの交配とかで忙しくて、そこまで気が回らなかったんだよね。

とりあえず先に、レベルアップだけでもしておくことにしよっかな。

今までレベルアップごとに新たな力を手に入れていたから、また今回も何か手に入るんじゃないかと今からわくわくだ。

ちなみに今の植樹ステータスは、こんな感じ。

植樹レベル　5
植樹数　35／50
笑顔ポイント　102（4消費につき一本）
スキル　自動植え替え　交配

本当なら既にレベルアップが進んでいてもいいのだけど、そうなっていないのはこの新たに手に入れた交配のスキルのデメリットが原因だ。

二つの特性を掛け合わせてなんでもできると思われていたこの交配には、大きなデメリットが一つあった。

――交配を使用して植樹を行った場合、笑顔ポイントは減るけれど、植樹数にはカウントされないのだ。

この植樹数というのはどうやら、新たに植えた樹《き》にしか反応しないらしい。

笑顔ポイントにある程度の余裕があって本当によかったよ。

どうやら村の人達も僕に対して悪い思いは持ってはいないようで、笑顔ポイントは日々着実に増えているからさ。

何度か確認をしてみたところ、大体誰からも一日に一回くらい笑顔ポイントが入ってくるみたいなペースだった。

ちなみに普通の村人なら1、僕に感謝をしているならそれ以上のポイントがゲットできるって感じ。

今はちゃんと食べていくことができるだけでありがたいからってことだろうか、かなりのポイントがもらえている。

平均したら2に届くくらいはあるんじゃないかな。

もちろん今はボーナス期間だろうけれど、盗賊の人達が改心すればここに彼らの笑顔ポイントも乗ることになる。

今でも村に必要な分の植樹はできてるし、家の用意も終わったから……村の外れの方にブドウの樹でも植えようかな？

生産量的にも余裕が出てきた今なら、ワインを作るためのブドウ生産に手を出してもいいだろうし。

正直なところ食糧事情的には、これ以上植樹しなくても困らない。

今後の植樹の目的は、僕らで食べるというよりは、余所《よそ》と交渉をして物資を獲得することの方へとシフトしていくことになるだろう。

うん、余所と取引をすることを考えて……ブドウだけじゃなくてリンゴも植えよう。

この砂漠では、瑞々《みずみず》しい果物というのはそれだけでかなり価値が高い。

本来なら大量の水を使わなくちゃ育たないし、いざという時は水分補給に使えたりもするし。

でも商人とかに売ることを考えたら、ドライフルーツ作りもそろそろ始めて……っていけないいいけない。

　まずは樹を植えなければ。

「一緒に行くぞ、ウッディ」

「うん、一緒に行こっか」

　ナージャと手を繋《つな》いで、村の外れの方へ行くことにした。

　村の中にあんまり密集させて樹を生やしすぎると、通り抜けるのが難しくなってしまう。

　地表に出てる根に足をひっかけて村人の皆に転んでほしくもないので、今は『植樹』を村の外側で使うようにしている。

　おかげでシムルグさんのウィンドマスカット園以外にも、小さな果樹園ができ始めていたりするのだ。

「よし、とりあえずリンゴと……」

　リンゴゾーンに数本ほどリンゴを植え、地面に落っこちているリンゴを食べる。

　砂漠の熱にあたり少し柔らかくなっているが、まだまだ十分美味《おい》しい。

　けれどあたりを見回すと、既にぐずぐずに腐っているリンゴや、更に時間が経《た》ち種や芯《しん》だけしか残っていないリンゴの残骸《ざんがい》達がいくつもあった。

「こう見ると、もったいないと感じてしまうな……」

「全部収穫できればいいんだけどね。収穫さえできれば、アイラの水魔法で冷やしておいたりできるのに……」

　僕の植樹は、一時間に一回果実が実ってしまう。

そのためちょっと目を離していると次の果樹ができてしまい、元々実っていたものはある程度時間が経つと落ちてしまうのだ。

細かく『収納袋』に入れるようにしていたけれど、既に中身は結構パンパンになってしまっている。

種にはなっているし、将来的には新たな樹として生えてきてくれるのかもしれないけど……やっぱりどうしてももったいないと感じちゃうな。

【『植樹』によるレベルアップを強く推奨致します】

「——えっ⁉」

「ど、どうしたんだウッディ、そんな驚いて。ま、まさか私が使っている香油がいつもと違うことに気付いて……」

「素養が久しぶりにアドバイスをくれたんだよ」

「——な、なあんだ、そうだったのか！　あ、アハハ……（ガクッ）」

何故《なぜ》だか今にも膝《ひざ》から崩れ落ちそうな様子のナージャを支えながら歩き、ブドウ園へ。

そして十本目のブドウを植え終えた時、キラキラと輝く光の板が現れる。

【植樹量が一定量に達しました。レベルアップ！　自動収穫スキル、収穫袋スキルを獲得しました！】

「自動収穫に、収穫袋……？」

今回は交配や自動植え替えと違い、効果が名前からかなり想像しやすいスキルだ。

けれどももし本当に僕の想像の通りなら……これで今まで抱えていた問題が、一気に解決できるようになるかもしれない。

期待で胸をわくわくさせながら、早速スキルを試すことにした。

まず最初に使うのは、自動収穫だ。

「発動……って、うわあああああああああっっ⁉」

ドドドドドドッ‼

ものすごい勢いで、四方八方から何かが飛んでくる。

「ウッディ、下がれっ……ってこれ、フルーツじゃないか⁉」

ナージャは自分が切り捨てたのがフルーツだということに気付き、その手を止めた。

そしてその間にも、ドドドドドッとアイラの水魔法に負けないほどの勢いでフルーツが僕の前にうずたかく積まれていく。

気が付けばフルーツが、小山になって僕の視界を埋め尽くしてしまっていた。

どうやらこの自動収穫は、僕が想像した通りに果樹から自動で果物を収穫してくれるスキルのようだ。

であればこの収穫袋っていうのは……。

「おおっ、今度は集まった果物が消えていくぞっ⁉」

僕が念じると同時、何段にもなって積まれていた果物達が吸い込まれるように虚空に消え始めた。

一分もかからないうちに、収穫物は全て消えてしまった。

さっきまでと同じ状態に戻った。

違いは既に、ブドウが全て収穫されていることだけだ。

「この収穫袋のスキルは、僕が持ってる『収納袋』みたいに、沢山のものを入れられるスキルってことだね」

「『収納袋』の力だと⁉　『空間魔導士』や『アイテムバッグ』の素養持ちは王国に召し抱えられるほどに強力な力だぞ⁉　ウッディの素養は、どんどんめちゃくちゃな方向に成長していくな……」

呆《ほう》けたような顔をするナージャ。

その表情を見て……何故だろうか。

僕が持つ素養を聞かされた時の父さんの顔を思い出してしまった。

——気付けば僕は、握りっぱなしの拳に力を込めていた。

そして少しだけ身体《からだ》を震わせながら、

「もし『植樹』の素養がもっとひどいことになったら……ナージャも離れていく？」

僕よりも年上で身長の高いナージャのことを上目遣いで見上げると、彼女はひうっと声にならない声を出す。

けれどすぐに何やらぶつぶつ怪しい独り言を言ってから、気を取り直してブンブンと首を左右に振った。

「そ……そんなことはない！　私が好きなのはお前の素養ではなくて……ごにょごにょ」

何かを言おうとしたけれど、そのままごにょごにょ言って口ごもってしまった。

顔を真っ赤にしていた彼女は、すぐに落ち着いた。

そして先ほどの失態を恥ずかしがってか少しだけ頬を赤く染めて、

「と、とにかくっ——私はウッディ、お前を追ってここまでやって来たんだ！　たとえ『植樹』が更に進化して、世界を支配する樹が自在に植えられる魔王になったとしても、私はウッディの味方だぞ！」

「……うん、ありがと、ナージャ」

僕も彼女の体温を感じているうちに、さっき感じた嫌な思いは消えていた。

よし、それなら次は自動収穫と収穫袋の詳しい能力について、しっかりと調べていくことにしよう。

「収穫袋は簡単に言えば収穫に限定して使える『収納袋』だね」

「うむ……けれど収納容量がこれほど大きい『収納袋』など存在しません。これはもう、一つの素養に匹敵する能力かと」

気が付けば側にいたアイラが、そう言って思案げな顔をする。

隣にいるナージャも僕も否定しない。

この収穫袋の力が、アイラが言っているようにとんでもない能力だということを、三人とも理解していたからだ。

色々と実験をしてみた結果、新たに手に入れた力のことは大方把握できた。

まず自動収穫の方だけど、これは文字通り発動した時点で収穫可能な植樹スキルでできた果物を全て自動収穫してくれるスキルだ。

自動収穫を使うには一回あたり笑顔ポイントを10使うが、かなり有用なスキルである。

今までは熟しすぎてしまったり、腐ったりしていた果物達を、これを使えば無駄にしなくて済むもの。

村人の皆にも、果樹を収穫する作業をしてもらわずに済むしね。

ただ収穫しただけじゃ以前と変わらず腐っちゃうじゃないかと思うかもしれないが、そこでこの収穫袋の出番である。

なんとこの収穫袋にはびっくりポイントが三つある。

一つ目。

収穫袋には『収納袋』のように容量上の限界が存在しないこと。

つまり僕が植えた樹の果物を入れる分には、いくらだって入れ放題ってことだ。

二つ目。

この収穫袋——驚くことに使えばその時点で時間の流れが止まるのだ。

熟れている果物を使って実験したし、素養のガイドも言っていたから間違いない。

収穫袋を使って果物を貯《た》めておく限り、時間経過で果物が悪くなる心配をする必要はないのである。

三つ目。

収穫袋を使うのに必要な笑顔ポイントは驚きのゼロということ。

僕は必要な時に収穫袋を開き、そこからフルーツを取り出すことができる。

この力を使えば、実質的な食糧問題はほぼ完全に解決したと言っていいと思う。

このスキルはたしかにアイラが言うように、他のスキルと比べて性能が破格すぎる。

自動植え替えなんて植えた樹が入った植木鉢が自動でできるだけで植え直す作業は手動だし……

なんていうか落差がひどいよね。

……まあ交配はかなり有用だけど、自動収穫同様行う度に笑顔ポイントを使うし。

やっぱり消費ポイントゼロの収穫袋が強すぎる。

「でもこれで、村人達に収穫をしてもらわなくて済むようになったのはかなり大きいね」

「ウッディの言う通りだな。それぞれの稼業に精を出してもらえれば、それだけ村でできる産業の幅が拡《ひろ》がるはずだ」

「これだけ美味しい果物がある時点で、産業なんかなくてもなんとかなりそうですけどね……むしゃむしゃ」

アイラが手に持っているのは、今にもはちきれてしまいそうなほどに膨張した薄い緑色をしたマスカット——ウォーターマスカットだ。

そう、シムルグさんの言う通り『水魔導士』の素養を持つ彼女にはこのウォーターマスカットは相当美味しく感じるらしく、このブドウはアイラの大のお気に入りなのである。

大粒のウォーターマスカットを頬張るアイラを見たナージャは、呆《あき》れたような顔をして肩をガクッと落とす。

「アイラよ、それを言うな。それを言ったら元も子もないじゃないか……」

そ、そんな言い方しなくてもいいじゃないか！

別に僕だって、好き好んで変な力に目覚めてるわけじゃないんだし！

数日経った。この村の人達は、結構忙しく日々を過ごしていたりする。

今までやってきた畑の仕事や鍛冶《かじ》仕事のような稼業に加えて、この数日は果物の収穫作業を定期的にしなくちゃいけなかったからね。

けれどそれも、僕が自動収穫を使えるようになったことでほとんど解決した。

おかげで今は彼らも以前のような生活が送れている。

僕は樹をいじったりフルーツをストックしたりしているだけなので、実はそれほど忙しくない。

むしろ忙しいのは彼女……ナージャの方だ。

「ウッディ、帰ったぞ」

「ナージャ、お帰り」

当たり前だけど、果物だけだと栄養が偏る。

人間というのは、ちゃんと穀物や肉なんかも、バランス良く食べたりしないとよくないのだ。

聖域ができたおかげで、穀物はなんとかなりそうだった。

となると次に問題になってくるのは、肉の確保である。

僕が樹を植えるだけではどうにもならないお肉の確保。

僕達が食べる分だけならシムルグさんが取ってきてくれる分だけでも足りるんだけど、流石《さすが》にそれではツリー村全体を賄えるほどの量はない。

なので足りていない分に関しての肉を確保するため、ナージャの力を借りている。

彼女が扱《しご》いてくれている改心してきた元盗賊達や、素養を持っている村人達を引き連れて村の外に出てくれるおかげで、現在では十分な肉の確保ができていた。

「今日はサンドボアーを狩ってきたぞ」

「うん……すごく大きいね、それ」

ドスンッ！

勢いよく置かれたのは、まるまると肥えている一匹のイノシシだ。

砂に擬態するためか、毛が薄い茶色になっている。

これが、サンドボアー……冒険者なんかに討伐を依頼する強力な魔物って話だけれど。

「獲物に困らないのは助かるな。どうやらこのあたりの魔物はまともに間引かれていないし」

おかげで、現在の僕らは肉を加工して保存しておくだけの余裕ができている。

樹結界で守られていたり聖域で遠ざけてもらったりしているおかげでイマイチ実感しづらいのだが、どうやらこの砂漠には結構な数の魔物がいるらしく。

ナージャがすぐにサーチ&デストロイしてくれるので、見る見るうちに肉が溜《た》まっていっている。

「他の村の人達はどうやって生活をしてるんだろうね？」

「恐らくだが、足音を立てずに静かにひっそりと暮らしているんだろう」

「足音？」

「ああ、砂漠の魔物達は皆一様にかなり視力が悪く、その代わりに聴覚が発達している。一ヶ所に固まって暮らしている分にはバレにくいのだろう。そしてドンドンと足音を鳴らしてやれば、面白いほど簡単に獲物が釣れる」

そう言ってニヤリと笑うナージャ。

ここに来てからは世界樹の力でほとんど魔物と戦うこともなかったから、どうやら鬱憤《うっぷん》が溜まっていたらしい。

彼女のストレスも発散できて、僕らも美味しい肉が食べられる。

誰も損をしない、両者win‐winの素晴らしい取引だ。

「なるほどね。ちなみにダンとメグの様子はどう？」

「まああだな。ほら、ここの傷なんかはダンがつけた傷だぞ」

ナージャは剣技関連の素養では一二を争うほど有能な『剣聖』の素養持ちであり、ぶっちゃけた話ここらへんの魔物と戦う分には、相手が束になっても負けるようなことはない。

なのでナージャには現在『剣士』の素養を持つダンと、『海賊』の素養を持つメグと三人で行動をしてもらっている。

彼らを実戦の中で鍛えてもらっているのだ。

流石《さすが》にナージャがどれだけ強くても、一人じゃ手が足りないからね。

ゆくゆくは彼らにも、魔物狩りを単独でこなしてもらえたらと思っている。

それに今後は改心させた盗賊達を率いる役目も、二人にやってもらえたらなと思っている。リーダーとしての能力も高いんだけど、やっぱりナージャは剣を振るっている時が一番輝いてるからさ。

そんなことを考えながら、僕は水筒を開いて中に入っている紅茶を飲んだ。

今、隣にアイラはいない。

最近は僕と別行動を取ることも多い彼女には、『水魔法』と『火魔法』の素養を持っている二人を相手に教鞭《きょうべん》を執ってもらっているからね。

シェクリィさんは今も元盗賊達に説法を聞かせているだろうし、村の中でも責任ある立場にある人達は結構忙しい。

ただ樹を植えているだけの僕が、実は一番暇なのかもしれない。

「ウッディ様ッ！」

そろそろシムルグさんにウィンドマスカットを運びに行ってあげないとなんて考えていたら、メグが大急ぎでこちらに駆けてきた。

切羽詰まった表情だ。

魔物を狩ってきたばかりで全身砂まみれの彼女が、村の出口のあたりを指さしながら叫ぶ。

「――商人です、商人のランさん達が来ました！」

「どうする、ウッディ？」

「……と、とりあえず会いにいってみよう」

僕はメグに村人達への言伝《ことづて》を頼み、その間に主要なメンバーを集めることにした。

アイラとシェクリィさんとシムルグさんを引き連れ、商人達のいる村の入り口へと向かっていく。

聖域の結界はあくまでも魔物避《よ》けのもの。

人間の侵入を防げるようなものじゃないので、何かが起こるより早く行かなくちゃいけない。

そういえば、以前シムルグさんとナージャが空から飛んできた時には、危険を知らせるために世界樹はチカチカと光ってたよね。

でも前の盗賊騒ぎも、今回商人が来た時にも世界樹はまったく変化なし。

そこらへんに何か理由はあるのかもしれない。

この一件が終わったら、ちょっと調べてみようかな。

ああ、どうしてやらなくちゃいけないことっていうのは、どんどん積み重なっていくんだろう。

道中、シェクリィさんから話を聞かせてもらう。

どうやら彼らは、以前から村に生活必需品などを卸してくれていた行商人らしい。

「ランさん達は、その……一言で言えばお人好《ひとよ》しな方ですな」

「人がいい商人というのはどうにも信じられんのだが……人好きする風を装って、金を根こそぎ持っていこうという魂胆なのではないか？」

「――いやナージャ、それは早計かも。案外シェクリィさんの言う通りかもしれないよ」

「まさか！　商人なんぞ碌《ろく》なものじゃないぞ！」

僕もナージャも、正直商人にあまりいいイメージはない。

いかに税金逃れをするかやどうやって金を集めるかというものに速く回る頭をフルで使う彼らには、僕らだけじゃなく親達も何度も苦汁を舐《な》めさせられてきた。

けれど僕の考えはナージャとは違った。

だってそもそもの話……砂漠に暮らす人達にまともな財産なんてほとんどないもの。

信じられる？

ここって貨幣ですら完全に行き渡ってなくて、今でも物々交換が主流なんだよ？

何年かに一度住む場所を変えるから村の名前すらないし、家だって砂多めのレンガの即席建築で、資源らしい資源もほとんどない。

こんなところであくどい商人が、一体何を持っていくっていうのさ？

「むぅ、そう言われるとたしかにそうだな……」

「でも商人である以上、交易はするはずですよね。こちらは何を出しているんですか？」

「基本は砂燕麦《すなえんばく》と、あとは水に……骨で作った工芸品や拾った誰かの遺品などですね。水は基本的に重宝されるから、こちらに無理のない範囲で融通することは多いです」

たしかにここが砂漠地帯である以上、水は命よりも大切だ。

けどだからこそ、他人に簡単にあげられるものじゃない。

……ってことはそれだけ、シェクリィさん達が渡すものがなかったって考えた方が良さそうだ。

砂燕麦っていうのは、簡単に言えば極めて少ない水で育つ砂漠の燕麦である。

ものすっごくボソボソしていて、食べられたものではない。

ポリッジにすれば、なんとか喉《のど》を通ってくれる……と言えば、大体の味の想像はつくと思う。

そんなものを交易品にしている時点で、こちらの懐事情が明らかにヤバいことは向こうも気付いているはず。

けれどそれでも交易をして、魔物の危険を乗り越えてこの村までやってきてくれるんだ。

やっぱりその商人さん達は、かなり信用のできる人間なんじゃないだろうか。

「ウッディ様がこの日のために作ってきた交易品達が火を噴きますね」

「うん、今まで恩を受けた分、彼らにも儲《もう》けさせてあげられるようにしなくちゃね」

シェクリィさん達に生活必需品を融通してくれていたらしい。

多分、というか間違いなく……彼らは赤字覚悟で、砂漠まで来てくれている。

恐らく道中狩った魔物を売っても、トントンにはならないんじゃないだろうか。

今まで色々としてもらっていた分、彼らにもいい目を見てもらわなくちゃ。

ちょっと欲張りだと思われるかもしれないけど……僕の領地に関わる人には、皆幸せになってもらいたいのだ。

それができてこその領主だと、僕は今でも信じてるから。

◇◇◇

「ふぅ、相変わらずこっちは暑いわねぇ」

外套《がいとう》を羽織る一人の女性が、空を見上げていた。

太陽がジリジリと照りつける光に目を細める彼女。

突風が吹き、被《かぶ》っているフードが取れる。

「あらいけない」

この砂漠地帯では、太陽光は恵みではなく毒だ。

彼女はすぐに再度フードを被りなおした。

一瞬覗《のぞ》いた赤髪はしっとりと潤っており、ちらりと見えたその顔は驚くほどに整っていた。

彼女が乗っているのは馬……ではなくラクダだった。

一度大量に食事を摂《と》れば一か月以上飯を食わずとも動けるラクダは、コストパフォーマンスに非常に優れている。

その分馬と比べて瞬時の加速においては難があるが、いざという時はラクダの血は水分補給としても栄養補給としても使えるため、全てが無駄にならない。

そのため砂漠においては馬よりもラクダの方が重宝されることが多かった。

「姉御、そろそろ行かないと日が暮れちまいますよ」

「ちょっとヴァル、姉御はやめてって言ってるでしょ。私はもう冒険者は辞めたんだから」

「へぇへぇすいませんね、あｎ……ランさん。昔いびられた時のショックがまだ身体から抜けてねえんですわ」

途中で言い直したおかげで、再度の叱責はされずに済んだ。

ふぅと安堵《あんど》のため息をこぼす男、ヴァルは真っ赤な革鎧《かわよろい》に身を包んでいる青年だ。

タッパがかなりあり、外套越しにも筋肉質な身体だとわかるシルエットをしている。

左手に盾を持ち、腰には反りの強い曲刀を携えていた。

ククリ刀などとも呼ばれることのある、癖が強く使い手を選ぶ剣だ。

「ヴァルさん、もう少し言葉遣いをしっかりしてくださいよ」

「んだんだ、そんなんじゃ専属護衛なんが夢のまた夢だべ」

「ガルダさんも訛《なま》りをそろそろ取ってください！　何言ってるかわからないって通訳をさせられる私の身にもなってくださいよ！」

「テトもなしてそんなひでえこと言うなす⁉」

女性の後ろには、男二人女一人の三人組が付き従うように続いていた。

護衛のよう……というか事実、彼らは護衛だ。

彼らは『白銀の翼』という冒険者パーティーである。

そのランクはC、つまり冒険者の中では壁を一つ超えたベテランということになる。

そんな彼らに姉御と言われる女性の名はラン。

故あって商人をしている、元冒険者である。

彼女――ランは、元Aランク冒険者。

国に貢献をしてようやくもらえるSランクを除けば、冒険者の中で頂点に位置していた人物である。

この戦乱の世において、Aランク冒険者はどんな領地からも引く手数多《あまた》な存在だ。

けれど世俗というものに触れ、自分のことを都合良く扱おうとする者ばかりの王国に嫌気が差し、仕官の申し出は全て断っていた。

そんな彼女は何の未練もなく冒険者を辞めてしまい……今では私財を切り崩しながら、砂漠とその周辺地帯を股《また》にかけて商人の真似事《まねごと》をやっている。

「冒険者では頂点になることを目指したけど、結果は虚《むな》しいものだったわ。だから私はもう、何かに真剣に打ち込む気はないの。死んでも使い切れない貯金はあるし、折角なら国や権力のためにではなくて、助けを求めてくれる誰かのために人生を捧《ささ》げたいのよ」

そんなランの理念に感じ入った『白銀の翼』は、彼女の護衛と称して行動を共にしている。今は辺境各地で仕入れてきた物品を、砂漠地帯の村々へと卸そうと歩いている最中なのだ。

「最近は砂賊なんかも出るって聞いたし、少し急ぎましょうか」

「「「――はいっ‼」」」

今まで争いとは無縁だった砂漠も、ここ最近は物騒になりつつある。

王国から流れてきた難民達や食い詰めた犯罪者達が、砂漠へ流れついて生活を始めることも増えてきたからだ。

砂漠の暮らしは辛《つら》く過酷だが、それでも逃げこもうと思ってしまうほどに、王国での暮らしがキツいのだ。

続く戦乱と相次ぐ重税に耐えきれない民は年々増えている。

(もし砂賊が来たのなら、その時は――久しぶりに戦うのも、ありかもしれないわね)

ランはそんな風に考えながら、道なき道をゆくのだった。

そして……。

「な、何、これ……」

彼女が今まで何度も来たことのある村が突如として緑豊かに大変貌《へんぼう》を遂げており、絶句するのだった――。

「めるめる……」

「どうどう、落ちついてチャッピー」

呆《ほう》けていたランは、自分の愛ラクダであるチャッピーが恐怖で足を竦《すく》ませていたのでまずは落ち着かせることにした。

人間、自分より動揺しているものを見ると、逆に冷静になれるものだ。

チャッピーがいつものように眠そうな顔に戻った時には、ランの方は落ち着きを取り戻していた。

「穴を掘ってるうちにオアシスができた……ってことかしら？　たしかに珍しいことじゃないけど……砂漠の中であそこまで緑が生い茂ってるのは物凄《ものすご》い違和感ね……」

この砂漠において、今まであった水源が涸《か》れたり、何もなかったところから突如オアシスに変わること自体は、そこまでおかしなことではない。

ラン自身、何度かそういった光景を目にしたことがあるからだ。

(けれどこれは……異常という他ないわ)

オアシスというものは急激にできるものではない。

水がにじみ出て、徐々に砂が削《そ》がれていき、小さな水たまりが時間をかけて大きくなっていき、小さな芽が顔を出すようになる。

そしてある程度の年月をかけて成長していくのだ。

けれど今目の前に広がる村では、その至る所に既に人の体躯《たいく》などよりずっと大きな樹が生えている。

それも一本や二本どころの話ではない。

百本以上の樹々が列をなして立ち並んでいる。

何十年という時間をかけなければおかしいほどに、立派な樹ばかりだった。

「あ、姉御ッ！　どうしますか⁉」

「びびってるんじゃないよ、あんたらそれでも冒険者か！　とりあえず進むよ……何が起こってるのか、この目で確かめなくっちゃ」

ランはチャッピーを置いて、『白銀の翼』を引き連れて先へ進む。

彼女達は慎重に進んでいったが……特に何も起こらずに、村の入り口まで辿《たど》り着《つ》くことができてしまった。

「あれは……盗賊ッ⁉　もしかして村の皆をっ⁉」

緑色の村を注視していたランは、そこから出てくる者達を目敏《めざと》く見つける。

そこにいたのは――どこからどう見ても盗賊にしか見えない、人相の悪い男達だ。

剣の刀身が、足場の不安定な砂漠地帯で相手を斬り付けることができるよう曲がっている……間違いなく砂賊がよく使う装備だ。

この異変と盗賊が関係している。

ランが突如として現れたその二つの要素を結びつけるのも、ある種当然のことだった。

「行くよお前らッ！　まずはあの――砂賊を潰《つぶ》す！」

ランは思い出していた。

貧しくも清らかな、村人達の姿。

自分に感謝してくれる子供達の笑顔。

そんな慎《つつ》ましくも素敵だった村を壊した盗賊どもになど――容赦はしない。

彼女はその剣を振り上げ……。

「あれ、ランさんじゃないですか！」

「はあああああ……って、え？」

その剣を、すんでのところでぴたりと止めた。

その盗賊達の後ろに、自分の知っている顔があったからだ。

名前はたしか……メグだったか。

「メグちゃん……で合ってたかしら。久しぶりね、元気してた？」

「ええ、元気でやってますよ！」

どうやら脅されているという感じでもない。

というかむしろ、彼女が盗賊を従えていそうな雰囲気すらあった。

まさかただの村娘が突然盗賊の頭になったとは考えづらいが……。

「どうして村を出て行こうとしてたの？」

「え？　ええ、それは……魔物を狩りに行こうかと思って」

「——魔物を狩りにっ⁉　そんな、下手に足音を立てたらサンドワームやサンドボアーに襲われるわよ⁉」

「大丈夫です、俺達……鍛えてますから！」

そう言ってメグの代わりに前に出てきたのは、溌剌《はつらつ》とした青年だった。

彼が耳打ちをすると、メグはこくりと頷《うなず》き村の中へと入っていく。

「あ、ちなみに俺の名前も覚えてますか？」

「ええ、たしか……」

「（ダンさんですよ、ダンさん）」

「ダンね、覚えてるわよ、もちろん」

「あ、あはは……ありがとうございます」

後ろにいる冒険者から明らかにアドバイスをもらっていたランに苦笑いしてから、ダンはここに至るまでの状況を説明し始めた——。

「な、なるほどね……」

ランはひとしきり説明を受け、半信半疑ながらも一応納得した。

この樹々は全部素養で生まれたものであり、その素養を使ってこの村の食糧事情は劇的に改善。

砂賊達を改心させることにも成功し、今では彼らはダンやメグ達の手足のように働く兵士になってくれている……。

盗賊……いや、かつて盗賊だった兵士達の姿を見る。

——姿は完全に賊そのものだが、たしかにその目は濁ってはいなかった。

というよりむしろ、彼らの瞳《ひとみ》は清らかに澄んでいた。

「お前達は……もう盗みとかをするつもりはないのかよ？」

「まさか！　そんなことをするはずがありません！　俺達は生まれ変わり、そして世界の真理を知ったのです！」

「お、おう、そうか……」

元盗賊の勢いに気圧《けお》され、頷くしかないヴァル。

何やら事情があるようだが、どうやら改心したというのは本当らしい。

「それに、フルーツか……」

ランを含めた四人が、手元を見つめる。

そこにはダンがよければどうぞと言って手渡してきたモモとリンゴが握られていた。

どうやらこれは、あの樹々から採集したフルーツということらしい。

「おらの故郷にもモモは生《な》っとっただ！　おらがこのモモ、品定めするだよ！」

ガルダはそう言うと、手に持っているモモを食べ始めた。

そして……。

「う……うんまあああああああああっっ！　なんだべこれ、こんなモモ今まで一度も食ったことねぇだ！」

貪《むさぼ》るようにモモを食べ始めたガルダを見ると、流石《さすが》に興味も湧いてくる。

そして皆も一口かじり……。

「「「う……うんまあああああぁぁぁっっ！」」」

その美味しさに魅了されるのだった──。


「──はっ⁉」

ダンや元盗賊達に手渡されるまま果物を食べているうちに、ランはようやく自分を取り戻した。

この果物……美味しい、美味しすぎる。

ランが一番気に入ったのはモモだった。

そのみずみずしさ、中に詰まっている蜜《みつ》、とろ～りとした食感。

ガルダの言っている通り、今まで自分が食べてきたフルーツはなんだったんだと思うくらいに美味しい。

ヤバい成分が入っているんじゃないかと思ってしまうほどにヤバい。

「これは……ヤバいわね」

そのあまりの美味しさに語彙《ごい》力を失ったラン。

『白銀の翼』の面々も、黙って彼女に首肯した。

そしてまた、フルーツを食べ始めた。

黙々ともぐもぐタイムが続く。

目の前にあるフルーツに完全に熱中していたランは、かなり近付かれてからようやく、目の前に見知らぬ人物がいることに気付く。

「どうも、初めまして。ここの領主をやらせてもらっているウッディと申します」

ウッディ、この村の領主になったという少年だ。

ランは冷静に目の前の少年を観察することにした。

……果汁がじゅわりとあふれ出す果肉を噛《か》み締《し》めながら。

一見すると何の変哲もない少年だ。

だがその所作には、どことなく洗練された感じがある。

以前ランが関わらざるを得なくなってしまった、貴族の持つ優雅さが感じられる。

（せっかく貴族と関わらずに済むからって砂漠まで来てるっていうのに……結局ここにも、魔手は侵食してくるのね）

恐らくは王国の連中が、開拓に適した素養持ちでも選定し、砂漠地帯を征服してしまうつもりなのだろう。

であれば深入りはせずにさっさと去るのが吉だ。

権力の魔手が伸びていない場所は、何もここだけではないのだから。

内心でそんなことを考えているとはおくびにも出さず、ランはにこやかな笑みを作る。

「どうも、私は商人のランと申します。以前はこの村に色々と品を卸しておりました……が、どうやら今後は必要なさそうですね。私達はおいとまさせていただこうと思います」

「ちょ、ちょっと待って下さい！」

今にもこの村を去ろうとするランに慌てたのはウッディの方である。

このままでは折角考えていた交易ができぬまま終わってしまう。

彼は恐らく何か勘違いをしているのだろうランに対して、誠心誠意自分の思いの丈を伝えた。

この果物やその関連製品を交易品の端緒として、なんとかこの村を発展させていきたいのだと。

少なくともその言葉に嘘《うそ》はないと、真摯《しんし》なウッディの態度を見てランは信じることができた。

ウッディへの疑惑が完全に晴れたわけではないが、村人や砂漠で暮らす人々を食い物にしようという悪意は感じない。

（商売は信義から始まるわ。それならまずは……私が彼を信じなくちゃね。それで裏切られたら……まあ、その時に改めて見切りをつければいいかな）

ウッディとランは握手を交わす。

「僕はこのツリー村の皆と、それに関わる全ての方を幸せにするつもりです。ですので是非、今後とも末永くよろしくお願いします」

「ええ、こちらこそよろしくお願い致します。金品を手に取った皆が幸せになることが商人の本懐ですからね、ウッディ様と同じ道を歩んでいけたらと思いますよ」

甘い、とその考えを一蹴《いっしゅう》することは簡単だ。

けれどランは、そうはしなかった。

他人の夢を笑う人間は最低だ。

子供の頃から長いこと笑われながらも夢を唱え続けたランは、実際に夢を叶《かな》えた。

ウッディの目標を大言壮語と笑うかつての自分の周りの人間のようには、なりたくなかったのだ。

こうしてツリー村には、定期的に商人のランがやってくることになった。

交易路が手に入ったことでようやく、ウッディはツリー村印のフルーツを卸すことができるようになったのである。

◇◇◇

「ふう……なんとかなってよかったぁ」

「お疲れ様です、ウッディ様……どうぞ」

「うん、ありがと」

僕はランさん達との交渉が終わってから、家でゆっくりとくつろいでいた。

アイラに入れてもらうのは、ここ最近よく飲むようになっているフルーツティーだ。

ドライフルーツを一つ入れ、それを紅茶に入れて待つ。

すると乾燥することで更に濃縮されたフルーツの強烈な甘みが紅茶の中に溶けていく。

まともに砂糖もないこのツリー村では、貴重な甘みなのだ。

僕は苦い紅茶はあまり得意ではないから、これを知った時には震えたね。

「交易品は事前に話をしていた通り、ドライフルーツになったんですか？」

「うんやっぱり当面はドライフルーツ……あと水だね。この二つを卸して、販路を拡げてもらうつもりだよ」

あの初顔合わせが終わってから、僕は余人を交えずランさんと二人で話し合いをした。

話は僕の素養にも関わってくる話だし、あんまり生々しい話を皆の前でしたくはないからね。

とりあえず今のツリー村に、余所で売れると断言できるのはフルーツと豊富な水資源くらいしかないそうだ。

やっぱり今までは、かなり無理をしてランさんが損をするくらいのレートで取引をしていたんだって。

なので今回はその補填《ほてん》ではないけれど、かなり安い値段で品物を卸すことにした。

なるべく安い値段で売ってもらって、ツリー村の名前を余所に売るための宣伝も兼ねてね。元手は驚きのゼロだから、別に安く売っても黒字にはなるし。

「ただ、水はあんまり遠くには運べないってさ」

「まあ、あんまり時間が経てば腐ってしまいますからね」

「そうそう。あくまでも腐らない範囲までにしか売れないから、近隣の村の五・六個で売るのが精一杯みたい。あんまり期待はしないでって言われちゃった」

「……近くに村がいくつもあるんですか？　シェクリィさんの話では二つしかないという話でしたが」

「うん、シェクリィさんが把握してない新しい村なんだって。どうやら王国を逃れてやってきた難民なんかが、新しく作ったみたい」

砂漠地帯を歩き回って商売をしているだけのことはあり、ランさんはかなりの情報通だった。

ずっと砂漠で暮らしてきたシェクリィさんでも知らないような情報をいくつも持っている。

もちろん僕に教えてくれたもので全部ではないだろうし……彼女が味方についてくれるとかなり心強そうだ。

どうやら王国……というか僕の父さんが治めるコンラート公爵家は相変わらず戦争を続けているようで、領民は重税に喘《あえ》いで苦しんでいるという。

そのせいでまともに暮らせず、死ぬのも覚悟で公爵領を飛び出し領外の砂漠で暮らしているという人達が最近増えているんだって。

たしかに砂燕麦《すなえんばく》なんかや魔物の肉なんかがあれば暮らせるかもしれないけれど……そうか、必死の覚悟で出て行きたいと思うくらい、コンラート公爵領の統治はひどいのか。

「ウッディ様……」

気が付けば僕は、アイラに抱きしめられていた。

その柔らかい感触を全身で感じていると、なんていうんだろう、すごく安心する。

アイラのことを、キュッと軽く抱きしめ返す。

ひゃうんっとかわいい声を出すアイラに笑いかけ、立ち上がった。

「まずツリー村がある程度なんとかなったら、次は他の村もなんとかしていこう。こっちに来てもらうのか、援助するかはわからないけど……それが次の目標だね」

「そ……それでこそウッディ様です！　このアイラ、一生ついていきます！」

恥ずかしさを誤魔化すためか、ものすごい大きな声を出すアイラ。

何かに没頭したいのか、紅茶のおかわりを入れ始めた。

……この砂漠で一番大切なのは助け合いだと、シェクリィさん達は言っていた。

だったら僕は、この素養を使って皆を助けよう。

そうしたらきっと、僕が本当に困った時……彼らも僕のことを助けてくれるんじゃないかな。

――さて、ランさん経由で物を売れるようになったから、次は売ることを考えてドライフルーツを本格的に作っていかなくちゃ。

ある程度販路ができたらランさんが砂糖を仕入れてくれるってことだったし……それが叶ったら煮詰めてジャムにしたり、フルーツを混ぜた焼き菓子なんかも作れるようになるな。

それらを食べて興奮した人達が、ツリー村に入村希望としてやってきたり……ふふっ、夢が広がるな。

まだまだやることはいっぱいで、休む暇なんか全然ない。

けれど、どうしてだろう。

ここ最近はなんだかすごく、毎日が充実してるんだ――。


「ウッディ様、それでは行って参ります！」

「はい、道中気を付けて下さいね」

「もちろんです！」

ランさん達は利益が出せるとわかるとすぐにツリー村を出て行った。

今からすぐに他の集落へ向かい、ドライフルーツを販売しに行くらしい。

流石商売人というか、ランさんは思い立ってからの行動がものすごく早い。

ナージャみたいな思い切りの良さがあるよね。

「……よし、とりあえずこれで一段落だね」

「お疲れ様です、ウッディ様」

ランさん達が出て行くのを見送ってから、ふぅと一息つく。

本当なら僕が余所の村に行って植樹をしていった方が手っ取り早いのかもしれないけれど、この村の人達のことも考えると、今僕がここを離れるのはまずい。

元盗賊の人達が叛乱《はんらん》なんかも起こさないとは限らないしさ。

僕は自分でいうのもなんだけど、何かを急速に進めたり、いくつもの作業を並行して行ったりすることがあまり得意ではない。

なので一歩一歩地盤を固めてから、次のことをできたらと思っている。

「次は何をするのですか？」

「そうだなぁ……植樹レベルが上がるまでにはまだ時間がかかりそうだし、まずはいつも通りエレメントフルーツ作りをやっていこうかな」

これは嬉《うれ》しい悲鳴ではあるんだけれど、僕は果物を腐らせることがなくなった代わりに、なかなか植樹レベルが上げられないようになってしまっていた。

ちなみに今の僕の植樹ステータスは、こんな感じ。

植樹レベル　6
植樹数　35／100

笑顔ポイント　22（4消費につき一本）
スキル　自動植え替え　交配　自動収穫　収穫袋

ここ最近、大体得られるポイントの数は安定してきた。

村人一人につき一日1ポイントとちょっとで30ポイント。

元盗賊達一人につき一日2ポイントとちょっとで30ポイント。

アイラとナージャから一日5ポイントで10ポイント。

これらを合わせた70ポイントが、今の僕が日ごとに得ることのできる大体の笑顔ポイントになる。

……そう、何故だか村人よりも元盗賊達の方が笑顔ポイントが高いんだよね。

なんだか最近、彼らが僕を見る目が以前と比べ随分とキラキラしているように見える。

たしかに普通なら死罪になるところを助けたから恩義を感じたりはしてるんだろうけど……そんな風に思えるようになったってことは、彼らもしっかり改心したってことなんだろうか？

シェクリィさんとナージャの手際には脱帽だ。

ポイントが手に入るし、細かいことは気にしないようにしているけれど、今度一回聞いてみてもいいかもしれないな。

――おっといけない、話を戻そう。

自動収穫をすればいいペースは朝・昼・夜の一日三回。

僕が植えた果樹は新陳代謝がかなり活発なので、これより減らすと熟しすぎて果物が地面に落ちてしまう。

そして聖域の浄化作用によってあっという間に腐って大地の肥料になっちゃうから、フルーツを無駄にしないようにするためには、これ以上自動収穫の使用を減らすわけにもいかないんだよねぇ。

つまり僕が使えるポイントの数は大体一日に40ポイントしかない。

僕が自由に使えるポイントというのは、案外少ないのだ。

聖域にしているおかげでこれ以上世界樹を植える必要もないし、果樹園を拡げる作業もある程度は終わったので、果樹を増やす必要は現状ない。

なので僕は今、この40ポイントを使って交配をしながら、色んなエレメントフルーツを作っている。

エレメントフルーツは間違いなく今後外貨を稼げる特産になるだろうから、一番力を入れている。

ただこれはちょっと普通ではないし僕の素養にも関わってくる部分なので、なるべく信頼できる商人さんに託したい。

いずれランさん達としっかりと信頼関係を築けたら、その時に僕の素養と一緒に色々と教えられればと思っている。

これは僕の直感だけど、ランさんは信じられそうな気がするからさ。

その時は、アイラの素養についても詳しく話すつもりだ。

アイラは水魔法で氷を作ることもできる。

彼女がしっかりと魔力を込めて製氷すれば、砂漠地帯でもかなりの間残る氷を作ることも可能なのだ。

果物を生のまま運ぶことも、氷菓なんかを製品として出荷することも決して無理じゃない。

ただエレメントフルーツは高値で捌《さば》けるとは思うんだけど、あんまり外に出すと間違いなく足がついてしまう。

なので空いた時間はドライフルーツの試作品を作ったりしてることが多いかな。

皆の様子を見て回っているけれど、今のところそこまで大きな問題は起こっていないし、わりと暇と言ってもいいかもしれない。

ちなみにドライフルーツ作りは、暇を持て余してるママさん達や小さな子供達にも手伝ってもらっている。

コミュニケーションを取って仲を深めつつ、色々と意見交換をしながらもっと良い物ができないか模索中だ。

「よし、じゃあ今日は──ファイアマロンから」

結論だけ言うと、ファイアマロンは普通に焼いた栗《くり》だった。

悪くはないんだけど……普通に採集した実を焼いて食べた方が美味しい気がする。

けどファイアマロンは、一定の時間が経過すると勝手に栗が弾《はじ》けてくれる。

これはいざという時に、武器として使えそうだ。

……エレメントフルーツって、食べ物としてというより武器や罠《わな》として使えるものの方が多いんだよなぁ。

果たしてこれでいいんだろうかと、正直思わなくもない。

「武装フルーツ国家を目指しましょう、ウッディ様」

「何、その物騒なのかメルヘンなのかわからないネーミング⁉」

アイラと一緒にふざけているうちに、お昼になった。

食事を済ませたら、次はドライフルーツ作りだね。

ドライフルーツ作りは、順調と言えば順調だ。

なぜこんな言い方になっちゃうのかというと、その理由は二つ。

一つはフルーツを乾燥させるの自体に時間がかかるから、生産ペースがそれほど早くないこと。

そしてもう一つは、ぶっちゃけツリー村印のドライフルーツの出来に、僕が満足できていないということだ。

——これは作ってみて初めてわかったことなんだけど、生で食べて美味しいフルーツと乾燥させて美味しいフルーツというのはまったくの別物だった。

例えば、食後のデザートとして僕が何度か食べたことのあるドライフルーツに干し柿がある。

家で出てくるものはかなり甘くて、果物の中の糖分が表に出てきて白くなっていた記憶がある。

けれど僕の果樹から採った柿をドライフルーツにすると、なぜかそんな風にはならない。

たしかに強い甘みは感じるんだけど、なんというか味がぼやけているというか……。

干し方が悪いのかと思って色々と試してもらっているんだけど、どうにも乾燥のさせ方というよりも品種自体に問題がありそうなのだ。

交配では別種の樹を掛け合わせることはできるけど、同じ種類の樹を掛け合わせて品種改良をするようなことはできない。

なのでブドウ同士を掛け合わせて特徴的なブドウを作る……みたいなことはできないのだ。

あ、ちなみにハウスツリーだけは例外だったりする。

あれは掛け合わせる樹によってサイズや外観なんかがガラッと変わるので、わりと家づくりは融通が利く。

「甘みは十分あるんだけど、何かが足りない気がするんだよなぁ」

いや、ドライフルーツも十分に美味しいのは間違いないんだよ？

元手がタダみたいなものだから売れればその分だけ儲《もう》かるのも間違いないし。

でもぶっちゃけ、僕が家で食べてきた干し柿の方が美味しかったんだよね。

基本的に僕が自分で植えた樹から採れたフルーツを食べる時、どの種類であっても僕が今まで食べたどんなものよりも美味しく感じられた。

でも、ドライフルーツはそうじゃない。

たしかに甘味らしい甘味がないこの砂漠では貴重な糖分だとは思うんだけど……色々と食べてきて舌が肥えている自分的には、まだ出来に納得がいっていないのである。

「そうですかね、私は十分美味しいと思いますけど」

「うむ、ウッディが求めすぎなだけだと思うぞ……（もぐもぐ）」

そういってアイラが入れてくれるのは、漉《こ》し出した紅茶に乾燥リンゴを入れたフルーツティーだ。

ナージャの方は、美味しそうにレーズンをパクついていた。

甘さがかなり強い分、うちのドライフルーツはこうやって紅茶なんかに入れたりする分にはすごく重宝する。

アイスティーに生のフルーツを入れたりして作ったフルーツティーは、シロップを入れたんじゃないかってくらい甘くて美味しいし。

多分焼き菓子なんかに入れる時も、レーズンなんかはかなり主張も強くて良い感じになってくれると思う。

僕は紅茶を飲み干して、底にある乾燥リンゴをパクッと口に入れる。

強烈な甘みが、紅茶を飲んですっきりとした口の中を幸せにしてくれた。

紅茶自体を甘くしてくれるだけじゃなくて、最後に美味しく食べることまでできてしまう。正しく一粒で二度美味しいってやつだよね。

「美味しい……やっぱりうちのフルーツは紅茶に入れると合うんだよね」

「でもそもそもここらへんで紅茶を飲む人なんか、そんなに多くないですよね」

「うちはオアシスと人間オアシスがあるから水には困っていないが、まあそうだろうな」

「貧乳、今なんて言ったか」

「せめて貧乳剣聖と言え！　——いやっ、貧乳剣聖とも呼ぶなっ！」

「忙しい貧乳だ」

「貧乳っていうなあああああ！　美乳、私は美乳なんだっ！」

「まあナージャが美乳なのか貧乳なのかは脇に置いておくとして」

「脇に置いておかれたっ⁉」

たしかに紅茶はそもそも茶葉のストックがあり、水もアイラが出してくれるからこうがぶがぶと飲むことができている。

でもそもそもこの砂漠地帯で、紅茶を持っている人間がどれほどいるのだろうか。

たとえ飲料水に気を遣う人はいても、紅茶にして飲んでいる人はそうはいないはずだ。

「……そうだ、うちの果物でフルーツティーを作ってみる？」

「フルーツティー……ですか？　それなら今までも普通に飲んでたと思いますけど……」

アイラの言っている通り、たしかに僕はフルーツティー自体は飲んでいた。

例えば、ホットティーの中にドライフルーツを入れたり、アイスティーの中に生のフルーツを入れてみたり、といった具合に。

でもそれだと、作るのにどうしても茶葉がいる。

紅茶が好物である僕としては、残り少ない紅茶の残量が心許《こころもと》なくなってきているのに危機感を抱いている。

なんとかしなくてはとは思っていたのだ。

「たしか僕の記憶が正しければ……フルーツティーってフルーツだけで作ることもできたはずなんだよね。紅茶として飲んでたからつい忘れちゃってたけど」

フルーツティーの中には、乾燥させたフルーツだけで作るものもあった……気がする。

紅茶文化で育ってきた僕にはあんまり馴染《なじ》みはないんだけど……紅茶の代替物として、作ってみたりとかできないかな。

ほら、黒豆茶とか麦茶なんか茶葉を使ってないわけだし。

あれ、これって……もしかして案外、名案だったりするんじゃ？

僕が色々と試行錯誤をしているうちに、ランさん達が帰ってきた。

「おかえりなさい」

「ウッディさん、ただいま戻りましたよ！」

その顔は満面の笑み、後ろにいる護衛の『白銀の翼』の人達もにこにこと笑っている。

ランさん達の顔を見れば、商売の結果がどうなったのかは予想がつく。

どうやらホクホクだったようで何よりである。

っていうか見る度に思うんだけど、なんでランさんは護衛の人達よりも前に出ているんだろうか。

護衛の意味とは、一体……？

「当然ですが水は完売！　ドライフルーツの方も大変な人気でしたよ、予約したいと言ってくれる方も何人もいました！　私、初めてここらへんの交易で黒字になりました！」

ウッキウキのランさんのご機嫌な報告を聞いて、僕の方が泣きそうになってしまう。

い、今までずっと赤字続きだったんだね……。

なんて聖人君子なんだろう。

これからはいっぱい儲けさせてあげなくちゃ……。

あこぎのあの字もない利益度外視っぷりは、いっそ清々《すがすが》しい。

商人としては間違いなく落第点だろうけど、彼女みたいな優しい人がいるから、この厳しい環境でも辛うじて物流が成り立っているんだ。

であれば僕はそんな人達がしっかりと黒字で回していけるように手助けをしなくちゃ。

「……（絶句）」

ナージャはランさんの商売っ気のなさに、完全に言葉を失っていた。

そしてどうやらランさんを疑っていたこと自体が馬鹿らしくなったのか、急に笑い出した。

な、ナージャが壊れちゃった……。

「……（もぐもぐ）」

そしてアイラは相変わらずのマイペースを発揮させ、焼き栗を食べている。

外の殻を一生懸命剥《む》いているので、一切喋《しゃべ》らずに黙々と剥いては食べ剥いては食べを繰り返している。

隣には彼女が食べ終えた栗の殻達が大量に並んでいた。

その鬼気迫りっぷりは、さながらフードファイトの選手のよう。

一体彼女はどこへ向かっているんだろう……。

「まあなんにせよ、今急務なのはドライフルーツの量産ですね。反応も上々なので、もっと広い範囲に売りに行けます。間違いなく売れますよ」

「ぶっちゃけ皆水源は確保してますから、あんまり高い値はつかないですしね。転ばぬ先の杖《つえ》的に一応買っとくか、的な感じになっちゃいますし」

ヴァルさんが補足を入れてくれる。

それを聞いてそういえばそうだったわね、とランさんが呟《つぶや》く。

ら、ランさん……？

本当に大丈夫ですか……？

僕的にはまず水を全体に行き渡らせた方がいいのかと思ってたけど、水に困ってる場所はそんなに多くはないみたい。

人間水がなければ死んじゃうしね。

どうやら水不足に喘《あえ》いでいる村なんかはないみたいだ。

――よし、それならこれもちゃんと売れそうだね。

「ランさん、次はこれを売ってみてくれませんか？」

「何かしらこれ、ドライフルーツよりちょっと細かい……？」

「これは――フルーツティーです」

「フルーツティーですか、なるほど……」

今回作ったフルーツティーには、茶葉自体はまったく使っていない。

果物だけでそれっぽいものを作るために結構試行錯誤を繰り返した。

作る上で一番のポイントは、やっぱり如何《いか》にして甘くないフルーツティーを作るかというところだった。

何もせず、ただ乾燥させただけのフルーツで作ってみたところ、かなり甘いホットジュースのようなものになってしまった。

これはこれで悪くはないけれど、砂漠において喉《のど》が渇く飲み物が売れないということくらいは僕にもわかる。

なのでママさん達と一緒にああでもないこうでもないと頑張ってみて築き上げた屍《しかばね》達の結晶が今日の前にあるフルーツティーだ。

今回は、とりあえずグレープティーとアップルティーの二つを用意している。

とりあえず飲んでみないことにはわからないと思うので、アイラにグレープティーを淹《い》れてもらうことにする。

「これはどうやって作っているの？」

「基本的にはフルーツを刻んで煎《い》って、水分を飛ばして作ってます。それだけだと甘すぎるので、それを水洗いしてから再度干す形で作ってます。ドライフルーツより若干手間はかかりますが、こっちの方が砂漠では需要があるかなと思いまして」

「なるほど、甘みを敢《あ》えてなくした商品も作るとは……なかなかやり手ですね」

最初の頃は、いちいち火打ち石を使って火を起こす必要があったからちょっと面倒だった（らしい、僕はやってないからわからないけど）。

けど、最近また事情が変わったのだ。

なんてったってうちのツリー村には――『火魔法』の素養を持つフィオナちゃんがいるからね。

アイラは水魔法しか使うことができないけれど、どうやら魔法で使う魔力の扱い方っていうのは、属性関係なく共通している部分があるらしい。

アイラから基礎的な訓練を受けることで、現在フィオナちゃんは初級と呼ばれる、所謂《いわゆる》初心者向けの火魔法が使えるようになった。

初級なので魔物を一発で燃やし尽くしたりするような火力はないんだけど、パッと火を点《つ》けたりすることなら簡単にできる。

彼女の手を借りて火を点けて、近所のおばちゃんなんかに加工を手伝ってもらえれば、このフレーバーティーなら短時間で製作が可能なのだ！

それほど力も要らないので、子育てに忙しいママさんや未亡人の方なんかの副業にもできるんじゃないかと僕は睨《にら》んでいる。

「とりあえず作ってみるので、作り方を見といてくれると助かります」

今回はアイラの手は借りず、汲《く》んできた水を火打ち石を使って起こした火で温め、その中に刻んだなんちゃって茶葉を入れていく。

僕は紅茶は好きだけど、紅茶を飲むのが好きなだけ。

淹れ方に詳しいわけではないので、蒸らし時間なんかは適当である。

「私がやると言っても聞いてくれないんです……およよ……」

「今回は普段紅茶を淹れてない人達に飲んでもらうのを想定してるからね、それなら僕がやった方がいいでしょ？」

「それはそうかもしれませんが……ウッディ様にこんな下働きのようなことを……」

「いいんだよ。自分で言うのもなんだけど、僕ができれば大体どんな人でも作れる証明になるだろうからね」

実際に飲むことになる人も、蒸らしや漉し出しの技術なんかあるわけないから、そんなに気合いを入れて作る人はほとんどいないはずだ。

だから多分これが、一般的な飲み方になるんじゃないだろうか。

そんな言い訳をしながらササッと作ってしまう。

漉してから茶をカップに入れ、最後にレーズンをぽちゃんと一粒。

ふわりと優しい香りがあたりに漂った。

うん、いい感じだ。

「いい香りね……」

「普通の紅茶よりも香りが強めなのも推してほしいポイントの一つですね」

グレープティーしかりアップルティーしかり、匂いはかなり強めだ。

果実を刻んでるから、匂いが強く出るんだと思う。

刻み方なんかでも匂いは調整できるとは思うんだけど、流石《さすが》に今回はそこまで手が回らなかった。

そこら辺は今後の課題だね。

ランさんと『白銀の翼』の面々に飲んでもらう。

僕は散々飲んでお腹《なか》がたぷたぷになっているので、今回は試飲会には不参加だ。

「――うん、すっきりとしていて美味しいです！」

「普段食べるフルーツが甘味のストレートだとしたら、こっちはじわじわと効いてくるボディブローって感じね。茶を嗜《たしな》む習慣ってなかったけど、下手にエールと混ぜた水を飲むよりこっちの方がいいかも……」

『白銀の翼』の紅一点、テトさんはほぅと息を吐きながら朗らかに笑い。

ランさんはなぜか紅茶を拳闘《けんとう》に例えながらおかわりを頼んでいる。

相変わらずどこかズレているランさんだけど、実は彼女の発言は結構的を射ている。

彼女の言っているように、僕はこの商品が新たな可能性になると思っているのだ。

通常、生水というのはそのまま飲めない。

煮沸消毒をしないと、腹を下してしまうことなども多いからだ。

けど煮沸消毒を面倒くさがる人も多いため、普通はエールに水を入れて薄めたエール水として飲むのが一般的だ。

けどここにこのフルーツティーもどきがあればどうなるか。

この美味しさを一度知れば、ただエールを薄めてマズくしただけのエール水には戻れなくなるはずだ。

水を温めなくちゃいけない分多少の手間はかかるけど、温かい飲み物を飲むとホッと人心地つくことができる。

このフルーツティーのもとを、エール水より少し高いくらいの価格に設定して売れば、飛ぶように売れるんじゃないだろうか。

僕のその考えに、ランさん……の隣のヴァルさんが、キラリと目を光らせる。

そして少し遅れて、ランさんも目をキラッと光らせた。

わ、ワンテンポ遅いです、ランさん……。

「なるほど……たしかに試してみる価値はありそうね」

「とりあえず何個か渡してみるので、試してみてくれると助かります。上手く捌《さば》けそうなら、横長のハウスツリーを作って調理場にして、空いてる人手を使って大量生産してもらうので」

こっちは煎っているから、ドライフルーツより更に保存性が高くなっている。

長期間携行できるとなれば、その需要はかなりある……と思う。

「でもフルーツティーってあんまり耳馴染みがなくないか？　ちょっととっつきづらいかもしれないぞ」

「そうだべか？　別に悪かねぇと思うんだども……」

「ガルダさんがそう言うってことは、問題ないんじゃないですか」

「なんでそうなるだっ⁉」

わいわい騒ぐ『白銀の翼』達を、今日も元気だなぁと眺めているとランさんはポンッと手を打った。

「とりあえず売ってみて、感触を確かめてからでも問題ないかしら？」

「もちろんです」

というわけでこのフルーツティーがうちの新たな特産品として、流通に乗ることになったのだった。


再びランさん達に交易に出てもらっている間に、今度は植樹レベルを上げることに重点を絞ることにした。

エレメントフルーツ作りをしても、いまいちこれだという商品が出てこないので、ちょっと休憩することにしたのだ。

自動収穫の頻度も少し減らし、空いている人達にはフルーツティーを作ってもらいながら、とにかく樹を植えていく。

目下次の特産品として作ろうとしているのはワインなので、ブドウを重点的に植えていった。

おかげでブドウの果樹園だけが、明らかにデカくなってしまった。

果樹園は生活領域に入らないように村の外側に散らすように並べていたんだけど、ブドウを植えすぎたせいでちょっと出っ張っちゃってる。

このままブドウ園だけでかくしていくと、村の形まで変わっちゃいそうだ。

今後のことを考えると……ブドウ園用のスペースを別に取ったりした方がいいのかな？

そんなことを考えながら樹を植えること、一週間ほど。

とにかく樹を植えることに専念していたおかげで、無事植樹レベルが上がってくれた。

【植樹量が一定量に達しました。レベルアップ！　自動植え替えスキルの機能が解放されました！

樹木配置スキルを獲得しました！】

「うん、また新しい力が手に入ったよ。今度は樹木配置だって」

「流石ウッディ様です！」

「ウッディは一体、どこへ行こうとしているのであるか……？」

今僕らがいるのはシムルグさんの要請で作られた、ウィンドマスカット園だ。

位置的には、僕が住んでいる大型のハウスツリーの真裏になるね。

——ここは現在、シムルグさんのくつろぎスペースになっている。

こうやって話していると普通に気の良い紳士なのだが、何分シムルグさんは神鳥だ。

この場所を聖域にしてくれた恩人……というか恩鳥なので、彼を見た村人達は皆、シムルグさんを神のように崇《あが》めている。

会えば涙を流したりひれ伏したり……といった感じで。

どうやらシムルグさんはそんな風に神の如《ごと》く扱われるのが嫌いらしく、彼が人目につく場所に出る機会はどんどんと減っていった。

でもさ、折角の恩をそんな息苦しい生活をさせて仇《あだ》で返すっていうのは嫌じゃない？

ちょうどそんな時に、交配スキルでエレメントフルーツが作れるようになった。

だからウィンドマスカットを気に入ってくれたシムルグさんに、僕の家の裏に作ったウィンドマスカット園をプレゼントしたのだ。

皆にはそこがシムルグさんの住処《すみか》だと教えたから、むやみに入ってくる人はいない。

おかげで今は、快適なぐーたらライフを楽しめているらしく、最近は態度も前より肩肘《かたひじ》張《は》らない感じになってきた気がしている。

神鳥としてずっと気を張って生きてきたんだろうし、ゆっくりと休んでくれたらと思いますよ。

あ、ちなみにシムルグさんの許可を得た上で、この場所を僕のフルーツの試作場としても使わせてもらってもいる。

基本的には彼が好きなウィンド系のフルーツを作りながら、他のエレメントフルーツを試している感じだね。

エレメントフルーツはちょっと派手すぎるし、下手に採集されたりして事故が起こったりしても困る。

おまけに武器に転用できそうなものも多いので、おいそれと人目に付けるわけにもいかないのだ。

「で、その樹木配置とは一体どんなスキルなんですか？」

「もちろん僕もわからない。だから今から試してみるのさ」

アイラに言われ、僕は樹木配置のスキルを発動させる。

すると僕の目の前に……いきなりこの村全体の立体的な地図が現れた！

【樹木を配置してください】

いつもとまた少し縁取りの違う光の板が現れ、そう指示を出してくれる。

そしてその背後には、ででんっとこの村全体の様子が映し出されていた。

ものすごく細かいところまで描かれている、村のミニチュアみたいだ。

「こ、これは……ツリー村、ですか？」

「……え、アイラにも見えるの？」

「……？　はい、普通に見えますが」

今まで僕の『植樹』の素養で出てくる光の板が誰かに見えることはなかった。

どうやら今回も板が見えないのは変わらないみたいだけど、この村のミニチュアはアイラにも、そしてシムルグさんにも見えているらしい。

「樹木を配置……ってことはもしかして」

村の中で、ピコピコと光っているいくつものオブジェ。

触れてくれと言わんばかりに光るのは、僕が素養を使って植えた樹木達だ。

とりあえず今の僕のすぐ近くにある、ウィンドマスカットのミニチュアに触ってみる。

するとと点滅が少しだけ早くなった。

【ウィンドマスカットを選択しました。配置場所を選んでください】

とりあえず植樹をする時のように、配置する場所を選んでみる。

【ここに樹を配置しますか？　はい／いいえ】

「はい」を選択する。

フッとウィンドマスカットが消えた。

「我のウィンドマスカットがっ⁉」

いきなり樹が消えて悲しむシムルグさんの目の前に、さっき消えたウィンドマスカットが現れる。

「ほっ、よかった……って、樹が移動したのであるっ⁉」

「なるほど、樹を自由に移動できるスキル……ってことですね」

アイラの言葉に、僕はこくんと頷《うなず》く。

このスキルは僕が植えた樹木を、好きな場所に配置することができるスキルのようだ。

見れば移動したウィンドマスカットは、巨大な植木鉢の中に入っている。

どうやら自動植え替えのスキルが、自動で発動しているらしい。

【自動植え替えを行いますか？　はい／いいえ】

「はい」を選択すると、植木鉢に入っているウィンドマスカットが自動でズズズ……と地面に植え込まれていった。

間違いなくこれが自動植え替えの解放された機能だろう。

どうやらこのスキルはただ植木鉢を作るだけではなく、樹を自動で植え替えてくれるものだったらしい。

樹木配置っていう樹木を自由に移動できるものができたから、機能が解放された感じなのかな。

でも毎回植木鉢にして、植え替えをするっていうのはちょっとめんどくさいかも。

【自動植え替えスキルを樹木配置スキルと結合させますか？　はい／いいえ】

え、そんなことできるの？

よくわからないけど「はい」を選択。

【自動植え替えスキルと樹木配置スキルを結合……完了、樹木配置スキル（改）を獲得しました！

自動植え替えスキルから分離した植木鉢スキルを獲得しました！】

アナウンスが言っていたことを確かめるべく樹木を移動させると、すぐに意味がわかった。

樹木配置（改）は、移動させるとそのまま自動で植え替えをしてくれる。

というか、移動を終えると既に植えられた状態に変わっているのだ。

ちなみに植木鉢スキルも一応試してみたが、これも機能を制限されていた時の自動植え替えスキルと変わらなかった。

「これでとりあえずガンガン果樹園を増やしても大丈夫になったね。ブドウ園だけ増えてて気になってたけど、樹木配置で場所を調整すれば景観を壊したりするようなこともなさそう」

「ウィンドマスカット園の周りに色んなブドウ園を置いて、グラデーションブドウ園を作ることもできるのであるな！」

「ハウスツリーも樹木ですから、有事の際には家ごと移動させることもできそうですね」

シムルグさんの提案はちょっとよく意味がわからなかったので流したが、アイラの言葉は聞き流せなかった。

たしかにそうだと思い試してみると……できた。

ハウスツリーも樹木扱いなので、普通に移動させることが可能らしい。

見れば樹木配置は、収穫袋同様ポイントを使用せずに使える。

これも……かなり便利なスキルだな。

でも、有事の際、か……。

多分その時はこの樹木配置と、今作ってるエレメントフルーツが火を噴くことになるんだろうな。

そんな日がこなければいいけれど、こんな理不尽な世の中だ。

何かがあった時のために、備えだけはしておかなくっちゃね。


僕は樹木配置でとりあえず無造作に拡げていた果樹園を、パパッと整頓《せいとん》することにした。

ぶっちゃけなんとかしようとは思ってたんだけど、面倒だから放置しちゃってたんだよね……。

元から植えていた樹々を植え替えて移動させるのが面倒だったから、今はブドウ園の中にリンゴがあったり、ウィンドマスカット園の中に戯れに入れたウォーターマスカットが入っていたりと中々に雑多な状態だ。

まずはこれをしっかりと整理していくことにする。

細かい果樹ごとの区画整理なんかは後でするとして、まずは色んな種類の果樹が入り交じっている現状をなんとかしなくちゃ。

まずは果樹のエリアを決めていく。

ここがリンゴ園、ここがモモ園、ここが柿園……って具合にね。

今果樹園があるのは、モモ・リンゴ・梨・桑・柿・栗・ブドウの七種類。

ここにシムルグさんの居住区域にまとめて植えているエレメントフルーツ園を足した八つが今の村の果樹園だ。

圧倒的に数が多いのがブドウ園で、次がモモ園とリンゴ園、後の四つは大体横並びでエレメントフルーツ園が一番規模が小さくなっている。

村の大きさは変わらないけれど、僕が植えられる樹の数は増えていく。

というわけでとりあえず、村を囲むように放射状に果樹を配置することにした。

もちろん村人の皆が圧迫感や閉塞感《へいそくかん》を感じないよう、樹々の間にはしっかりと余裕を持たせてある。

ちなみにブドウ園だけは、村から少し離れたところに置いている。

ブドウは低木で、つるもどんどん伸びていく。

幅を取ったとしてもどうしても移動の邪魔になってしまうので、今後低木が植えられるようになった時は似たような対処をしていくつもりである。

さて、種類ごとに樹木を並べるとずいぶんとすっきりした。

とりあえず最低限ブドウ園だけがたんこぶみたいに飛び出ている現状はなんとかできたし、見栄えもそこまで悪くなくなったぞ。

そして屋敷の裏にあるシムルグさんの居住地域も、他の樹々をカモフラージュで植えておくことで、より周囲から見えにくくなった。

ここに更に樹結界を足せば、防音も完璧《かんぺき》。

シムルグさんがどれだけ奇声を発してもそれが誰かに届くことはない。

僕も誰にバレることもなく、エレメントフルーツの開発に勤《いそ》しむことができるというわけだ。

「……というわけで、備えることにしました」

「……ウッディ、すまない。何がというわけなのかが、私にはさっぱりわからないんだが……？」

何事も、思い立ったが吉日。

僕は早速、有事の際の備えとして、何かあった時には陣頭で指揮を執ってもらうであろうナージャに、今まで開発してきたエレメントフルーツを見せることにした——。

「まずこっちにあるのが、エレメントマスカットだね。盗賊を閉じ込めてた時に使ってたやつ」

「ウィンドマスカットが一番美味いのである！」

味は聞いてないですよ、シムルグさん。

エレメントマスカットは、基本的に相手を拘束したり閉じ込めたりする時に使える。

つるの耐久性がとにかく高く、鉄剣でもなかなか切れないくらいに中に繊維がびっしりなのだ。

そして地面についている限り、樹もつるも果実も魔法の効果を発揮し続ける。

ファイアマスカットは火を、ウォーターマスカットは水を、ウィンドマスカットは風を、アースマスカットは土を出す。

基本的にエレメントフルーツには、どれにもこの魔法効果が基本スペックとしてついてくる。

ちなみに魔法の効果が出ているので、普通の人は近付けないくらい危ない。

シムルグさんだから問題ないだけで、村人が採取しようとすれば傷だらけになるからね。

なのでこの村でエレメントフルーツが採取できるのは、樹の影響を受けない僕、魔法で防げるアイラ、剣で魔法を切れるナージャの三人だけだったりする。

「この魔法効果は、大体どれくらい持続するんだ？」

「ここを聖域指定してる限り、永遠に」

「……ウッディすまん、どうやら急に耳が遠くなったらしい。もう一度言ってもらえるか？」

「うん、永遠に出るよ。植木鉢とかを使って地面から離せばしばらくしたら止まるけど」

「え、永遠……もしかしてウッディは食糧問題だけじゃなく、エネルギー問題まで解決できる可能性を秘めているのか……？」

エレメントフルーツは聖域から魔力を吸収できるおかげで、延々と魔法を出し続ける。

やり方によっては固定砲台みたいな感じで使えるとは思うんだけど……今のところ無軌道に周囲に魔法をばらまくだけだから、危なくて使えたものじゃないんだよね。

「そういえばナージャ、エレメントマスカット食べる？」

「え、食べられないって話じゃなかったか？」

「実はしばらく放置したら、食べられることがわかったんだ」

最初に作った時は、エレメントフルーツは食べられないとばかり思っていた。

けど実をもいでから大体三日くらい経つと、魔力が抜けて普通に食べられるようになることが判明したのだ。

「これがファイアマスカットだな。燃え尽きたレーズンみたいになっているやつ」

僕が頷くと、ナージャはパクリとファイアマスカットを口に入れた。

「ふむ、これは……レーズンだな。でもちょっと癖が強い、か……？」

もぐもぐと咀嚼《そしゃく》するナージャに合わせて、僕も一粒口に入れる。

味はナージャが言っている通り、若干癖が強い。

だけど甘味が強くてフルーツとしての風味も残っているから、普通に食べられる。

「これはこのままドライフルーツとして売るのか？」

「それはできないんだよねぇ。ほら、こうすると……」

僕はファイアマスカットの粒を、近くにあるファイアマスカットの樹に近付けた。
するとと火が燃え移り……そのまま燃え続ける。

「こんな風に魔力が近くにあると、勝手に吸い取って燃え出しちゃうんだ。一回火が点いたから、大体三日くらいは火が点いてる状態かな」

「み……三日ッ!?」

エレメントフルーツは、ドライフルーツの状態でも魔力に反応して勝手に魔法効果を発揮させてしまう。

だから魔力のある人間が持ったり、魔力の濃い場所に行ったりすれば、下手すれば怪我人《けが》が出てしまう。

多分だけどエレメントフルーツは、魔力を込めることで効果を発揮する——一種の魔道具なんだと思う。

もし売るのなら、魔道具の取り扱いに長《た》けているような魔道具商人や魔法使いの人達に限定しないといけないね。

「でも三日火が点くくらいじゃ、あんまり使えないよねぇ……」

「そんなことない！　絶対にそんなことないぞ！」

力説しながら、グッと拳《こぶし》を握るナージャ。

そ、そうかな？

僕としてはただ火がずっと点いてるだけだから、あんまり価値がないと思ってるんだけど……。

「ほら見ろ、昼間の今でも十分光がわかるくらいにこのファイアマスカットは明るい！　こいつは夜になれば、十分光源として使えるんだ！」

「……うん、たしかに。今はライトツリーの枝を使ってるけど、この村の外に出て行けば灯《あか》りはすぐに消えちゃう。だとすると三日点きっぱなしっていうのはかなり助かるかも」

僕らの村には、太陽光を浴びせておけば暗い場所で光ってくれるライトツリーがあるから、灯りには困らない。

けれどこれは魔力が満ちている聖域だからできることなのだと、シムルグさんは言っていた。

説明を聞いてもよくわからなかったけど、ライトツリーは魔力とヨウリョクソを使った魔力コウゴウセーだかなんだかをしているから、この聖域内であれば光が点くって話だった。

でもファイアマスカットは一度魔力を込めることができれば、三日くらいは点きっぱなしだ。

これを入れる耐熱容器さえあれば、しばらくの間火種としても光源としても使える。

「冬場の行軍は地獄だ。冷たい火打ち石を、かじかんだ手で何度も打ち合わせるのもしんどいし、そこから火をおこすのもかなりの手間になる。だがこのファイアマスカットがあれば、そういった手順をまるっと省略できる。これはすごいことだと思うぞ！」

ナージャは僕より三つ年上の十八歳。

トリスタン家もコンラート家に負けず劣らず戦ってばかりいる家系だ。

『剣聖』の素養を持つ彼女は、この三年間で幾度も戦場を駆けていたんだろう。

その経験があるからこそ、このファイアマスカットの価値に気付いたらしい。

たしかに僕は自分で言うのもなんだけど、そういうことを自分の手でやったことがあんまりない。

火打ち石を使ったのも、さっきランさんに見せる時ぐらいな気がするし。

貴族社会で育ってきたせいか、そういった普通のことをあまり知らないのである。

でも、そうか。

ナージャなら知ってることもずっと多いはず。

一人で悩んだりせず、もっと早く彼女に頼るべきだったかも。

誰にも見せないようにしなくちゃって意識が働きすぎて、いつも狩りに出ているナージャと話をするのがかなり遅れてしまった。

そもそもナージャは僕の元婚約者だし、アイラには見せてたんだから今更って話だよ。

そうだよ、そうだ。

何も全部を一人でやる必要なんかないんだ。

そんな当たり前のことにも気付かないなんて……僕は大馬鹿者だ。

ポカリと自分の頭を叩《たた》く。

そしてジンジン痛む頭をさすりながら、右手を差し出した。

「ナージャ、もしよければ一緒にエレメントフルーツの使い方を考えてほしいな」

「ああ、任せておけっ！」

続いて僕は、ウォーターマスカットを手に取る。

これも基本は同じで、魔力を込めるとしばらくの間水が出続ける。

といっても元が小さいので、かなりちょろちょろと出る感じだ。

丸々三日水筒に入れてようやくいっぱいになるくらいだと思う。

「砂漠で水が出る魔道具が作れるとなれば、皆必死で手に入れようとするぞ!?」

「え、そうなの？　ちょっとしか出ないから、飲むにしても足りないかと思ってた」

「ウッディ、あのバカ乳女のせいで完全に感覚がバグってるぞ⁉」

たしかに、ちょろちょろしか出ないとはいえ、小さな水源が作れるっていうのは大きいかもしれない。

これもまた水魔法を抑えられるような作りにしなくちゃいけないとは思うけど、上手くやれば水が出る水筒、みたいな魔道具を作ることができるようになるかもしれない。

アイラもいつでも水を出せるから、ウォーターマスカットはただ好物として食べてただけだし。

やっぱりこうして第三者から意見を出してもらうと、また違った発見があるなぁ。

「ちなみに味は、あんまり癖がないよ。その分水気が多くて、スイカみたいな感じ」

ウォーターマスカットの果実は、普通のブドウの三倍近い大きさがある。

なので二人で半分こして食べることにした。

「う、ウッディ……」

「……？　どうしたの、ナージャ」

「あ、あーん……」

フォークを使ってウォーターマスカットを差し出してくるナージャ。

その手はぷるぷると震えていて、顔は真っ赤になっていた。

これはいわゆる、あーんというやつでは⁉

と思ったけど冷静になるんだ、ウッディ。

婚約者同士だったんだから、あーんくらい普通だ、恥ずかしいことじゃない……。

「あーん、ぐまぐま……うん、おいしいよ」

羞恥心《しゅうちしん》に耐えながら、なんとか食べる。

おいしいと言ってはいるけど、正直味はあんまりわからなかった。

平静を取り戻そうと深呼吸をしていると、ナージャがもじもじし始める。

「ウッディ、次は、その……」

「うん、はい、あーん……」

流石に僕もそこまでのニブチンじゃない。

お返しとばかりにフォークにマスカットを突き刺し、手を伸ばす。

「あーん……」

さっきより顔を赤くさせるナージャに、見ているこっちも恥ずかしくなってくる。

そんなことを繰り返すこと数度、ようやく落ち着いてきたのでエレメントフルーツの検分を再開していくことにした。

ウィンドマスカットは匂いを散らし、アースマスカットは排便をした後に土をかけて埋める。

ナージャから出てくる使い方は、どれも行軍の時なんかに使えるようなものが多かった。

「つるの硬度はたしかにかなり高いな。これでギチギチに縛れば『剣豪』の素養持ちくらいまでなら押さえ込めるはずだ」

『剣聖』のお墨付きももらえたので、蔦《つた》をロープのように使うことも問題なくできそうだ。

どうやら、エレメントフルーツにはまだまだ可能性が眠っているらしい。

続いて、他のエレメントフルーツも見ていく。

大体どんな効果があるかはわかっているので、僕の解説も軽く添えていく。

「エレメントマロンは爆発したり水の勢いを増して飛んでいったりしちゃうから使い方が難しいんだ」

「ファイアマロンは火魔法の爆発に似ているな……これを落とし穴に入れれば相手を簡単に倒せそうだ」

エレメントマロンは基本的に四つとも物騒だ。

ファイアマロンは爆発しちゃうし、ウォーターマロンとウィンドマロンは魔法の力で加速してすごい勢いで飛んでいく。

ちなみにアースマロンはただ土を増やすだけだけど、なぜか殻が尋常じゃなく硬い。

ナージャのミスリル剣でようやく切れるくらいなので、普通の人間にはまず割れないと言われた。

「エレメントアップルには解毒作用、エレメントピーチには回復作用があるよ。ただすぐに魔力で引火しちゃうからなかなか携行が難しそうで……」

「いざという時の手当には使えるな。別の場所で保管しておけば、問題なく運用できそうだ」

エレメントアップルとエレメントピーチは基本的にただの魔法効果のある果物だ。

アップルを食べると解毒効果があるらしく、デトックス効果でお通じがよくなったりする。エレメントピーチの方には傷を癒やす効果があり、食べているうちに膝《ひざ》にあった古傷がなくなっていた。

「こっちのエレメントマルベリー（桑）は、魔力を込めると弾けるよ。ゴブリンなんかが殺せるくらいの殺傷力があるみたい」

「これは完全に散弾だな……狩りなんかには使えそうだから、カディン達に使わせてみるか」

「エレメントパーシモン（柿）とエレメントペアー（梨）の効果は、まだわかってないんだ。『植樹』の素養も教えてくれないから、何かできないかと色々試してるところ」

「ふむ、なるほど……」

こうして僕らのエレメントフルーツ見学ツアーは終わった。

するとすぐに、ナージャは目をキラキラと輝かせながら……。

「私がエレメントフルーツの使い方を実地で試すぞ！」

と言いだした。

元砂賊の兵士達も最近は一日の笑顔ポイントが3を超え、僕への忠誠度が留《とど》まるところを知らない状態なので、裏切りや情報漏洩《ろうえい》も気にする必要がない。

というわけで僕は気前よくエレメントフルーツを提供することにした。

実際に魔物との戦闘でどれくらい使えるのかは未知数だけど……ナージャならきっと、上手く使ってくれるはずだ。


ナージャにエレメントフルーツを見せてからすぐ、彼女が兵士達を率いて出て行く姿が見られるようになった。

どうやら色々と試してくれるつもりらしく、最近はほとんど毎日エレメントフルーツの催促をされている。

何故か入園もしたいと言われたので、シムルグさんの許可を取った上でオッケーを出した。どうやらナージャは、果実以外にも色々と試したいことがあるみたいだった。

僕としても、エレメントフルーツの使い道を探すことくらいしかやることがないかもとは感じていた。

交配で作れるものについても一通りは作っちゃったしね。

そして次のレベルアップまでもまだ結構遠いし。

というわけで、僕は余っているポイントをエレメントフルーツの増産に使うことにした。

ナージャ率いる兵士達が不自由なく使える分くらいは日産できるよう、エレメントフルーツ作りに励んだのである。

おかげで今では、シムルグさんの居住領域がかなり広くなっている。

普通の樹を植えてカモフラージュはしているけど、明らかに不自然な感じになってしまっている。

でも無理になりそうになったらまた樹木配置で整えればいいだけだしね。

後先考えずバンバカ樹が植えられるようになったから、なんだか気が楽だ。

「よし、行こっか」

「はい、準備は万端です」

ハウスツリーを出て、唯一樹々が生えていない、村の入り口へと向かう。

実は今日は、久しぶりの外出なのである。

ちょっとウキウキしながら出ると、ナージャ率いる戦士団が僕達を待っていた。

――そう、今日の目的は、彼女達の戦闘の様子を見ること。

エレメントフルーツを使うとどんなことができるのか、実際に見せてもらうことにしたのである。

「野郎共、今日はウッディ様がいらっしゃっている‼　気を抜くんじゃないぞ！」

「「おおおおおおおおっっ！」」

そ、そんなに気合い入れなくていいって。

いつも通りにやってくれるだけでいいんだけどな……。

前の方で張り切っている兵士達についていく形で村を出る。

砂漠に出るのは久しぶりだ。

僕とアイラは植木鉢に入れた小振りな世界樹を持っているので、樹結界に囲まれながら安全第一で進んでいく。

樹結界には魔物避《よ》けの効果があるので、僕とアイラは皆から少し離れて進むことにしていた。

ナージャ達は、時折トントンと剣で砂を叩いていた。

聴力に優れる魔物を釣るためだろう。

邪魔にならないように、少し遠めに距離を取る。

すると数分もしないうちに、早速魔物が現れた。

「あれは……サンドボアーですね」

「うん、狩ってるのをみたことがある」

以前はたしかナージャ単独で倒していたっけ。

ダンやメグだけだとまだ倒せないとも言っていた気がする。

「今回は私は手を出さん！　カディン隊、お前ら三人だけでやれ！」

「「はっ！」」

なんて考えていると、三人の兵士達が動き出した。

カディンってたしか、頭を張ってた人だよね……って、元砂賊の人達だけでやるつもりなの⁉

……大丈夫なのかな。

「俺が時間を稼ぐ！　お前らは手はず通りに！」

「「はいっ！」」

「こっちだ、豚野郎！」

カディンがドスドスと足音を鳴らしながら前に出る。

どうやらサンドボアーを挑発するつもりのようだ。

「ぶうううううっっ！」

サンドボアーは見事に釣られ、興奮状態でカディンの方へ駆けていく。

うわぁ、すごい速度だ。

「真正面からぶつかったら一発で挽《ひ》き肉《にく》になっちゃいそう」

「ミンチになっても頑張って愛しますから」

「それならまず、ミンチにならないように頑張ってみてほしいかな」

カディンはポケットに手を入れ、何かを出した。

あれは……ファイアマロン？

「爆発がコントロールできるようになったんでしょうか」

どうやらアイラの言っている通りらしい。

カディンは手に持ったファイアマロンを地面に投げる。

ちなみにいがは取ってあるので、実だけの状態だ。

投擲《とうてき》したのは自分とサンドボアーを繋ぐ一直線上のルート。

真《ま》っ直《す》ぐにやってきたサンドボアーは、ファイアマロンを思いっきり踏んだ。

ドオオオンッ！

爆発音がしたかと思うと、サンドボアーがひっくり返っていた。

カディンはそのまま、剣で目玉を突き刺した。

「プギイイイイッッ！」

サンドボアーの外皮は、剣では貫けないくらい硬いと聞いている。

どうやらカディン達も剣で倒そうとはしていないようだ。

前衛が倒れているサンドボアーに追い打ちをかけている間に、後ろにいる二人はリュックから何かを取り出し、準備を始めていた。

「あれは……ウィンドマスカットのつるでしょうか？」

「だね……でも魔法が出てないから、あれだとただの切れないロープになると思うけど……って、あれ？」

一つおかしなことに気付いた。

さっきカディン、ファイアマロンを普通に投げてたよね？

ってことはあれは時間をかけて魔法効果を抜いた実ってことだよね。

それなのにどうして爆発したんだろう？

「お頭、できました！」

「お頭はやめろって……言ってんだろうが！」

カディンはひらりと身を翻し、ファイアマスカットを投げる。

燃えるブドウがヒットし、サンドボアーの頭にたんこぶができる。

「ぶひいいいいっっ！」

どうやら完全に頭に血が上っているようだ。

サンドボアーは完全にカディンをターゲットに固定して進み始める。

「鬼さんこちら……っと！」

カディンが向かう先にあるのは、つるを使った簡易的な罠《わな》だ。

岩と岩の間にピンとつるが伸びている。

転ばせるつもりのようで、伸びているのはサンドボアーの足下のあたりになっていた。

カディンは駆け、跳躍。

ウィンドマスカットのつるを飛び越えて兵士達の方へ。

「やれっ！」

「「はいっ！」」

かけ声と同時に、二人の兵士達が腰から何かを取り出した。

あれは……枝、だろうか？

二人がそれでつるを軽く叩《たた》いた。

すると――先ほどまで何も出ていなかったつるから、風が出はじめた。

サンドボアーが突進してくる。

「ぷぎ……ぷぎいいいいいいっっ⁉」

そして見事なほど簡単に罠に引っかかり、サンドボアーが思いっきりスッ転んだ。

見れば足には風の刃《やいば》で傷がついている。

三人はその隙を見逃さず、何かを取り出す。

あれは――ファイアマルベリー？

炎を帯びた桑の実を、三人がサンドボアーの顔面に叩き込む。

ドドドドドッ！

桑の実散弾がサンドボアーの顔をズタズタにした。

「ぷぎぃ……」

そして元気をなくしたサンドボアーに対して斬りかかり……三人は無事、無傷でサンドボアーを倒してしまった。

タタタタタッと、飼い主が投げたフリスビーを取ってきた犬のような顔でこちらに近付いてくるナージャ。

彼女は僕に褒めてほしそうな顔をしながら、笑った。

「どうだウッディ！　私、頑張ったぞ！」

「う、うん、そうだね、あはは……」

僕はそんな彼女に対して、乾いた笑いを返すことしかできなかった。

ナージャ……ちょっとやりすぎだよ……。

こんなのもう、特殊部隊じゃないか……。

「な、ナージャはここ最近何をしてたの……？」

「ん？　……うーん、そうだな……」

呆《あき》れ半分恐ろしさ半分といった感じで聞いてみる僕に、ナージャは嬉《うれ》しそうに答える。

「まず最初は、以前からやっていた、私の力なしで砂漠の魔物達を倒すための訓練だな。以前はダンとメグが二人がかりで挑んでも難しかったんだが、ウッディのエレメントフルーツを使うことで、なんとかそれができるようになった」

たしかに、ナージャに何らかの事情があった場合のことを考えて、彼女なしでも回していけるように戦闘訓練は続けていた。

どうやらその方針は、僕がエレメントフルーツを渡したことで実を結んだということらしい。

「しばらくすると効果がなくなる問題があったじゃない。あれはどうやって克服したの？」

「ああ、色々と試してみた結果、樹皮を強く擦《こす》りつけると魔法効果が発生することがわかったんだ。なので基本的に皆には果実と樹皮をセットで持たせるようにしている」

「そ、そんな方法が……たしかに色々やってるなぁとは思っていたけど……」

「ああ、樹液を使ったり枝を折ってみたりと、樹をダメにしない範囲で色々と試してみたんだ」

「なるほど……」

入園したいと言われた時は、一体何をするんだろうと思っていたけれど。

果実以外に使える部分はないかと、色々と試してくれてたんだね。

今まで僕らを助けてくれたのは果実だったから、ちょっと果実に意識を向けすぎていたのかもしれないな。

そしてそんな風に僕がまったく気付けなかった新たな可能性に、ナージャは辿《たど》り着《つ》いたわけだ。

「さっき兵士達がしてたのもそれだったんだね……」

「ああ、携行できるよう魔力を抜いてからエレメントフルーツを配っている。上の人間による安全確認や事前のチェックも行っているぞ」

へぇ、なんていうかしっかりしているんだなぁ。

以前父さんから聞いていた、軍隊にそっくりだ。

いや、というか彼らも分類上はうちの軍隊になるのか。

兵士の集団が軍だもんね……目的は戦争じゃなくて、自衛だけどさ。

「そういえば一つ疑問に思ったのですが……樹皮の方は魔法効果が出てたら危険ではないのですか？」

アイラの疑問は、僕も思っていたことだった。

樹皮と果実を擦り合わせれば魔法効果は戻るという話だったから、樹皮の方は大丈夫なのかなって。

でもどうやら危険はないようだ。

エレメントフルーツの樹皮には、魔力を内側に溜《た》めこむ性質があるらしい。

一種の魔力タンクのような役割を果たしているみたい。

「でもそれならたしかに、エレメントフルーツを使いこなすことも不可能じゃないのかも……」

わざわざ魔力を込めなくても、直前に擦ればいいだけなら、使いやすさは格段に上がる。

兵士達も問題なく運用ができているようだし……うちの村の戦力は、エレメントフルーツのおかげで大きく向上したのは間違いない。

よくここまでエレメントフルーツで戦えるように兵士達を鍛え上げてくれた。

本当にナージャには頭が上がらない。

僕がお礼を言うと、ナージャは溜めてきた今までの苦労を吐き出すかのように話し始める。当たり前だが、こんな短時間で兵達を育て上げたナージャの気苦労はなかなかのものだったらしい。

「ここに来るまでには色々な苦難があったんだ……」

「だろうね、さっきのカディン達の動きは物凄《ものすご》く手慣れていたもの」

「な、名前を……ウッディ様が俺の名前を覚えてくれていただなんて！　こんなに嬉しいことはない！」

そう言うと、カディンは踞《うずくま》りながら何やら祈り始めてしまった。

そして笑顔ポイントが一気に5溜まった……んん、あまり深く考えないことにしよう。

残りの二人は、僕の方に期待の眼差《まなざ》しを向けていた……ごめんよ、君達の名前は覚えてないんだ。

僕が何も言えないでいると、二人はがっくりと肩を落とした。

そして笑顔ポイントが6溜まった……なぜ⁉

「クソッ、俺達はまだまだ修行が足りてなかったか……」

「たしかにカディンさんは魔物十本勝負も乗り越えられてたし……俺達もまだまだ頑張らないとな」

悔しそうな顔をしているけれど、何故か二人とも爽《さわ》やかな表情をしている。

そして笑顔ポイントが4溜まった……なぜ⁉（二回目）

「ねぇねぇナージャ」

「――きゃっ⁉　…………な、なんだ？」

耳元で囁《ささや》くと、ナージャがかわいらしい声をあげる。

彼女は顔を赤くしてから、たっぷりと間を空けて……何もなかったかのように腕を組みながら尋ねてくる。

耳の先はまだ赤くなっていたけれど、そこに触れるのは止《や》めておくことにした。

「一体彼らに、何をさせてたの？」

「基本的には休ませず、限界ギリギリの状態で魔物との戦闘をさせ続けていたな」

「す、スパルタだね……」

「怪我を負っても戦い続けることができるよう、負傷した状態での戦闘訓練もさせているぞ。エレメントピーチの効用が高くて、怪我を簡単に治せたおかげだ」

「ちょ、ちょっとスパルタすぎじゃない……？」

「ちなみにもし砂漠で遭難しても生き延びられるよう、魔物の生き血から栄養を摂るやり方なんかも仕込んだぞ。解毒はエレメントアップルがあればできるからな」

「な、ナージャは彼らをどこに進ませようとしているの……？」

ナージャが語った訓練内容は、僕が引いてしまうくらいに過酷なものだった。

下手したら騎士がこなす一般的なメニューよりキツいんじゃないだろうか。

そりゃあそんなことばかりしてれば、特殊部隊みたいな兵士達ができあがるよねぇ。

そこまで厳しい訓練をすれば脱走兵や落伍《らくご》者が出ると思うんだけど、なんと欠員は一人も出ていないらしい。

それどころか何故か僕への忠誠度が上がったらしい。

……え、なんで？（素朴な疑問）

「ウッディ、これで大丈夫だぞ」

「大丈夫って……何が？」

「ダンとメグを置いていけば、私も出られる。行きたいんだろ……他の村に？」

「……」

どうやらナージャがここ最近はりきっていたのには理由があったらしい。

たしかに、できることならこのツリー村以外の場所に暮らす人達のことも助けてあげたいと思っていた。

こんなに美味しいフルーツがあって、幸いにも食料には余裕がある。

収穫袋の中にはどんどんストックも溜まっている。

入村によって新たに手に入る笑顔ポイントのことも加味すれば、新たに百人二百人の人間を受け入れることとくらいなら余裕のはずだ。

でも他人を助けるよりも、まずは自分達をしっかりさせなくちゃと。

余所へ手を差し伸べるのは、ツリー村がある程度なんとかなったらだと思っていたから、しようとしなかっただけ。

そしてナージャが、僕がここに留まらなければいけない理由をなくしてくれた。

折角彼女が僕の背中を押してくれたのだ。

それなら僕も、ここで立ち止まっているわけにもいかない。

「うん、それなら次にランさん達が帰ってきたら……新たな村へ案内してくれるよう、頼んでみよう」

「――うむ、それでこそウッディだ。流石私の……」

「どこまでも、お供させていただきます」

「婚約者なだけのことはある……って、私のセリフの間に勝手にねじ込んでくるな！」

「ねじ込まれる方が悪い」

「なんだそのトンデモ理論はっ!?」

「ぷっ……あはははははっ！」

わいわい騒ぎ始めたナージャとアイラを見ていると、不安なんか吹っ飛んでいってしまった。

僕らが力を合わせればきっと……絶対に大丈夫だ。

こうして僕は、ナージャの後押しを受けて、新たなステップへと踏み出すことを決めたのだった。

◇◇◇

「ランさん達が戻ってきましたよ！」

兵士達をまとめてくれているダンが、ずざざざざっと砂を巻き上げながら報告してくれる。『剣士』の素養持ちなだけはあり、ナージャに次ぐ実力を持っているらしいけれど、見た目は純朴な村人そのものだったりする。

「よし、報告ありがと」

僕とアイラで、ランさん達を出迎える。

屋敷と入り口との間の距離もほとんどないので、ちょっと歩けばすぐに彼女達の姿が見えてきた。

けれど……あれ？

「なんか人、増えてない……？」

ぐしぐしと目を擦るが、何も変わらない。

夢幻を見ているわけではなさそうだった。

ランさん達の後ろに、明らかに人が増えている。
一、二……確実に十人以上はいそうだ。
「どうしたんですか、ランさん」

「色んな村を行き来しているうちに、今の村を出て行きたいって人達が結構な数居まして。私達の食糧事情的にギリギリになるくらいの人数を連れてきたんですよ。ウッディ様が以前、移住希望者は大歓迎って言っていたので連れてきたのですが……ご迷惑でしたか？」

「いやいや、まさかまさか！」

笑顔ポイントも増えるし食料は余ってるから、村人が増えるのは大歓迎。

ブンブンと首を振ると、ランさんが明らかにホッとした顔をする。

どうやら彼女自身、ちょっと不安に思っていたようだ。

でも他の村って、水源があったり畑があったりするんだよね。

以前のツリー村と比べれば豊かで、暮らしていくことは問題ないと聞いていたんだけど……。

ランさんから話を聞いてみると、彼らは手に職がなく、村の中で厄介者扱いされながら暮らしていたらしい。

そこを見かねたランさんが、移住者を探しているという僕の言葉を思い出し、連れてきてくれたらしい。

村を出る時も、口減らしになるから助かると何一つ文句は言われなかったそうだ。

たしかによく見ると一行は、おじいちゃんや子供、年配の女性なんかがほとんどだ。

砂漠という厳しい環境では、人が人の面倒を見ることができるのにも限度があるということなのだろう。

しっかり数えてみると、人数は合わせて十三人。

彼らが……初めての移住希望者ってことになるのか。

出身の村では厄介者だったかもしれないけれど、少なくともツリー村にいる限りはそうじゃない。

僕に笑顔ポイントをくれる彼らは、それだけで役に立ってくれるのだ。

にしてもそうか、とうとう移住者が来てくれたのかぁ。

じぃんと何か胸の奥からこみ上げてくるものがあった。

僕のことを認められたみたいで、僕のしてきたことは間違っていなかったのだと言われたみたいで……不覚にも瞳《ひとみ》が潤んでしまう。

「どうして砂漠の中に、こんな森が……？」

「見て、果物がいっぱい生ってる！　あれ、食べていいのっ⁉」

「おお、ここは天上の楽園かの……」

見れば皆、物珍しげな様子で村を見渡している。

安心してください。

ここからはこの場所が、あなた達の居場所になるんですから。

なるべく怖がられないよう、にこやかな笑みを浮かべながら手を叩《たた》く。

そして僕に集中した視線を受け止めながら……。

「初めまして、僕はこのツリー村の領主をしているウッディと言います。皆様、ようこそツリー村へ。これから末永く、よろしくお願いします」

まずは皆に、フルーツを好きなだけ食べてもらう。

そして満足してもらったところで、彼らにハウスツリーを使って家を作る。

「おお、一瞬で家がっ⁉」

「なんということ、これは……神の御業《みわざ》……？」

そんな大層なものじゃないと思うよと苦笑しながら彼らに一通りの村のルールを説明したところで、後のことはシェクリィさんに任せてランさん達の方へと戻る。

どうやら既に荷下ろしは終わったようで、旅の疲れを癒やすようにゆっくりと座っていた。

「あらウッディ様。こんなくつろいだ姿ですみません」

ランさん達は靴を脱いで、何やら薬を塗っていた。

どうやら長靴での長時間の行軍は相当にきついらしく、足の裏はかなりひどいことになっている。

ランさんは平気そうだけど、ヴァルさんなんかは相当きつそうだ。

しかも彼の足、離れたここからでもすごい匂いがする。

もしかしたら水虫とかなんじゃ……。

（……そうだ、折角ならあれを試してみることにしようかな）

ランさん達についていくのなら、彼女達の体調も万全な方がいいだろうし。

僕はポンッと手を打ってから、『収納袋』を開く。

そして中から、いくつか試作している特産品候補のうちの一つを取り出した。

「ヴァルさん、もしよければこれを使ってみませんか？」

「ウッディ様、それは一体……？」

僕の手のひらに入っているのは――エレメントピーチを使った軟膏《なんこう》だ。

原材料はたった二つ、魔物の脂肪とエレメントピーチだけである。

メインで使っているのは、一番効果が高いウォーターピーチだ。

けれどそれだけだとちょっと獣臭が残ったので、中でも匂いが強かったファイアピーチの果汁も少しだけ混ぜている。

これにはエレメントピーチの持つ回復効果があるようで、少なくとも火傷《やけど》には効くらしい。フルーツティーを作る時に火傷をしてしまったおばちゃんも、これを使えば火傷痕《あと》一つ残らなかったんだって。

水虫も火傷と同じく皮膚の異常なわけだし、軟膏も効くんじゃないかな？

そんな風に思い、とりあえず使ってみてもらう。

すると効果はすぐに現れた。

「おおっ、かゆくない！　ぜんっぜんかゆくないぞ！　これで水虫ともさよならだっ！」

ヴァルさんは靴下を履き換え、ぴょんぴょんと楽しそうに絨毯《じゅうたん》の上を飛び回り始める。

どうやらやっぱり水虫だったみたいだ。

「ウッディ様、私にも使わせてくれませんか？」

「わ、私もっ！」

「おらにも使わせてほしいだよ！」

勢いよく手を上げた三人が、軟膏を足に塗り始める。

ぬりぬりタイムの時間、暇だったのでヴァルさんに話しかけることにした。

「この軟膏、売れると思います？」

「売れますよ！　間違いない、絶対に売れます！　砂漠では厚底のブーツが基本ですので、足が蒸れたり水虫になる人も多いですから！　いやぁドライフルーツやフルーツティーを見た時にもたまげましたけど、この軟膏は個人的にはそれよりも可能性を感じますよ！」

ヴァルさんの機嫌はかなり良かった。

ランさん達も上機嫌だったし、どうやら商品は上手く捌《さば》くことができたみたいで一安心だ。

「すごい……これ、鎮痛効果もありますよ」

「え、そうなんですか？」

「なんで作ったウッディ様が効用を知らないんですか？」

「あ、あはは……」

アイデアを出したのは僕だけど、実際に作ったのは村人の皆だからね。

効果の確認なんかはしたけど、そこまで詳しいことは知らないのだ。

適当に笑って誤魔化しているうちに三人とも塗布が終わった。

皆すっきりした顔をしていて、ヴァルさん同様この商品は絶対に売れると猛プッシュしてきた。

僕は皮膚トラブル全般に効くんだなぁくらいにしか思っていなかったけれど、どうやらこのピーチ軟膏……ランさんが目の色を変えるほどの一品らしい。

「今私が使っている塗り薬は、この小ささで金貨一枚します。大きさと価格で考えると……って、その前にまずは今回の話をしなくちゃいけませんね」

んんっと喉《のど》を鳴らしてから、ランさんは説明しだした。

どうやら今回持っていったドライフルーツとフルーツティーは全て売り切れ。

以前の時の評判を聞きつけて村人達が殺到し、あっという間に売り切れてしまったという。

ランさんもツリー村で果実がバンバン作れることは知っているので、次回行った時に優先的に購入できるような予約まで取ってきたらしい。

「今回も儲《もう》けさせていただきました。正直どちらも仕入れた分があっという間に売り切れてしまうくらいの人気商品なので、次回からは向こうの人達が無理のない範囲で値上げをしようと思います」

普通ならあこぎな値上げなんかをしないか心配するところだけど、ことランさんにおいてはその必要はない。

元々赤字で村を行き来していた彼女の言う無理のない範囲というのなら、きっと本当に無理のない範囲であるはずだ。

「いや、このピーチ軟膏があるのなら、これを買える人達の呼び込みのために敢えて安く融通するという手も……ふふふ……」

ランさんが、彼女にしては珍しく商売人の顔をしていた。

まあなんにせよ、どうやら軟膏もこの村の特産品になりそうなのでホッとした。

って、そうじゃないよ僕！

そもそもここに来た理由を忘れてた！

というわけで僕は目がお金のマークになっているランさんに、同行のお願いをすることにしたのだった……。


同行の許可は、びっくりするほど簡単に取れた。

「私もここでそこそこ長いこと商人としてやってきてますから、ある程度安全な通商路は確立してます。それにいざという時は私……の護衛が守りますから、心配ありませんよ」

実に頼もしい言葉である。

どうしてそんな簡単に許可してくれるのか不思議に思って尋ねてみると、ランさんはカラッとした笑みを浮かべて、

「ウッディ様はどうやら私達とはまったく違う常識の下生きているようですからね。私みたいな凡夫では見れない視点から見下ろしてみれば、新たな商機を見つけてくれるかもしれませんし」

ランさんは手でドライフルーツを弄《もてあそ》んでから、パチンとそれを自分の顔へ弾く。

レーズンが口の中に入っていき、彼女はそれを美味しそうに食べた。

「ウッディ様は金の卵なのです。ツリー村の人達や、私達商人だけではなく……恐らくはこの砂漠《あずか》地帯全体に影響を及ぼしてしまうほどの。……なぁんちゃって！　私もウッディ様のおこぼれに与

って、なるべくいい目を見させてもらいたい……ただそれだけの話ですよ」

そう言って、茶目っ気たっぷりにウィンクをするランさん。

そこからは、何が何でも金を稼いでやろうという商売っ気は微塵《みじん》も感じられず。

むしろこの砂漠に住まう人達を案ずる心優しい一面が見え隠れしていた。

「ただ、念には念を入れて、直近で向かった村に行くことにしませんか？　砂漠ではちょこちょこ魔物の生息地帯が変わったりするので、その方が危険性を抑えられるはずです」

「もちろんそれで構いません。餅《もち》は餅屋《もちや》、専門家のランさんに任せることができたらと思います」

「あら、嬉《うれ》しいことを言ってくれますね」

僕は……ランさんは信じられる人だと思う。

そしてナージャもアイラも、同じ意見だった。

なので僕らはランさん達と一緒に、ツリー村を出ることにした。

彼女達にならば、僕の力を知られても構わないだろう。

「ランさん、後で話したいことがあります。とても、とても大切な話です」

「それは……ええ、もちろんです」

決心が固まり真剣な表情をした僕を見て、ランさんがこくりと頷《うなず》く。

僕はこの決意が鈍らぬうちにと、ランさん達を連れて家に向かい、事情を説明することにした。

その後、ツリー村の主要な人達のところに挨拶《あいさつ》へ向かったんだけど、誰からも否定的な意見を言われることはなかった。

「安心してください。たとえ一か月だろうが二か月だろうが、問題なく村を運営してみせますよ」

そういって自信満々に胸を叩くシェクリィさんは、実に頼もしかったし。

「我のウィンドマスカット園は、我が守るのである！　ついでに聖域もしっかりと維持するのである！」

最近では世界樹の実よりウィンドマスカットの方がお気に入りなシムルグさんも快くオッケーを出してくれた。

でも、聖域の優先順位はもうちょっと上げてくれると嬉しいな……。

こうして後顧の憂いをなくした僕らは、有事のことを考えて大量のフルーツを氷漬けにして、食糧問題が起こっても問題ないだけの準備をしてから、村を出ることにしたのだった。

第四章

僕らは村を出発してからは、ランさんに言われた通りの道を進んでいく。

僕が手綱を取っているのは慣れ親しんだ馬ではなく……それより少しばかり乗り心地の悪い生き物だった。

「うーん、やっぱり地竜はどうにも慣れないな……」

「あら、ウッディ様は今まで地竜に乗られた経験がないのですか？」

「はい、乗馬なら人並みにはできるんですが……」

地竜は、砂漠ではラクダに並ぶくらいにポピュラーな生き物だ。

その見た目は、ニワトリとトカゲを足して二で割ってから、人を乗せられるように背を曲げた感じと言えばわかりやすいだろうか。

基本的に長距離ではラクダを、短距離では地竜を使うことが多いみたい。

ラクダの方がゆっくりだけど餌要らず、地竜は速度が出るけどその分大量の餌が要る。

ちなみにランさん達はどっちも持っており、普段はラクダに荷物を牽《ひ》かせながら、自分達は地竜に乗っていることが多いとのこと。

でも今回は僕達三人が同行するので、本来ならば交易品を載せる荷車は使わず。

僕らは比較的癖のない地竜に、そしてランさん達はちょっと乗るのにコツがいるらしいラクダに騎乗して進んでいる。

「にしてもこの樹結界……これ、すごいですね。便利という言葉を使うのもためらうほどにすごすぎます」

「あはは……ありがとうございます」

出発してからまだ数時間しか進んでいないが、僕らの旅は順調そのもの。

今回は皆に世界樹を配り、樹結界を使った状態で進んでいる。

なので砂粒がパチパチと当たることもなければ、魔物とエンカウントすることもない。

ここまで安全な旅をするのは初めてと、ランさん達は口を揃《そろ》えて力説していた。

「この樹結界のおかげでいつもの何倍も速度が出せそうです。下手すれば今日中に、村につけるかもしれません」

ランさんの冗談に僕も笑う。

けれど事実は小説よりも奇なりとはよく言ったもので。

なんと僕らはランさんが言っていた通り、日没が来る前に最初の村に到着することができてしまったのだった。


「なるほど……」

その村の規模は、僕が来るまでのツリー村より幾分か大きい。

周囲にぐるりと砂壁があるのも一緒。

中にいる人達の様子も、さほど変わらなかった。

違いと言えば比較的大きな井戸があって、水不足ではなさそうなところぐらいだろうか。

「おおランさん、ようこそいらっしゃいました！」

「お久しぶりです、ジンガ村長」

中に入ると、壮年の男性が案内をしてくれた。

どうやら彼がこの村の村長のようだ。

シェクリィさんより少し恰幅《かっぷく》がいい感じで、頭頂部がキラリと光っている。

「何もないところですが、どうかおくつろぎください……おや？　して、お連れの方々は……？」

「この村の救世主……になるかもしれない方々、ですわ」

ランさんはそう言って、商売人特有の人好きのする笑みを見せる。

僕はなるべく不審に思われたりしないように気を付けながら、挨拶させてもらうことにした。

「どうも、はじめまして。僕の名前はウッディ、隣のツリー村の領主をさせてもらっています」

「——おおっ、これはどうもご丁寧に。村長をさせてもらっているジンガと申します」

軽く自己紹介をしてから、世間話なんかをしていく。

今回はツリー村の果物がどれだけ美味《おい》しいかを伝えるための宣伝にやってきている。

目的を果たすために、スッと手を前に出した。

そして……ドサドサドサッ！

僕はとりあえず、収穫袋からリンゴに柿、モモにブドウとフルーツを出してみた。

ジンガ村長は完全に言葉を失い、固まっている。

彼に向けて笑いかけながら、

「もしよければ……お一つ、いかがですか？」

みずみずしいフルーツなんてものがそもそもないこの砂漠地帯で暮らす村長がこの誘いを断れるはずもなく。

隣の村に、新たなフルーツ中毒者が生まれたのだった。

『これから更に村人達を増やしていくのなら、ある程度は力を見せてしまった方がいいかもしれません』

僕がジンガさんの目の前で収穫袋を見せたのは、素養のことを教えたランさんのアドバイスに従ったからだ。

僕の素養の力は非常に多岐にわたる。

果樹を植えたり果樹から自動で果物を収穫したり、ハウスツリーを作ったり……。

新たな村人を迎え入れていくのなら、それを隠し通すというのはかなり無理がある。

だったら最初からある程度力を見せてしまえばいい、というのがランさんの考えだった。

たしかによくよく考えてみると、ランさんの言っていることは正しい。

力を隠すことばかりを考えていた僕からすれば、目から鱗《うろこ》だった。

でもたしかに、素養の力を見せた方がインパクトがあるから、村人は集めやすいだろう。

「――こっ、これを家内や娘達に食べさせてもよろしいでしょうか⁉」

実際、ジンガさんは目玉がこぼれ落ちてしまいそうなほどに目を開いて驚いている。

どっしりと構えていた彼の声が上ずってちょっと裏声になっているし、どうやらかなり動転しているみたいだ。

「もちろんです、フルーツはたくさんありますから、どうぞ気兼ねなく」

「しょ、少々お待ちを！」

ジンガさんは一体身体《からだ》のどこからそんな力が出るんだろうと思ってしまうほどの速度で脱兎《だっと》の如《ごと》く家に入ったかと思うと、妻と娘を呼んできた。

「ちょっとあなた、どうしたのよ」

「お父さん、急に何を……」

「――食べろっ！　いいから食べるんだ！　食べればわかるっ！」

家庭内暴力ならぬ、家庭内フルーツハラスメントが繰り広げられている光景に思わず苦い笑みがこぼれる。

目がギンギンになっているジンガ村長は、家族を悪の道に誘おうとしているダメなパパのようだった。

「というかあれは、ダメな父親そのものなのでは……？」

「その通り、僕らはこれからジンガさん達を引きずり落とすのさ、フルーツの沼にね……」

くっくっくっと悪人面する僕を見たアイラが、白けた顔をしている。

その横でランさんは、ジンガ村長と僕に視線を行き来させながら、

「どうしてウッディ様は、あんな偽悪的な態度を取っているの……？」

「……さぁ？　なんとなく悪人ぶりたいお年頃なんじゃないですか？」

今後のことを考えると、ジンガさん達にうちのフルーツを気に入ってもらうのは何より大切だからね。

彼らをフルーツ漬けにして、後戻りできなくさせてやるのさ。

このフルーツは完全に合法だから、何も問題はない。

クックックッ……。

「……疲れたから平常運転に戻そっと」

悪人フェイスと悪人メンタルを維持するのに疲れた僕は、とりあえず近くにある柿を手に取って食べることにした。

熟れた柿の皮はかなり柔らかくなっていて、皮ごと食べることができる。

僕は固い柿も好きだけど、剥《む》かなくていい分こっちの方が手軽に食べられて楽だ。

僕らがふざけている間に、ジンガさん一家もフルーツを手に取っていた。

そしてパクリと一口。

「「「おいしいいいいいいいいいいいいいいっっっ‼」」」

と三重奏を奏で、ジンガ村長一家は完全に我がツリー村のフルーツの虜《とりこ》となるのだった――。

「ウッディ様、これをママ友達に食べさせても？」

「どうぞどうぞ」

「ウッディ様、これを彼ピに食べさせても？」

「ピ……？　よくわからないけど、どうぞ」

黙々と一人でフルーツを食べているジンガさんをよそに、彼の奥さんと娘さんがまた新たな人を呼び。

そして人が人を呼ぶ形でどんどんと村人達がやってくる。

気が付けば家の中に入りきらないほどに人が増え、外に出ることになり。

周囲にはゴザや絨毯《じゅうたん》が敷かれ、村人総出でフルーツを食べながら笑っていた。

「ウッディ様」

「はい、なんでしょうか」

「ウッディ様のツリー村の人達は、このフルーツを食べているんでしょうか……？」

「ええ、そうですね。水源が確保できたので麦が穫れるようになったのはいいですが、収穫までにはまだまだ時間がかかりますから、基本は三食フルーツを食べてもらっていますよ」

「ほう、そうなんですな。それほど貴重なものではないと……」

フルーツを見つめながら考え込むジンガさん。

通常なら、大量の水を与えなければ育たないフルーツ。

それを惜しげもなくタダ同然で配っているわけだから、色々と非常識なのは理解している。

「ウッディ様、新たな村人を募集しているというのは、今も変わりませんか？」

「はい、もちろんですよ。食料にはかなり余裕がありますから、何人来てもらっても大丈夫です」

「なるほど……ありがとうございます」

僕としては、新たな村人の受け入れは望むところだ。

なんなら村まるごと受け入れてしまっても問題ない。

最初に住居を整える手間はかかるけど、長いこと住んでもらえれば笑顔ポイントで帳尻《ちょうじり》はプラスで終わるからね。

唸《うな》りながら考えている様子のジンガさんの邪魔をしてもあれかと思い、席を立つ。

気になったので、少し村人の様子を見ることにした。

砂漠では珍しい生のフルーツに魅入られ、皆すごい勢いで食べ進めている。

浮かんでいるのは笑みであったり、感動や驚きであったり……共通しているのは、ここで暮らす人達が皆嬉《うれ》しそうにしているということだった。

僕の素養で、彼らに何かを与えることができているのだ。

こんなに嬉しいことはない。

こればっかりは、何度やっても慣れる気がしないな。

それに慣れてもいけないことだとも思う。

「くうっ、酒がほしくなるなぁ」

「でもこんだけ甘いのに、不思議とそこまで喉《のど》が渇かないんだな」

「それだけフルーツがみずみずしいからじゃない？」

村の人達は、いくつものグループになって好き放題騒いでいた。

家族で……というよりは年齢と性別に分かれて話題の合う人達同士で話し込んでいるようだ。

フルーツを夢中で頬張ってはいるけれど、飢餓でやつれているという感じもない。

様子を観察している限りでは、村の皆の仲も良好そうだ。

話を聞いてみると、ジンガさんが積極的に井戸の掘削に勤《いそ》しんだおかげで、しっかりとした水源が確保できているのが大きいようだ。

最初は周囲の反対を押し切って始めたようだけど、今では誰もがそれを英断だと称《たた》えているんだって。

思い立ったら即行動という即断即決が、ジンガさんの持ち味らしい。

「このつぶつぶもうめぇぞ！　皆食ってみろ！」

もう思考の時間は終わったのか、気が付けばグループの輪の中心にジンガさんがいた。

彼は果物を配ったり声をかけたりと、皆が楽しめるように気を配りながら忙《せわ》しなく動いている。

何やら話し込んだりもしている様子だ。

皆の頼れる兄貴分って感じなんだろう。

縁の下で皆を支えるシェクリィさんとはまた違うタイプの村長さんのようだ。

村長にも色んなタイプがいるんだなぁ。

誰かが隠していたらしい酒を持ってきたところで、とうとう歯止めが利かなくなったようで。

そこら中で乱痴気騒ぎが始まり、めいめいが好き放題に叫んだり歌ったりと楽しみだした。

飲めや歌えやの大騒ぎが催され、その輪の中心では村長のジンガさんがガハガハと笑っている。

流石《さすが》にこの状態では、真面目な話し合いができるはずもない。

少なくとも今は、大事な話をすべきじゃないだろう。

それがたとえ、この村の未来を左右するほどに大切なものだとしても。

――折角楽しそうな皆の雰囲気に水を差すのも嫌だしね。


「ウッディ」

「どうしたの、ナージャ」

皆から少し離れたところでパーティーの様子を見守っていると、ナージャがやって来た。もらってきたのか、手にはエールの入ったジョッキが握られている。

「見ろ、この光景をっ！」

そう言って芝居がかった調子で手を広げる。

その拍子に、ジョッキからお酒が少しこぼれた。

どうやら彼女、酔っているらしい。

よく見ると顔がかなり赤くなっている。

「これはウッディが作ったんだぞ！」

何故《なぜ》かナージャは嬉しそうに笑っていた。

それに釣られて僕も笑う。

誰かが笑っていると、こちらも楽しい気分になってくる。

人の感情って、本当に不思議なものだよね。

「ウッディ……お前が授けられたのは、使えない素養なんかじゃないんだ！」

「ナージャ……」

「お前の力は――皆を笑顔にすることができる素晴らしい素養だ！　世界中の人がお前の素養をバカにしたって、私だけはいつだってお前の味方だ！」

「……うん、ありがとう」

俯《うつむ》いて、ごしごしと服で目元を擦《こす》る。

涙を流す姿を見られたくなかったから、そうやって必死に誤魔化した。

僕は正直な話をすると……自分の素養が、あまり好きではない。

たしかにこの素養のおかげで、砂漠という厳しい環境で暮らすことができているのは間違いない。

けどそもそもの話をするのなら。

この素養をもらわなければ、僕がこんな辺境の地で暮らす必要自体がなかったわけで。

だから僕はこの素養に感謝したことはなかった。

けどこうして、フルーツを食べて笑っている人達を見ると、自分の心が軽くなっていくのがわかった。

僕の素養が、少しでも皆を笑顔にするお手伝いができたのなら。

だとしたら僕は……。

「もちろん隣に私もいますよ」

気付けばぐしぐしと顔を擦っていた右手がアイラに搦《から》め取《と》られていた。

にこりと優しく笑う彼女に見とれていると、逆の手をナージャに取られた。

「私だけはずっと味方だぞ！　この雌猫より絶対にいいぞ！」

「雌猫て……恋愛本の読みすぎですよ、このスイーツ脳」

「なんだと貴様、やるのか⁉」

「すぅぐそうやって腕っ節に訴えようとする。あーあーやですね、暴力的な女は。ウッディ様、この人家に入ったら絶対物理的に夫のことを尻《しり》に敷くタイプですよ」

二人は僕を挟んで言い合いを始めてしまった。

ぼ、僕居ない方がいいんじゃないかな……と思いつつも、二人がすごい剣幕なので何も言えずに黙ることしかできない。

男として情けない……。

でも、どうしてだろう。

僕の胸は不思議と躍っていた。

なんやかんやいって、この生活が結構気に入ってるのかもしれない。

……また明日も頑張ろう。

こんな風に悪くない一日を、何度も何度も送っていこう。

きっとそういう小さなプラスを積み重ねていくことこそが幸せなんだと、僕は思っているから
──。

◇◇◇

「いやぁ、昨日はすみませんでしたなぁ。久しぶりに何も気にせず飲み食いできるとあって、少々羽目を外しすぎてしまいました」

ボリボリと頭を掻《か》くジンガさん。

顔は笑顔なので、あまり悪いとは思っていなそうだ。

そんな態度でも僕らにまあいいかと思わせるあたりが、彼の人徳なのかもしれない。

「しかし本当によかったのですかな？　あれだけたくさんのフルーツを、無償でとは……大変太っ腹でこちらとしてはありがたい限りですが……」

「全然問題ないですよ、あれくらいならすぐに補充できますので」

「あれくらいなら、ですか……」

僕の言葉に嘘偽《うそ》りは何一つない。

それを示すために、まずは自動収穫を発動させる。

昨日砂漠の道中、自動収穫は果樹から離れた場所からでも使えることがわかっている。

そして自動収穫の発動と同時に、収穫袋も発動。

二つ同時に使うとあら不思議、収穫されたフルーツが勝手に収穫袋の中にストックされていくのだ。

ちなみに収穫袋の中にどれくらいフルーツが入っているのかもわかるようになっていたりするんだけど……うん。

収穫して新しく溜《た》めたストックの方が、昨日使った分よりも多いかな。

数十人規模の村の一食分だから、そこまでの量じゃなかったみたい。

収穫袋の中身の補充が完了してから、僕は再度収穫袋を発動。

昨日と同じく、ドサドサと大量のフルーツを出してみせた。

「……（絶句）」

パクパクと呼吸できなくなりかけた魚のようになってしまったジンガさん。

あれ、彼の前でフルーツを出してみせるのは二回目のはずだと思うけど……どうかしたのかな？

「も、もしかして本当に……？」

「……？　はい、あれくらいの消費なら全然賄えますよ」

「ウッディ様！」

「――は、はいっ！　なんでしょうか⁉」

「ウッディ様が領主を務める領地では、毎日フルーツが食べ放題というのは本当なのでしょうか？」

「え、ええ、そうですけど……」

「昨日考えたのですが……我々、ツリー村へ連れていってくださいませんでしょうか⁉」

ジンガさんは見ていて惚《ほ》れ惚《ぼ》れするほど自然に膝《ひざ》を折り、土下座をしてみせた。

まったく頭を上げる様子がないことから、どうやら本気で頼み込もうとしているらしい。

受け入れても問題ないってことは昨日も伝えてたんだけど……彼なりの誠意ってやつなのかな？

「ちなみに、既に村人の同意は取ってるみたいですよ」

脇からランさんが出てくる。

昨日の二日酔いが残っているからか、いつものようにしっかりと化粧はしていない。

元がいいからか、ナチュラルメイクでも十分に綺麗《きれい》……というかむしろ、僕的にはこっちの方が好きかもしれない。

「え……えええええっっ⁉」

顔を真っ赤にさせながら、あわあわしだすランさん。

「そ、そんな……いけないわウッディ君、私とあなたは商人と領主で……」

なぜかいつもより砕けた口調で物凄《ものすご》い早口を披露してくる。

どうやら僕の心の声が漏れてたみたい。

相当テンパっているようで、バイオリンの発表会の前の僕みたいに顔が真っ赤になっている。

ただしそこは流石に歴戦の商人。

武人もかくやという深呼吸をするとすぐに落ち着きを取り戻した。

今一瞬……ゾクッてした。やっぱり修羅場を潜《くぐ》っている人間は、凄みがあるんだなぁ。

「んんっ！　……問題はないのよウッディ様。昨日、ジンガ村長ってあっちこっちに行って酌をしてたでしょ？　その間に皆の合意は取っているのよ」

「ええっ、そうだったんですかっ⁉」

気を取り直したランさんから教えられる衝撃の事実。

どうやら既に根回しは済んでいるらしい。

昨日は皆とお酒を酌み交わすなんて、飲みニケーションが好きな人なんだなぁってくらいにしか思っていなかったけれど。

ジンガさん、昨日のうちに全員から了解を取ってきてしまっているらしい。

適当そうに見えるけど、実は結構できる男なのかも。

これだけトントン拍子でいくとは、流石に思ってなかったよ。

「もちろん大丈夫です。ですがうちの村に来てもらうからには、うちのルールに従ってもらいますからね」

「ああ、もちろんですとも。俺達を既に村人になっている奴《やつ》らと平等に扱ってくれればそれで構いません。自分の食い扶持《ぶち》くらい、自分で稼ぐ。それくらいのことはできる奴らばかりですので」

これでこの村の人達の同意は得た。

それならシムルグさんにあれをやってもらわなくちゃ。

僕は樹木配置（改）のスキルを発動させる。

（実はあらかじめ、新たに村人を迎え入れる時の段取りは決めてあるんだよね）

樹木配置（改）は、領地の中および周辺に樹木を配置し、自動で植え替えをしてしまうスキルだ。

――この周辺、というのがミソである。

樹木はシムルグさんが聖域にできる範囲内であれば、どこにでも移動ができる。

なのでこんなこともできてしまうのだ。

僕は今まで通った道を思い出し、そこをなぞるようにツリー村の中にある樹々を移動させていく。

道しるべに石ころを置く子供みたいに、僕はツリー村からこの村に至るまでの道のりに樹々を移動させていく。

僕の目の前に浮かぶミニチュアのツリー村。

そこから一本の細い線ができていく。

生まれていくのは、即席の並木道。

ツリー村とこの場所を繋《つな》げてくれる、緑の道だ。

「お……おおおおおっっ⁉」

「すご……なに、これ……」

ランさんやジンガさんにも、道ができている様子は見えている。

二人が驚く様子を見て少しだけ得意になりながら、僕はドンドンと道を伸ばしていく。

今回は、ツリー村にある樹々だけでも十分間に合いそうだ。

でもこれだと、もっと遠いところとツリー村を繋げるとなるとちょっと厳しいかも。

もうちょっと植樹をする量を増やして、樹木の数を増やさなくっちゃいけないな。

それがわかったことは、間違いなく収穫だね。

僕は半分無心になりながら、樹木配置を使い続ける。

移動させ、地面に突き立てる。

移動させ、突き立てる。

移動、突き立て、移動、突き立て……機械的に作業を続けるうちに、なんだか楽しくなってくる。

どうやら僕、こういう単純作業って嫌いじゃないみたい。

ドンッ！

……ドンッ！

……ドンッ！

「こ、これは……」

「なんの音……？」

どんどんと伸びていく樹木の道を黙って見ていたランさん達が異変に気付く。

どうやら移動させて植えまくっているうちに、とうとう耳に聞こえてくるくらいに近づいてきたらしい。

一定のリズムで樹々が突き立つ音は、打楽器をバチで打った時に鳴る音に似ていた。

ドンッ！

ドンッ！

ドンッ！

音が大きくなってきたな……と思っていると、とうとう樹々が見えるようになってきた。

それはある種、ホラーみたいな光景だった。

「樹が……」

「宙に、浮いてる……」

樹が地面から浮かび、ふわふわと移動。そしてどーんと地面に突き立ち、次の瞬間にはまるで最初からそこにあったかのように、植えられた状態になっているのだ。

ふわふわからのどーんということを何回も繰り返すと、ようやく村まであと一本というところまでこれた。

最後の一本がふわふわとこちらにやってくる。

僕が道の終わりを意味すると事前に伝えていた、目印つきの世界樹だ。

目の前に、最後の世界樹がどーんと突き立つ。

そこで僕は、樹木配置（改）の発動を終えた。

そして――ぶわん、ばっ！

かつてツリー村にしたように、僕が樹で作った緑の道に結界が生み出されていく。

シムルグさんが、ツリー村から聖域を伸ばし、ここまで持ってきてくれたのだ。

村の入り口までやってきた聖域の結界。

僕はそこを指さしながら、パチリとウィンクをした。

「あそこを通れば、ツリー村まで直通でいけます。魔物避《よ》けの効果もありますので、安心して通ってくれて大丈夫ですよ。あ、道中お腹《なか》が空《す》いたら……その時は、果樹に生っているフルーツでも食べてお腹を満たしてくださいな」

僕がやったこと……というか、シムルグさんに事前に指示したことはたった一つ。

樹が移動したら、そこを聖域化してほしい。

シムルグさんの了承を得れば、あとは簡単だ。

樹木配置を使えば、距離が離れていても樹を移動させることができる。

出発してからはツリー村からの方位を確認しながら動いて、村の位置を忘れないように気を付けた。

ジンガさんからの許諾が出たら、事前に把握していた方位を間違えないように気を付けて、ツリー村にある大量の樹木をこちらの村目掛けて配置していく。

シムルグさんに、樹を目印にして聖域を拡《ひろ》げてもらえば……あっという間に、村と村を繋いでくれる聖域の道──聖域ロードの完成というわけだ。

一応大量の世界樹があれば樹結界で同じことができるんだけど、流石に今はまだツリー村と余所の村を繋げられるほど、本数がないからね。

「お、おぉ……」

「砂漠に樹が生えてる……」

「しかも全部に、美味《うま》そうな果物が生《な》ってる……ここは天国かしら？」

ジンガさんの村人達が、聖域ロードを見て呆然《ぼうぜん》としている。

朝ご飯をまだ食べていないからか、何人かはだらだらとよだれを垂らしながら果物を見ていた。

もちろん、食べてもらって構わない。

こういうことがあっても問題ないように、向こうには大量の凍らせた果物を用意してあるわけだしさ。

僕が許可を出すと、村の皆はおっかなびっくりフルーツをもぎ始める。

なんでそんな腰が引けてるんだろうと思ったけど、ちょっと考えれば理由はすぐにわかった。

そういえば彼らには僕が自動収穫で採ったフルーツをあげただけで、自分達で採らせてはいなかったのだ。

今後は自分達で採る機会も増えるだろうから、今のうちに果樹と果実に慣れておいてほしい。

そんな風に思いながら、もいだフルーツを食べている新たな村人達の姿を見つめていると、アイラがやってきた。

「そういえばウッディ様」

「なんだい？」

「こうやって聖域を伸ばすことができるのなら、そのままこの村を聖域にしちゃえばよかったんじゃないですか？」

「可能か不可能かで言えば、可能ではある。聖域ロードを残しておいて、両者の行き来をスムーズにするっていう手もあった」

「それならどうして……？」

「まあ簡単に言えば、何かあった時のことを考えてだね」

この砂漠には、砂賊や魔物といった村人の皆の命を脅かすような危険がいくつもある。

その中には多分、僕がまだ知らないようなものもたくさんあるはずだ。

村を聖域にしてそれらが全て解決できるかと言えば、答えは間違いなくノー。

もし以前のように砂賊が来たりしたら、僕らの目の届くところじゃないといいようにやられて終わってしまうだろう。

それに離れたところに村があったら、何かあった時にすぐに対応することができないっていうのもあるし。

自動収穫スキルでこっちの村のフルーツまで収穫してしまったら、わざわざツリー村に来てもらってフルーツをあげなくちゃいけないだろうから、この便利なスキルが完全に死んでしまうし。

諸々《もろもろ》のリスクやメリット・デメリットを考えた結果、彼らにはツリー村に来てもらうことにしたのだ。

幸い、ジンガさんを始めとしてこの村の人達はツリー村とある程度交流がある人達ばかり。きっと問題は起こるだろうけど、助け合いの意識が強い砂漠暮らしに慣れた皆なら、きっと乗り越えられるって、僕は信じてる。

こうしてジンガさんの村はツリー村に吸収されることになった。

その人数は合わせて三十一人。

新たに入った村人と元から居た村人が四十人弱いるから元盗賊達も合わせると八十人を超える大所帯になってきた。

よし、これで村人も増えて、笑顔ポイントがたくさん溜《た》まるようになったぞ！

シェクリィさんとジンガさんが力を合わせてくれれば、なんとかやっていけるはずだ。

そんな漠然とした僕の予想は見事に的中してくれた。

どんな時も物腰柔らかで、最近は『あれ、この人って元から牧師だったっけ？』と錯覚してしまうシェクリィさん。

そしてたとえ見知らぬ土地へやって来ても、杯を掲げて酒を酌み交わせば誰とでも仲良くなれてしまうジンガさん。

どうやら元からの知り合いだったらしい二人が協力してことにあたることで、ジンガさんの村の人達もツリー村の人達にずいぶんと慣れてきた。

ちなみに序列は最初の方にしっかりとさせた方がいいということで、シェクリィさんを村長、ジンガさんを副村長とすることにした。

これを前例にして、もし今後新たな村を吸収することになった場合、その村の村長だった人を副村長に据えて、シェクリィさんが全体を統括できるようにするつもりだ。

村も八十人以上の大所帯になってきたけれど、これくらいなら更に果樹園を増設しなくても、今ある果樹だけでも十分足りる。

それなのにポイントは前より増えるようになったので、今では一日に１００ポイント以上がコンスタントに溜まるようになっていた。

ちなみに、祝福の儀を行ったことで戦力になりそうな人の数も増えていた。

新たにやってきた人達の中には戦闘系の素養持ちの人も二人いた。

『斧《おの》使い』や『槍《やり》使い』という近接戦闘に関する素養持ちだったので、先輩となるダンやメグが指導に当たってくれているみたいだ。

エレメントフルーツの試作や検証も一通り終わったので、ナージャ達に支給する分は賄えるようになったし。

というわけでようやく、僕の生活にもちょっとだけどゆとりができた。

なので僕は同じく魔法使いへの指導が終わり暇になっているアイラと一緒に、村を回ることにしたのだった。

「るんるんっ」

「アイラ、ずいぶんとご機嫌だね」

「久しぶりにウッディ様と二人で出掛けられるのが嬉《うれ》しいんです」

「どうしたのさ、そんなかわいいこと言って」

「――か、かわっ⁉」

アイラをからかったり、時に逆襲されてからかわれたりを繰り返しながら、村の様子を見回る。

聖域の範囲内であれば砂が入ってくることもないため、既に村人の皆も外套《がいとう》を脱ぎ、普通の私服を着ている。

麻の服を着ているその姿は、どこからどう見ても普通の村人だ。

「そういえばワイン造りのための蔵を作ったんだよね。エール作りは砂燕麦《すなえんばく》の安定供給ができないから不安定だけど、ワインならブドウを使っていくらでも試せるし」

「へぇ、ワインですか。数えるほどしか飲んだことないんですよねぇ……」

ワインはブドウ生産がさほど盛んでなかった王国では、結構な高級品だ。

もちろん父さんや母さんはわりと普通に飲んでいたけれど、僕は未成年だったから一度も飲んだことはない。

ちなみにこの王国では、素養を授かる十五歳を成人としているので、今は僕もお酒を飲んでも問題はない。

……まあ、色々と忙しかったせいでまだまともに飲んではないんだけどね。

以前誰かにその味を聞いた時、苦いブドウジュースだと言われたのを覚えている。

苦いならブドウジュースを飲めばいいのに、と言うと苦笑いされた記憶がある。

どうやらツリー村の中に以前酒造店で徒弟をしていた人がいるらしく、僕はその要請に応えて酒蔵兼酒蔵となる場所を彼に提供していた。

ブドウがなくて作れないという本末転倒が起こらないよう、周囲にブドウの樹を何本か植えてあげたんだよね。

そういえば進捗《しんちょく》確認せず、放置したままだった。

一応様子を見に行ってもいいかも。

折角暇なんだし、今から行こうか。

聞いてみたけど、アイラも構わないと言ってくれる。

「ジンガ村長がよく持ってるのを見かけるあれは、エールなんでしたっけ？」

「うん、砂燕麦を使ってるから、味は僕らが知ってる一般的なエールより大分悪いらしいよ。苦みとえぐみが強くて控えめに言ってクソマズって、ジンガさんが言ってたよ」

「よ、よくそんなものをガバガバ飲めますねあの人は……」

本来パーティーに出席してたら浴びるように飲んでたんだろうけど、『植樹』が発覚しちゃったせいで生憎《あいにく》お酒とは縁がなかった。

僕が飲んだ酒と言えば、生水だと腹を下すからという理由で飲んだエール水くらいなものだ。

「ナージャは結構飲めるみたいだけどね」

「成人してから三年経《た》ってますし、『剣聖』も持ってますから、社交界なんかに顔を出す機会も多かったんでしょうね」

ジンガさんに勧められるがまま酒を飲んだナージャは、結構酔っ払っていた。

言ったら怒られるから言わないけど、あの時のナージャは口から物凄《ものすご》い酔っ払いの匂いがした。

僕はお酒の力というものはよく理解しているつもりだ。

父さんを見ていてもわかったけれど、ワインというのは貴族のような上流階級の人間にとって、非常に意味を持ってくる。

そしてジンガさんを見ればわかるように、普通の人達の間でもコミュニケーションツールとしても使うことができる。

アルコールというのは、人と人を繋《つな》ぐ潤滑油なのだ。

そして同時に、ストレス発散をしてまた明日も頑張ろうと思うための燃料でもある。

周囲を過酷な環境に囲まれ、余所との交流もさほど活発じゃないこの村では娯楽が少ない。できればお酒が造れるようになって、皆がもっと楽しく毎日を過ごせるようになったらいいな。

そんなことを考えながら、僕はアイラと手を繋いで酒蔵へと向かうのだった……。


「ウッディ様、ようこそおいでくださいました」

僕を出迎えてくれたのは今酒造に挑戦してもらっているキープさん。

御年六十歳になったけれど矍鑠《かくしゃく》としている、元気なおじいちゃんだ。

「ワイン造りの調子はどうですか？」

「はあ、それがどうもおかしな感じでして……一度見てもらった方が早いと思いましてな」

何やらもごもごと言い辛《づら》そうにするキープさん。

とりあえずついていって、見てみることにした。

蔵の中に案内されると、大きな樽《たる》がずらっと並んでいた。

すごい……これが全部ワインなのか。

中にあるものなんかは取っ払って、なるべく広く空間を確保しているみたいだ。

「これが今のワイン樽の酒蔵です。イリアとホップ……することもなかった鍛冶《かじ》見習いと木工職人の徒弟を使って作らせております」

「へぇ、結構立派にできてるような気がしますが」

「板付が少し甘いね」

「はぁ、その通りです。あいつらもまだまだ……っと、今は愚痴をこぼしてる場合じゃありませんでしたな」

そもそも酒の造り方は知ってますかね、とキープさん。

もちろん僕とアイラは、二人揃《そろ》って首を横に振った。

僕らが酒造りに関して知ってることなんて、その酒の原材料くらいなものだ。

つまりぶっちゃければ——何も知らないってことだね！

「では一度、簡単に作り方を教えましょう。あ、そうだ、もしよければウッディ様も体験されてみますか？　それほど時間はかかりませんので」

そういってキープさんは指を立てる。

自分がしてきたことを他人に話せる機会だからか、かなりウキウキしているようだった。

うん、それなら……やらせてもらおうかな。

個人的に、気になってることもあるしね。

「まず最初にブドウを用意します」

「ふむふむ。あ、アイラはこれ使って」

「ありがとうございます、ウッディ様……ハッ⁉　これは——ウォーターマスカット⁉」

「その通り」

僕が取り出したのは、ウィンドマスカットとウォーターマスカット。

今後のことを考えてエレメントマスカットでワインができないかなぁと考えていたので、今回試してみることにしよう。

そうそう、そういえば収穫袋にはまだ隠された力があることがわかったんだよね。

収穫袋からエレメントフルーツを取り出す時に、とある表示が出たから気付けたんだけど。僕は自分のウィンドマスカットを出して、そのメッセージを出してみる。

【ウィンドマスカットから魔力を抽出しますか？　はい／いいえ】

そう、なんと——一度収穫袋の中に入れた果実を再度出す時に、フルーツから魔力が取り出せることが発覚したのだ！

これでエレメントフルーツは何日も外で保存しなくちゃいけないという問題が解決したのだ。まあ持ち運びに難があるというところは変わらないんだけれども。

ちなみに取り出された魔力がどこに消えているのかは、まったくわからない。

きっと素養の機能の維持なんかに使われてるんだろう……多分。

「ふむ、マスカットですか……バリエーションも出るのでたしかに試す価値はありますな。ではまずは、ブドウを潰《つぶ》していきます。こちらに桶《おけ》がありますので、ここで思いっきり潰してしまって下さい」

「え、皮むきしないんですか？　私もう剥《む》いちゃってましたが……あ痛ぁっ⁉」

ワイン造りだと言ってるのに既につまみ食いをしていたアイラの頭をポカリと叩《たた》く。

折角ワイン造るんだから、食べちゃダメでしょ！

「とりあえず、言われた通りにやってみようか」

桶の中に何房もブドウを入れて、潰していく。

言われた通りに皮ごと潰そうとしたんだけど、途中で手に固い異物が当たる。

「固っ……え、この茎もこのままなんですか？」

「はい、皮と茎がいわゆるワインの苦みの部分になりますので」

だったら皮も茎も取って甘いワインを作ればいいと思うんだけど、そうするとワインとしての深みがなくなるらしい。

深みが必要なのかなぁとは思わなくもないが、プロの言うことだから間違いはないんだろう。

言われた通り、ウィンドマスカットを茎ごと混ぜていく。

果皮と果実が混ざり合って、どんどんグロテスクな見た目になった。

更にその上からゴリゴリと茎も潰していく。

茎の緑色も交じり、最終的には果皮の色素も合わさって緑色の謎の液体と固体の混合物が出来上がった。

見た目はかなりグロい。

見たことはないけど、ゴブリンの体液とか多分こんな感じだろうと思う。

けれど匂いだけはめちゃくちゃブドウだ。

「後はこれに、この粉を足していきますぞ」

「これは何？」

「お酒造りの素、みたいなものですな。酒を造るために必要な菌が入っております」

一つの果物をまるごと潰した果汁・果皮・茎１００％の液体を、小さな容器に移し替えていく。

キープさんはその上に謎の酒造りに必須《ひっす》アイテムらしい粉をパッパッとふりかけ、軽くかき混ぜた。

そして……うんと大きく頷《うなず》く。

……え？

これだけでいいの？

「あとはしばらく放置しておけば完成です」

「ええ……」

「ちなみに、一定の濃度までは放置すればするほど度数が上がります」

「ええ……」

こうして僕の初ワイン造りは楽しさを感じる間もなく、あっという間に終わったのだった……。

「というわけで今の手順で作り、半月寝かしたものがあちらにありますので、向かいましょう」

やりがいとか楽しみみたいなものを見出《みいだ》す前に終わってしまったワイン造り体験。

肩すかしを食らって落ち込んでいると、キープさんが歩き出す。

こちらの様子におかまいなしな感じが、ちょっと職人っぽい。

少しだけテンションが上がった僕は、気を取り直してついていくことにした。

そして並んでいる樽のうちの一つの前で立ち止まる。

読んでみるとたしかに、半月前の日にちが記されていた。

「こいつを少し飲んでみましょう」

そう言うとキープさんは樽を少しだけ開き、おたまのような何かで器用にワインを掬《すく》って見せる。

普通のブドウを使っているから、その色は僕が知っているワインそのものだ。

ただよく見ると、中に何か滓《かす》のようなものが入っている。

「では遠慮なく」

アイラがどこからともなく取り出した小さなコップの中にワインを入れてもらう。

最初はペロリと舐《な》めるように飲んでみる。

「うん、苦い……でも僕が聞いていたワインの味のイメージよりは甘めかな?」

「ですね、いわゆるデザートワイン的な飲み口です」

「——そう、その通りなのですッ!」

僕らが適当な味の品評会をしていると、キープさんが鼻息を荒くしている。

どうやらかなり興奮してるみたいだ。

「飲み口は色々とありますが、これほどまでに甘いワインには出会ったことがありません。そして度数の低い甘口ワインであろうと、通常ワインの醸造には、最低でも二年近い時間がかかります。だというのにこれは半月ほど待つだけで作れてしまうのです！」

「ふむふむ、つまり……かなり珍しいし、量産もできるってこと？」

「その通りです。珍しく、かつできるまでの期間も他のワインの何倍も早いということですな」

「なんと、良いこと尽くめじゃないですか！」

きゃっきゃっと子供みたいに笑うアイラは既におかわりを頼んでいた。

顔がかなり赤くなっている。

アイラもそこまでお酒に強いわけではないからなんとも言えないけど……この様子を見ている感じ、どうやら度数もそこそこ高いみたいだ。

「ちなみにこの酵母を入れて急速で作ると半月で、何も入れずに作った場合は一か月で作れます」

「そのコウボってやつは、量が確保できるものなのかな？」

「できますが、酵母菌を入れると度数が上がる代わりに味が落ちます。ちなみにこちらが一か月、自然発酵させたワインです」

別の樽から、一か月で造ったワインを出してもらう。

再度コップに入れて、ペロッと舐めてみる（ちなみに僕のさっきの余りは、既にアイラのお腹の中だ）。

「うん、美味しい……これなら僕でも飲めそうかも」

「あまみがつよいですね……ごくごく」

「ほどほどにしときなよ？」

「しいんでベロベロになるほどやわではありません……おかわりっ！」

ベロベロになっているアイラのこれ以上の飲酒にストップをかけながら、僕もワインをしっかりとテイスティングしてみる。

喉《のど》にするりと通って、度数の高いお酒特有だという喉のあたりでカッとなる感覚もない。

若い子……というかワインの美味しさがわからない僕でも飲みやすいと感じる、かなり甘味の強いワインだ。

度数もそこまで高くない。

というか、さっきのコウボを使ってるやつよりも低いんじゃないかな。

甘いワインか度数が高いワイン、どっちも造れるみたいだ。

今はまだ赤だけだけど、そう遠くないうちに白ワインも造れると、キープさんが自分の胸を叩く。

「でもどうして普通よりも早くお酒ができるんだろう……？」

「さぁ……ただここまで醸成速度が早いなどという話は余所では聞いたことがありませんので、やはりブドウ自体に何かあるのだと思います」

「つまるところ、ウッディさまはすごいということなのです！」

「はいはい」

「すごいということなのです！」

「大事なことでも、二回も言わなくて大丈夫だから」

僕が植えた樹でできた果実で造ると、どうやら普通よりも早くお酒ができるみたい。

まだわかっていないだけで、他にも違いがあったりするのかな。

なんにせよ、通常の何倍もの速度でお酒が造れるっていうんならありがたい話だ。

どっちの方が売り物になるかとかをしっかりランさん達と話し合ってから、本格的な交易品にしていけたらと思う。

ただそんなことよりまずは……。

「ウッディさま……グスッ、アイラはしあわせものです～～!!」

ベロベロになって泣き出したアイラをなんとかして、家まで連れて行かなくちゃ。

というかアイラ、君って泣き上戸だったんだね……。

◇◇◇

ジンガさん達がツリー村に完全に馴染《なじ》むまでに、そこまで時間はかからなかった。

最初は結構仲違《なかたが》いをしたり、些細《ささい》な慣習の違いから揉《も》め事《ごと》になったりすることもあったけど、最近ではそれもずいぶん落ち着いてきた。

今までどこに住んでいたという縄張り意識がそこまで大きくなかったから、どうやら今ではお互いがこの場所で一生懸命暮らしていこうという運命共同体の一員だ、みたいな認識に落ち着いてくれたみたい。

村同士での折り合いをつけるために、ジンガさんは副村長という立場につけたのも良い方向に働いてくれたと思う。

今ではアクティブにジンガさんが直接住民たちの下へ出向き、目の届きにくい細かいところなんかはシェクリィさんが担当するという形で上手《うま》く回ってくれている。

何事も最初の一回が大変とはよく聞く話。

ジンガさん達を入れたおかげで、今後こういう問題が起こった時の対処の仕方もわかってきた。

今では僕以外の責任者が二人もいるから、今後はシェクリィさんとジンガさんだけでも村を上手く回せるはずだ。

というわけで僕らは、また新たな村へ行き村人を集めることにした。

周囲にはまだまだ小さな規模の村がある。

もし困っているようなら、彼らをまるっとツリー村に連れてきてしまいたいところだ。

でもやっぱり、説得とか大変そうだよなぁ。

時間がかかるようなら何回か往復しようかな。

そう、思っていたんだけど……。


「「「是非とも我らをツリー村に連れていって下さい！」」」

「え、えぇ……」

ランさん達に案内されて近くの村に行ってみると、なんと周辺の村の代表者達が集まっており、ものすごいスピード感でツリー村に入れてくれるよう頼み込んできた。

最初は勢いが凄《すご》すぎるせいでちょっと引き気味だった僕だけど、よく考えればやってきた目的は彼らを村に連れてくることだったので、何も問題はない。

こうして僕は二回目の遠征にして、周辺の村々を吸収することに成功したのだった。

けれど聖域ロードを作って村の人達を移動させている間に、また新たな問題が発生してしまった。

動いては轟音《ごうおん》を立てて刺さっていく樹木。

そして突如として生まれる、村へ続く光の道。

そう、聖域ロードは……あまりにも目立つ。

謎の光る道を生み出している謎の村があるらしい。

そんな噂《うわさ》が、どうやらここら一帯でどんどんと広まっているようなのだ。

その噂を希望に食い詰めた人達がやってくるようになった。

それは構わないし、むしろ村人が増えるからありがたい話だ。

けどその噂が下手に広まってしまったせいで、緑豊かなこの聖域を狙うために、砂賊達が顔を出すようになっているらしく……。

流石にこれは、領主としてなんとかしなくちゃいけない。

今のところ、交易をしているのが盗賊風情に遅れは取らない『白銀の翼』を雇えているランさん達だけだから、まだ問題は起こっていない。

けれど今後更に商人達を呼び込むとなった場合、盗賊による治安の悪化はなんとしても避けたい。

というわけで僕らは村の統合をシェクリィさんとジンガさんに任せ、再び砂賊退治をすることになったのだった。

今回は改めて討伐隊の隊長に任命したナージャ、そして彼女の部下になっているダンとメグ、彼らに付き従う元砂賊の兵士達を使って大々的に行ってもらうことにしよう。
今回も無事に終わってくれると嬉《うれ》しいな……。

閑話三

「まったく、不届き者はどこにでもいるものだな……」

そう言ってナージャは胸ぐらを掴《つか》んでいた男を、思い切り放り投げる。

意識を失った男が砂漠に埋もれ、力無く身体を砂に預けた。

その先には、死屍《しし》累々としたように広がっている男達の姿があった。

「今回は前より数が多いですね……ざっと数えただけで二十は超えてます」

手慣れた様子で砂賊達を縛り上げるのは、二人居る副隊長のうちの一人、『剣士』の素養を持つダンである。

ナージャの鬼のシゴキに耐えた彼は、今や熟練の王国兵士に伍《ご》するだけの実力を持つ戦士に成長している。

エレメントフルーツで武装した元砂賊達も、既に盗賊の数人程度であれば単体で生け捕りにできるくらいの実力を身につけていた。

「お、おいっ、お前らも同業だろ！　た、助けてくれ、命だけはっ‼」

「クックック……なぁに安心しろ、殺しゃしねぇ。お前らもすぐ目覚めることになるさ、『風樹教』の素晴らしさにな……」

「ひぃいいいいいいいっっ⁉」

こうして襲撃を計画しているうちに逆襲撃をかけられた盗賊達は、更生施設へと連れられていくことになる。

そしてナージャという鞭《むち》とシェクリィという飴《あめ》を繰り返し受けながら聖域の浄化作用をその身に浴びることで、敬虔《けいけん》な兵士として生まれ変わることになる。

シムルグが盗賊達の居場所を特定してくれるおかげで、ナージャ率いる討伐隊は討ち漏らすことなく、盗賊達全員を捕縛することに成功。

ツリー村を襲おうとしていた盗賊達は改心し、そのまままるっと兵士達へ生まれ変わったわけだ。

こうしてツリー村は不安要素を取り除くのと同時に、有事の際の兵数を増やしていく。

村の規模と戦闘能力は、ウッディが思っていた以上に急速に伸びていくのだった。

第五章

結局盗賊騒ぎは、ナージャ率いる元砂賊の兵士部隊（現在、ナージャがサンドストームと仮名付け中）によって一網打尽にされた。

今は順次シェクリィさんによる説法と聖域の浄化作用で、悪いものを落としてもらっている最中だ。

ジンガさんが連れてきた村人の中に『修道女』の素養持ちの女性がいたので、今は二人体制で走り回ってもらっている。

おかげでハウスツリーで収容施設を新たに作る必要も出てきたし。

新たに村に入れることになった人達の食料を考えると流石《さすが》に現在の生産量では追いつかなくなったので、溜《た》めてきたポイントを使って果樹園の樹を大きく増やしもした。

現在改心中の盗賊達も合わせると、村人の数は百人を超えた。

樹《き》もガンガン植えているので、そろそろ植樹レベルも上がりそうだ。

それらの雑務が終わって、今はようやく一息つけたところだ。

ただ、まだやらなければならないことが残っている。

「盗賊騒ぎは一件落着。村の吸収もとりあえずは終えた。それなら次に考えなくちゃいけないのは……」

「王国からやってきた難民達の村を、どう扱うかだな」

「そう、そこなんだよね」

僕らがランさんの情報を基に出向き、吸収してきたのは、ずっとこの砂漠地帯で暮らしてきた人達だ。

今まで辛《つら》い暮らしを続けてきたからこそ僕に感謝をしてくれて笑顔ポイントも溜まるし、王国のどことも紐《ひも》づいていないから、遠慮なく助けることができる。

けれど、比較的領地から近いところにある砂漠地帯にできつつある新たな村の場合は、そうはいかない。

ここ最近、僕の父であるコンラート公爵の圧政と重税、徴兵に耐えられなくなった人達が難民となって、即席の難民キャンプ村が砂漠地帯に作られているのだ。

生活はかなり苦しいらしいが、それでも根こそぎ持っていかれる公爵領で暮らすくらいならとこちらで暮らす人達がいるのだという。

彼らに対してどういう対応をすべきか。

これはツリー村の今後に関わってくる、かなり重要な話だ。

村に少し余裕が出てきた今が、先延ばしにしてきたこの問題にケリをつけるタイミングだと思う。

僕はシムルグさん、シェクリィさん、ジンガさん達村の主要メンバーを呼び出し、話をすることにした。

「——というわけです。どうするのがいいのか、皆で意見を出し合えたらと思います」

「すみません、質問をいいですか？」

事情を説明して広く意見を聞こうとすると、まずシェクリィさんが手を挙げた。

ちなみにアイラはフルーツティーを色んなフレーバーを混ぜて作っており、ナージャは知っていることを話されているからか半分眠りこけている。

君達、ちょっと自由すぎない？

「どうぞ、なんでも聞いてください」

「今まで通り、彼らにツリー村で暮らしてもらうだけではいけないのですか？」

「いい質問ですねぇ」

僕はどんなことでも懇切丁寧に説明する先生のように柔和な笑みを浮かべる。

シェクリィさんは不思議そうな顔をしている。

たしかにこれは王国政治の領分に入るから、わからないのも当然のことだ。

「簡単な話ですよ。今回の村人達は……下手に引き入れてしまうと、後々に王国との問題に発展しかねないんです」

「王国は各貴族家にかなり高い自由裁量を持たせている。というか、王家の力が弱くなっていった結果、有力貴族達を掣肘《せいちゅう》できなくなったというのが実際のところだがな」

ナージャの言う通り、現在王国は実質的に王権が弱まってきている。

有力貴族達が各地で好き勝手領地を発展させてるせいで、王都より華やかな地方都市なんてものがあったり。

徴税権も領主達にあるから、どれだけ脱税をされてもわからなかったり。

国の体制自体が、もうかなりズタズタになってきているのだ。

王国貴族同士でも争いが起こるのなんかしょっちゅうだしね。

今だって誰が王の一番の忠臣なのかを決めるっていうよくわからない大義名分で、王国内で争い続けているわけだし。

「各貴族……つまりこの場合は、コンラート公爵の立場が強すぎるのが問題、ということですね？」

「うん、うちの……コンラート家は重税を課し無理矢理な徴兵を実施しているおかげで、王国でも一、二を争うほどの兵数を誇ってる。だから王にいちいち許可なんか取らなくても、戦いたくなったら好きに戦争ができるんだ」

そもそもコンラート家自体、そうやってどんどん大きくなっていった家でもあるしね。

なので僕らはとりあえずなんとしても、公爵家にこの村に関わってほしくないのだ。

砂漠地帯は今まで散々開拓や緑化に失敗してきた経験があるから、こっちに兵はまったくいない。

だからまず気付かれる心配はない、とは思うんだけど……。

でももし、コンラート公爵領の人間を僕がツリー村で匿《かくま》っている……なんてことがバレたら、多分……というかまず間違いなく、難癖をつけて、ツリー村を自領にするべく兵を差し向けてくるだろう。

「だからなるべく、その難民村の人達と深い関わりを持ちたくないんだよね。もちろんなんとかしたいとは思ってるから、食糧提供くらいは問題ないんだけど……」

現状コンラート家と揉《も》め事《ごと》を起こすのは大変マズい。

人口も増えてきているとはいえ、まだまだツリー村なんかコンラート公爵軍の前では一ひねりにされちゃう程度の規模しかない。

「だからとりあえずは彼らをもっと北へ、戻りたくてもコンラート領へ戻れないような場所で過ごしてもらえたらと思っているんですが……何か良い案はないでしょうか、シムルグさん」

難民の人達は重税が嫌で、砂漠地帯に来ただけだ。

だから僕は彼らに、砂漠で不自由ない生活を送ることができる場所を提供する。

そしてその代わり、コンラート家と繋《つな》がりを持たないよう約束してもらい、悪心を持たないよう離れた場所に住んでもらう。

シェクリィさんを始め元々砂漠で暮らしてきた人達と、砂漠にやってきたばかりの元王国民では文化も慣習も全然違う。

下手に軋轢《あつれき》が生まれぬよう、ある程度棲《す》み分《わ》けができたらと思っているんだけど、普通に考えればまあ難しいよね。

なんとかして聖域を伸ばして近くの場所で――。

「案……というか解決策は、一応ある」

「――えっ、本当ですかっ⁉」

まさか本当になんとかできる解決策があると思っていなかったので、聞いた僕の方がびっくりしてしまう。

けれどシムルグさんは羽のついている腕を器用に曲げて組みながら、目をつぶったまま唸《うな》っている。

どうやら悩んでるみたいだ。

「兼ねてから言おう言おうとは思っていたが、面倒だから言ってなかったことがあるのである。それをなんとかすれば、その棲み分け問題は解消するのである。だがな……」

珍しく歯切れの悪い様子のシムルグさん。

そんなに彼にとって嫌なことなんだろうか。

僕は待つほかなかったので、ただ黙って彼の言葉を待つ。

はぁ、と大きなため息を吐《つ》いてから、くたびれた様子でシムルグさんが続けた。

「実は知り合いの神獣が、ツリー村に来たいとめちゃくちゃ念話を飛ばしてきているのである」

えっ⁉

新たな神獣様がっ⁉

「ちなみに我はあいつが苦手なので、今もガン無視しているのである！」

バサッと翼を広げ、自信満々なシムルグさん。

え、えぇ……。


シムルグさんは苦手ということだったけれど、現状新しい神獣さんを迎え入れるのにはメリットしかない。

というわけで住む場所が離れるから許してとシムルグさんを説得し、呼んでもらうことにした。

ナージャに聞いたところ、シムルグさんの魔法の移動はたしかに異常な速度だったけど、それでもこっちに到着するまでには三日程度は時間がかかるということだった。

だからそれまでの間に対応を決めておこうと思ったんだけど……。

「ガッハッハッ！　良い聖域じゃあねぇの！　なかなか気持ちいい魔力が溢《あふ》れてるしな！」

なんとシムルグさんにオッケーを出してもらったその次の日。

新たな神獣様が、このツリー村にやってきた。

しかも驚くべきことに……子供連れで。

「父ちゃん、おなかすいたー」

「これ食べていい？」

「ちょっと待ってな！　聖域なんだからほっといても果実は実るから大丈夫だとは思うが、一応確認は取らねぇといけねぇのよ！」

その見た目は……完全にモルモットだ。

でもデカい。そして……なぜか二足歩行をしている。

人間の子供くらいのサイズはある巨大なモルモットが、ガハガハ笑いながら人間の言葉を話している。

その光景はシュールだ。

隣に同じく二足歩行している雌モルモット（多分奥さん？）がいて、その足下には普通のサイズで四足歩行をしているモルモットが十匹近くいる。

ちゅーちゅーと鳴いてもいるから、人間の言葉さえ話さなければ普通にモルモットだと勘違いしてしまいそうだ。

「あなた方が神獣様でお間違いないでしょうか？」

「いかにも！　俺が神鼠《しんそ》のホイール、そしてこっちは家内のキャサリンじゃねぇの！」

「キャサリンです、よろしくお願いします」

「初めまして、この村の領主をしているウッディと申します」

へぇ、神鼠かぁ。

神獣にも色々な種類がいるのは知ってたけど、初めて聞いたなぁ。

ぺこりと礼儀正しいお辞儀をされたので、こちらもしっかり頭を下げる。

「おお、あなたがウッディ殿なのか！　早速で悪いんだけど、フルーツを食べさせてもらいたいのよ！」

「いいですよ、ここに出しましょうか？」

「いや、樹に登ってフルーツを採っても良かったりするのよ？」

「ええ、まあ、それは構いませんけど……」

「許可がもらえたから、やっていいのよ！」

何をするんだと思い見ていると、既にうずうずとした様子の子モルモット達が助走をつけ、樹に登り始めた。

そしてすぐズザザザザッと落ちて、見事に失敗していた。

「く、くそぅ、樹登りなんかできないよっ！」

「父ちゃんっ、どうすれば登れるのっ！」

「おう、父ちゃんが手本を見せてやるじゃねぇの！」

神鼠のホイールさんは、そう言うとリンゴの樹に登り始めた。

手で出っ張りを掴《つか》み、別の出っ張りを踏み台にして、普通の人間みたいに登っている。

いや、それホイールさんが二足歩行だからできるだけで、四足歩行の息子さん達の参考にはなら

ないんじゃ……。

「おおっ、父ちゃんすごい！」

「かっこいいわ！」

けれどお子さん達の目は、宝石みたくキラキラと光っていた。

どうやら問題はないらしい。いつの時代も父ちゃんはかっこいいらしい。

あれ、でもちゃんと聞いていると……娘さんも交ざっているみたいだ。

中に何匹か声が高い子達がいる。

「うおおおおおっっ！　登れた記念にこのよくわからん果物を食べるじゃねぇの！　う——うめぇえええええええええっっ‼　お前らも食べるといいじゃねぇの！」

そう言うとホイールさんはその前歯で器用にリンゴの枝を噛《か》み切《き》り、下に落としていく。

「「「わーーーっっ‼」」」

お子さん達が元気にリンゴの下に向かっていく。

「あいてっ！」

「痛たっ！」

「痛いですわっ⁉」

みんな頭にリンゴをぶつけながらも、シャクシャクと食べ出した。

お嬢様口調のモルモットもいるんだなぁと思いながら、僕もなんとなく収穫袋からリンゴを取り出して食べ始める。

「すみません、うちの旦那《だんな》がご迷惑を……」

「いえいえ、どうぞお気になさらず。……あ、もしよければこちらもどうぞ」

奥さんのキャサリンさんにもリンゴを一つ。

あらまぁと驚きながらも、受け取って食べ始める。

二足歩行のモルモットと並んでリンゴを食べるという珍しい経験をしながら、ホイールさんたち親子が元気にとてとてと走り回る様子を眺める。

「土がしっかりしてるところで走れるのは、ずいぶん久しぶりじゃねぇの！」

どうやら四足歩行の方が楽らしく、ホイールさんは楽しそうに走り回っている。

子供達はホイールさんに追いかけ回され、きゃっきゃとはしゃいでいた。

そんな中、はしゃいでいる子供達の中で、一人だけポツンと樹の陰で休んでいる子がいた。

頭に赤いリボンをつけてちょっとおしゃまな感じのする女の子（？）だ。

「どうもこんにちは」

「あらウッディさん、ごきげんよう」

僕的には聞き慣れている、けれどこっちに来てからは久しく聞く機会のなかったお嬢様言葉がモルモットから出ていることに激しい違和感。

このお嬢様モルモットの名前は、レベッカというらしい。

「君は他の子達と一緒に遊ばないの？」

「いいんです、だって……子供っぽいじゃないですか」

どうやらレベッカは、大人ぶりたいお年頃のようだ。

その微笑《ほほえ》ましい様子に、なんとなくレベッカの頭を撫《な》でる。

「ですわぁ……」

「これからよろしくね、レベッカ」

「こちらこそよろしくお願い致しますわ！」

「こうして新たな神獣である神鼠のホイールさんとキャサリンさん夫婦が、子供達を引き連れてやってきたのだった――。

彼らがリンゴを食べて腹を満たしてから、話をすることにした。

といってもお互い見ず知らずの状態だし、神獣様に何か粗相があってはマズい。

聞いている感じ知り合いなのは間違いないので、とりあえずシムルグさんも一緒にいた方がいいだろう。

というわけでお子さん達とキャサリンさんの面倒をアイラに任せ、僕とホイールさんでシムルグさんの下へ向かうことに。

「ガッハッハッ、良い土地持ってるじゃねぇの！」

「ええいっ、うるさいのである！　勝手に我が家に上がり込まないでほしいのである！」

二足歩行のモルモットと、それと同じくらい大きな鳥さん。

このどっちも神獣というんだから、ちょっと冷静になると信じられない話だ。

人に試練を与えたり、人を守ってくれたりする神獣。

絵本なんかじゃ恐ろしい感じで描かれていることも多いけれど、実際付き合ってみればそんなものは嘘《うそ》っぽちだとわかる。

シムルグさんなんか、このツリー村でも一、二を争うくらいに博識で、理知的なジェントルマンだし。

たしかに僕の前には神獣が二匹いるけれど、彼らは理性のある動物で、決してケダモノじゃない。

僕もちゃんとした態度で臨まなくちゃ。

「この桑とか食べればいいと思うのである」

「――なんだこれ、めちゃくちゃ美味《うめ》えじゃねぇの！」

ホイールさんはアースマルベリーを食べて目をむいている。

どうやら彼は土属性が得意みたいだ。

シムルグさんは一見するとホイールさんのことを邪険にしてるようにしか見えないが、好きそうなものを薦めるあたりそこまで仲は悪くないようだ。

悪友的な存在なのかもしれない。

とりあえずホイールさんに満足いくまで果実を食べさせてから、話をすることにした。当然ながらホイールさんも世界樹の実の存在を知っているということなので、初めましての意味をこめて一つプレゼントすることにした。

シムルグさんを見てれば、心証は間違いなく良くなるのはわかるしね。

「まさかまた世界樹の実が食えるだなんて思ってなかったじゃねぇの。シムルグ、お前の嗅覚《きゅうかく》は相変わらずすげえのよ」

「しゃくしゃく……世界樹の反応を辿《たど》ったら、ウッディ殿に辿り着いたに過ぎん。全ては我ではなく、ウッディ殿の為《な》したことである」

「んなことわかってるじゃねぇの」

シムルグさんとホイールさんは一緒になって世界樹の実を食べ始める。

ちなみにウィンドマスカットに取り付かれたシムルグさんだけど、最初の頃に約束した通り、今も果実は一日一個しっかりプレゼントしている。

どうやらシムルグさんにとって世界樹の実を食べるのは、たまの贅沢《ぜいたく》ということらしく。

基本的にはとっておき、自分へのご褒美として何かあった時に食べるようにしているということだった。

つまり今は友人と気兼ねなく会話するために必要ということなのだろう。

「美味《うま》いのである！」

その食べっぷりを見ていると、ホイールさんが食べているのを見て自分も食べたくなっただけのように見えなくもないけれど。

二人並んでフルーツに舌鼓を打つ様子は、友人同士が酒を酌み交わしているように見えなくもない。

あ、そうだ。この光景を見て思い出した。

そういえばキープさんが作ったワイン、持ってきてるんだよね。

話を終えたら、出すことにしよっかな。

「それじゃあ早速本題なんですけど……ホイールさん、もしよければここから離れた場所に、聖域を作ってくれませんか？」

「おう、構わねぇのよ」

「たしかに悩んで当然だと思います、でもそこをなんとか…………って、えぇっ!?」

「そろそろ子供達にも神獣のなんたるかを教えなくちゃいかんとは思ってたし、むしろこっちからお願いしてぇくらいなのよ」

こうして僕が想像していたよりずっとあっさりと、新たな神獣様を迎え入れることに成功するのだった。


オッケーを出してくれて、正直かなりホッとしている。

これでコンラート家の人間にバレることなく、難民の人達に遠くで暮らしてもらうことができるからね。

もちろんホイールさんにはシムルグさんと同じく、一日一個世界樹の実をあげるつもりだ。旦那さんだけだとあれなので、キャサリンさんにもあげた方がいいような気がするな。

「けど流石の俺も、よくわからんうちに加護を与えて聖域を作ってやるつもりはねぇのよ。というわけでウッディ殿、一つ質問をしてもいいかね?」

ホイールさんは切り株にドスッと腰を下ろす。

腕を組みながら、こちらを見つめてきた。

表情はさっきまでと変わっていないけれど、その瞳《ひとみ》は真剣だ。

マスコットのような見た目をしてはいるけれど、彼は間違いなく神獣様なのだ。

目を見るだけで、それがわかった。

折角のチャンスをふいになんかしたくない。

僕は頭を真面目モードに切り替えて顔を引き締め、こくりと頷《うなず》いた。

「ウッディ殿は神獣がなんのためにいるか知ってるのよ？」

「神獣は人に試練を授けたり、人を助けたり、時に人を戒めたり……そうやって人の近くにいて、見守ってくれる存在という知識くらいしかないです」

「まあ、大体それで合ってるのよ。じゃあもう一歩踏み込んだ話をして、神獣という生き物が一体なんなのか……ウッディ殿は考えたことがあるのよ？」

神獣がなんなのか……か。

ずいぶんと漠然とした質問だ。

けれどシムルグさんと一緒に暮らしていくようになって、実は何度かその問いについて考えたことはある。

神獣とはこの世界を守る守護者だというのは誰でも知っている。

けれど伝承やおとぎ話に出てくる神獣という生き物の正体について、僕らは何一つ知らない。

そもそも神獣というのは、魔物なのか？

まず最初に僕が考えたのはそこだ。

魔物というのは、簡単に言えば体内に魔力を溜《た》め込んで変質してしまった生物のことだ。だけど魔物は喋《しゃべ》ることはできないし、人間のことを忌み嫌っている。

これは僕の所感だけど、神獣は多分魔物じゃない気がするのだ。

魔物っていうのは魔力っていう不純物で本来の生態がねじ曲がってしまった生き物だ。

けれど神獣にはその歪《ゆが》みというか不自然さというか、そういったものがない。

ここから先は、僕個人の推測も多いんだけど、多分神獣っていうのは……。

「僕は神獣様を――自然現象だと考えています。失礼な言い方をしてしまい申し訳ないですが……神獣様は、嵐や津波のように、この世界が回る上で必ず起こるような天災が獣の形を取ったものだと」

「ふぅむ、当たらずとも遠からずって感じなのよ。百点満点中で言うなら、大体四十点くらい。神獣っていうのは、力そのものなのよ。力が信仰という形に変化することで初めて、そいつは神獣になる。人の情念っていうのはなかなか侮れないものがあってな？　俺らはかつて俺らのことを信じてくれた誰かの思いの力で、こうして神獣として生きていることができるのよな」

「神獣は、力そのもの……」

「うむ、力しか持たず誰からも信じられないものは、ただの獣へ成り下がる。龍や高位の魔物の中でもより強力な者達の中には、かつて神獣だった獣も存在している。我らは存在自体が曖昧《あいまい》なのである。その意味ではウッディ殿が言っていた自然現象というのは、ある意味間違ってはいないのである」

神獣様は神の使いの、万能の存在と思っていたけれど。

たしかに考えてみると、シムルグさんはものすごくできることが多いけれど、彼だってなんでもできるってわけじゃない。

世界樹の実のためになら色んなことをしてくれるし、ウィンドマスカットのためなら目の色を変えたりもする。

けれどシムルグさんはあまり直接的に力を貸すこともできず、目をつけられないようにしなくちゃ的な話を前にしていた。

もしかしたら神獣様って……僕達が想像しているよりもずっと、制限の多い存在なのかもしれない。

それに……。

「信仰、ですか」

「うむ、ここ最近、シェクリィがどうやら牧師として我の力を吹聴しているらしくてな。我の調子は絶好調なのだ」

「だよなぁ、今戦っても勝てないかもしれねぇのよ。シムルグがいい場所と人達を見つけられて羨《うらや》ましいのよな」

「ふふん、そうだろう。まあ今じゃなくても、いつだって我が勝ってきたのだがな」

「──あ?」

「──む? やるか?」

なぜかバチバチと火花を散らし始めた二人を見つつ。

僕は今のシムルグさんの言葉を噛《か》み砕《くだ》いてみることにした。

どうやらここ最近強い視線を感じるなぁって思ったのは、シェクリィさんのせいらしい。でもここ最近の笑顔ポイントの爆増具合にも、ようやく合点がいったよ。

シムルグさんのことを信仰していて、それを連れてきた僕への評価がうなぎのぼりになったたってことだったんだね。

そしてホイールさんが言っていた、

『そろそろ子供達にも神獣のなんたるかを教えなくちゃいかんとは思ってたし、むしろこっちからお願いしてぇくらいなのよ』

というのは、神獣として信者を獲得しなくちゃいけないって意味だったんだろう。

話を聞いている感じ、神獣は自分を信じてくれる人達が多いほど力を増していくみたいだから。

ってことはシムルグさんって、会ったばかりの頃より強くなってるってことなんだよね。

元々戦闘能力がない僕からすると、全然わからないけどさ。

というわけでこれにて、僕が新たな村を作るための下準備は整った。

今この間にも苦しんでいる人達がいるかもしれないから、急いで仕度をしなくちゃね！

善は急げということですぐに準備を完了させ、次の日には出立することにした。

今回のメンバーは僕とアイラ、そしてナージャ。交渉役としてランさん達が同行する。

新たな聖域を作るということで、ホイールさんとキャサリンさんにもついてきてもらっている。

いつものように樹結界を使いながら進んでいく僕ら。

今回も道中で戦闘を避けながら、地竜とラクダを使ってサクサクと進んでいく。

ちなみにその時にホイールさん達はどうしているのかというと……。

ズモモモモモッ‼

僕らの走っている地面の横に、こんもりとした砂の小山のようなものができている。

それは轍《わだち》のように、尾を引くみたいにどんどんと伸びていく。

この小山こそが、ホイール夫妻である。

一体どうやって予想より短時間で進んできたのかと思ったら、彼らは土属性を持つ神獣らしいので、土をほぼ無抵抗で進んでいくことができるみたいだ。

彼らは土の中を、魚が海の水を掻《か》き分《わ》けるようにスイスイと進んでいくことができる。

ちなみに本気を出せばあっという間に着くそうだが、先に着かれたら絶対に騒ぎになるので並走してもらっている形である。

これなら今日中とは言えずとも、明日か明後日《あさって》くらいには着けそうだね。

そしてそんな僕の予想は外れず、道中に大した事件が起きることもなく僕らは無事に到着することができた。


「そんな話が聞けるか！」

「俺らを騙《だま》すつもりだろう！」

僕達が村へ出向き、村の人達へ話をした。

なるべく丁寧に、理解に躓《つまず》くことがないように説明をしたつもりだった。

けれど彼らは、難色を示すばかり。

やれ口で言うのは簡単だとか、そう言って重税を取るに決まっているとか。

そんな風にやいのやいの言ってては否定的なことばかりを口にする。

僕はその心をなんとかして解きほぐさなくてはならない。

まず一の矢は、フルーツによる懐柔作戦だ。

僕は収穫袋から取り出したフルーツを食べてもらう。

「「「う……美味ああああああああっっ！」」」

「うちの村では、こういったフルーツを栽培しております。食糧問題が解決しているので、皆が仕事をできるような環境も整えていきます」

最初にフルーツをお腹《なか》に入れて満足してくれたおかげか、今度はしっかりと話を聞いてくれる体勢になってくれた。

僕が治める領地であるツリー村の現在のこと。

新たに作る村でもツリー村と同様、出て行かなければ生活が立ちゆかなくなるほどの税金を課すつもりはないこと。

とりあえず当座の食糧は出すということを説明していく。

「あなたの村に入れて下さいっ！」

説得が終わらないうちに、自分達の方から同行を願い出てくれた。

この調子でどんどん行こう。

次の村、その次の村と向かい村人達をゲットするうちに、気付けば連れていくことができる人達の数は五十人近くまで増えていた。

ただ五十人をそのまま連れていくのは色々と面倒なので、僕らが新たに聖域の村を作ることができる場所を見つけるまでは、今までの村で生活をしてもらうことにした。

とりあえず食料で困窮しないだけの果樹を植えてきたので、食料に関しても問題はない。

村人達のお世話などはランさん達にお願い出来たので、アイラとナージャを連れてどんどんと北上していく。

本当ならもうちょっとツリー村に近いところにできたらと思うんだけど、僕らはとにかく距離を稼がなくちゃいけないのだ。

その理由は二つ。

一つは、なるべく住民と王国の接触を減らしたいこと。

そして二つ目に、ホイールさんに教えてもらうことで判明した、驚きの事実がありまして。

どうやらシムルグさんが聖域にできる場所の範囲外に出なくちゃ、新しい聖域を作ることができないみたいなんだよね。

「あいつの聖域の範囲外に出ないと、新たな聖域を作ることはできねぇのよ。同じ場所を別の神獣が守護するのは、基本的には無理なのよな」

聖域の範囲内に、新たな聖域を作ることはできないのは、以前言っていた信仰的な問題があるかららしい。

シムルグさんの聖域の範囲外っていうのが、またちょっと厄介でね。

僕が聖域ロードを作ってジンガさん達余所の村の人をツリー村に呼び込んだあれがあるじゃない。

あんな風に聖域ロードを伸ばせるところも、聖域の範囲に含まれてしまうんだって。

なので要は村なんかまったくないような、大分辺鄙《へんぴ》なところまで行かないと新しい聖域はできないってことだ。

シムルグさんって、どうやら神獣の中でもかなり強い部類らしい。

たしかに神鼠は聞いたことがないけど神鳥はいくつか逸話も聞いたことあるし。

聖域としてカバーできる範囲がめちゃくちゃに広いらしくて、その範囲から出るのにも一苦労だ。

でもそんなシムルグさんとまともにやり合える（らしい、実際に見たことはないけど）ホイールさんって、一体何者なんだろうか。

【植樹量が一定量に達しました。レベルアップ！　植樹が可能な新たな樹木が解放されます！　樹木間転移スキルを獲得しました！】

お、レベルが上がった。

道中時間を見つけては植樹をしてきた甲斐《かい》があったね。

一応自動収穫と収穫袋のコンボで、皆に行き渡らせるくらいのフルーツは手に入れられるんだけど、道中とりあえず定期的に樹を植えてたからね。

実は最近、ツリー村に新たに植樹する場所も、シムルグさんが暮らす周辺くらいしかなくなってきてたからさ。

ぶっちゃけた話、笑顔ポイントがかなり余ってしまっていたのだ。

なので緑化も兼ねながら、レベルを上げるため、新たな村の村人予定の皆のために果樹を植えながら進んでいた。

そのおかげでレベルが上がったわけだ。

わけだけど……。

「な——何これっ⁉」

レベルアップによって新たに手に入った力に、僕はまた頭を抱えてしまうことになるのだった。

「ウッディ、どうしたんだ？」

「また新たなスキルが手に入ったんだ」

「ああ……」

とだけ言うと、ナージャはうんうんと頷《うなず》いた。

こちらを見る視線は、どこか痛ましげですらある。

「今回はどんなチート能力を手に入れたんですか？」

スキルが新たに手に入る場合、大抵の場合めちゃくちゃなものばかり。

だけどアイラ、そんな言い方ないんじゃないかな。

僕だって傷ついちゃうんだぞ、ガラスのハートなんだぞ。

「今回手に入った能力は、樹木間転移だよ」

「樹木間転移……」

「機能が名前そのものなら使い方の予想はなんとなくつくが……そんなのありなのか？」

ナージャの言うことももっともだ。

もしこれが名前の通りの力なら……とんでもないことになる予感しかしない。

「とりあえず使ってみるね」

というわけで頭の中で、樹木間転移と思い浮かべてみる。

【転移する樹木を選んで下さい】

すると僕の頭の中に突如として、地図が現れた！

樹木配置はツリー村のミニチュアみたいな立体的なものだったけど今回はそうじゃない。

僕らが一般的にイメージするような平面的な地図が脳内に浮かんでいる。

「今回はナージャ達には見える？」

「いや、何もないぞ」

「ウッディ様じゃなければ、譫妄《せんもう》を疑っているレベルで何も見えていませんよ」

ナージャ達にも確認するが、今回は樹木配置の時とは違い、他の人達と情報を共有することはできないみたいだ。

転移するのが僕自身だからってことなのかな。

改めて地図の方に集中する。

ツリー村の至る所にある光点。

これは間違いなく、僕が『植樹』の素養を使って植えた樹木達だろう。

ただ樹木配置とはまた違うところが一つ。

それは今回の地図はツリー村全体ではなく更にその先――僕が砂漠で行ったことのある場所全体が描き出されているという点だ。

僕が行ったことのある点はザッとした地形が描かれていて、そして行ったことのない点は真っ黒に塗りつぶされている。

そして描かれている地形の中に、またいくつもの光点がある。

これは僕がツリー村にやってくる最中に回収しきれなかった世界樹、向かう道中に植えたままになっている樹々だ。

後で回収しなくちゃな……っと、いけないいけない。

まずはこの転移を使ってみなくちゃ。

というわけで僕はさっそくツリー村の樹を選んでみる。

【樹木間転移を実行します】

光の板がそう案内してくれると同時、僕の意識は完全にブラックアウトするのだった――。

「ねぇシンディ、僕は君のことが……」

「ブラッド、私もあなたのこと……」

「――ハッ！　ここはどこ？」

視界が暗転し、意識が回復したかと思うと、次の瞬間僕は世界樹の下に居た。

「――って、ウッディ様⁉」

「あ、どうもどうも。良い雰囲気を邪魔してしまって大変申し訳ない」

「いっ、いえいえっ！」

「私達は後でよろしくやっておきますので、お気になさらず！」

しどろもどろになってわけのわからない答えを返す二人に手を振りながら、その場から歩き出す。

(どうやら樹木間転移は、想像通りに僕に転移能力を与えてくれる力みたいだね……あ、よく見るとポイントが30くらい減ってる)

ちなみに現在の僕の樹木ステータスは、こんな感じ。

植樹レベル　８
植樹数　０／４００
笑顔ポイント　９７８（４消費につき一本）
スキル　植木鉢　交配　自動収穫　収穫袋　樹木配置（改）　樹木間転移

どうやら樹木間転移を使うと、笑顔ポイントを使うらしい。

幸いポイントには余裕があるので、もう一度スキルを使って近くの樹木を設定して転移をしてみる……が、できない。

けどしばらくするとできるようになった。

どうやら一度使うと、五分ほど時間が経たないと再度使えるようにならないみたい。

クールタイムが必要なんだね、使うタイミングには気を付けないと。

ちなみに転移をしてみると、今度はポイントを5しか使わずに済んだ。

どうやら樹木間転移で使用する笑顔ポイントは、転移する距離に比例するみたいだ。

これがあればホイールさんが新たに聖域に変える場所からツリー村までほとんどノータイムで移動ができるようになる。

基本的には皆と一緒に行動するつもりだけど、砂漠の旅で寝袋で寝るのはしんどいので、家に戻ってぐっすり寝ることもできる。

有事の際に責任者である僕がすぐに向かうことができるようになったので、何かあった時も安心だ。もちろん何にもないのが一番だけどさ。

ただこの樹木間転移は、僕一人しか移動することができないみたいだ。

転移した先が危険地帯になってたりしたら、僕一人でなんとかしなくちゃいけないから大変だ。

待ち伏せを受けたりしても危ないな。

正直一人だったら、五分も耐えられる気がしないからね。

便利だけどその分制約もあるから、気を付けなくちゃ。

そのまま戻っても良かったんだけど、なんとなく少しだけ歩いてみる。

そしてくるりと振り返ると、そこには僕が来た当初に植えた世界樹があった。

他の果樹はほとんど大きさが変わっていないんだけど、なぜか世界樹はぐんぐんと着実に生長を続けている。

最初に植えた時は僕やアイラが植木鉢に入れて持ち運べるくらいの大きさだったのに、今では既に屋敷よりも大きくなってしまっている。

このまま行けばそう遠くないうち、ツリー村で一番大きなシェクリィさんの教会ハウスツリーを抜いてしまうかもしれない。

もしこれからずっと世界樹が大きくなり続ければ、いずれは童話で聞くような巨大な世界樹に生長するんだろうか。

でもツリー村には既に相当量の世界樹があるから、正直全部がそんな風に大きくなったら人が住める隙間がなくなっちゃいそうだ。

（でもあの噂《うわさ》……本当だったんだ）

世界樹はある程度大きくなるとぼんやりと光を発するようになる。

ライトツリーはその辺に置いておくだけで夜道も安心なほどに強烈な光が出るけど、世界樹は光量も抑えめで優しい光だ。

そのためムーディーな雰囲気を作れるらしく。

なんでも今ツリー村の若い男女の間では、世界樹の下でいちゃつくのが一種のトレンドになっているらしい。

僕も今度誰かを誘ってみようかな……ナージャとか。

――今、鬼の形相をしたアイラの姿が脳裏に過《よぎ》ったから、アイラも誘うことにしよう。

ムードの作れる光、かぁ……。

そう思って見ていると、たしかになんかエッチに感じなくもない。

いけないいけない、煩悩退散。

僕は雑念を振り払い、ナージャ達のところへと戻ることにしたのだった――。


僕らの旅は、世界樹による樹結界はあるけれど、それでも険しい。

僕は帰りたくなったらいつでも帰れるという安心感があるけど、アイラやナージャにはそれがないからだ。

本当なら樹木間転移が僕以外にも使えるといいんだけど……三人で転移しようとすると……。

【植樹レベルが足りません】

というメッセージが出てきてしまう。

どうやら今回の聖域探しの間になんとかするのは難しそうだ。

前回はなんともなさそうだったアイラも、心なしかキツそうだ。

地図をもらい村の位置が把握できていた前回とは違い、今回は終わりというものが見えない。

いつ終わるかわからないストレスが、アイラの顔に陰りを見せているようだった。

同じくナージャもストレスで魔物を倒してきたりするようになったけれど、幸いなことにこの状態は長くは続かなかった。

というのも……僕らの旅に、また新たな仲間が加わったからだ。

「わー父ちゃん、美味《おい》しいよおっ！」

ホイールさん夫妻に引っ張られるような形で、子供達もやってくるようになったのだ。

本当ならツリー村からここまでは結構距離があるはずなんだけど……流石にそこは神獣の子供というべきか。

彼らはホイールさん夫妻より一回り小さい土山をずもも……と作りながら、僕らの下へやってきては、その大きなお尻《しり》をみせながらずもも……と帰っていく。

「美味しいね～」

「ね～……」

「「……（ほっこり）」」

ホイールさんの子供達が前歯を使ってガジガジとフルーツをかじっている様子を見ると、なんだか癒やされる。

何故《なぜ》だか見ているだけで、日頃の鬱憤《うっぷん》が洗い流されていく。

僕やナージャ達は、気付けば皆笑顔になっていた。

動物を見ていると癒やされる、という話を以前王都かどこかで聞いたことがある。

神獣様の子供なのでちょっと畏れ多い気持ちもあるけど……でもかわいい。

無心で果物を食べたり、とことことそこら辺を走り回っているのを見ているだけで、ほっこり気分だ。

「悔しいですが……この味を否定することは、私のプライドが許しませんわね」

頭にリボンをつけているレベッカは、少し悔しそうに足をバタバタさせながらフルーツを食べていた。

純粋な疑問なんだけど、なんでこの子だけお嬢様口調なんだろうか……？

なぜだろう、彼女のことを目で追ってしまう。

もしかしてこれが……恋？（多分違う）

前から気になっていたけれど、とうとう我慢しきれなくなった。

僕はとりあえず、声をかけてみることにする。

「ねぇ、レベッカ……」

「――わわっ⁉ なんですの、一体っ⁉」

びくんと動き、こちらを見上げてくる。

身体《からだ》はふるふると震えていた。

怖がらせちゃってごめんね。

「もしよければ、これ……食べる？」

「これ……なんですの？」

そう言って僕が差し出したのは、植樹レベルが上がったことによって新たに植えられるようになった樹から取ったフルーツである……マンゴーだ。

「マンゴーだよ」

「マン、ゴー……？」

そう言ってコテンと首を傾《かし》げるお嬢様モルモット。

そもそも首が大きめなので、そのまま横向きに倒れそうになってしまう。

「――きゃっ⁉」

僕は慌てて、彼女を抱き寄せる。

温かい……もふもふの触感は、癖になってしまいそうだった。

「ごめん、大丈夫？」

「し……失礼なっ！　レディーにいきなり触れるだなんて！　で、でも……感謝致しますわっ……」

それだけ言うとレベッカはぴょんと跳ね、少し離れたところでマンゴーを食べ始める。

「あ、おいしい……」

その顔がほころぶのを見て、僕は奇妙な満足感に包まれていた。

周りを見てみると、今の僕らの掛け合いを見て合点したらしく……。

「あ、神獣様、よければこれ食べますかっ⁉」

「ありがとー」

「神獣様、こっちの高いところにあるモモの方が甘くて美味しいですよ！」

「わっ、そうだったんだね〜。……美味しいっ！」

そこまで人を嫌っている様子もなく、ホイールさんの子供達は皆特にびくついたりもせずにアイラ達からフルーツを受け取っていた。

「モルモットの神獣様はかわいいなぁ……ウッディ、この子を家《うち》で飼おう！」

「すぴー……」

そう言ってこちらにやってくるナージャは、既に腕の中に眠りこける神獣様を抱えていた。当たり前だけど……その子、神獣様だからダメだよ？

お家《うち》の中で飼うなら、普通のモルモットにしなさい。

「ぶぅ」

「ぶーたれてもダメ」

「ぶぅぶぅ」

「豚さんになってもダメだよ」

まあ、気持ちはわからなくもないけどね。

ホイールさんの大家族を見てると……なんだか動物を飼いたくなってくるんだよなぁ。

「美味えじゃねぇの！　このビワってやつはよ！　甘すぎないのが、俺らくらいの神獣にはちょうどいいのよ！」

「……ウッディ、この風属性バージョンも作ってほしいのである！」

ちなみに僕らのことを心配してか、時折シムルグさんもやってきてくれる。

なかなか他人との交流もできないので、話し相手になってくれるだけでもありがたい。

「おお、それなら土属性のも頼むのよ！」

「風属性が先なのである！」

僕らが神獣様との触れ合い体験をしている中、ホイールさんはシムルグさんと一緒に、マンゴーと同時に植えられるようになったビワの実を食べていた。

……そう、本当なら聖域を守らなくちゃいけないはずのシムルグさんも、何故かホイールさんの子供達と一緒についてきてしまっているのだ。
なんでも新しいビワとマンゴーをもっと食べたい、ということらしい。
相変わらず自由ですね。
そしてホイールさん、俺らくらいの神獣とは一体……？
なんにせよ、旅は問題なく進んでいる。
とりあえず皆のストレスも発散できたし、新しい果実のお披露目もできた。
それなら次は……今まで目をそらしてきたあいつについて考えなくっちゃな。

次の日、僕は懸念点を解決すべく、頭の中に樹木の一覧表を出す。

【植える樹木を選んで下さい】
世界樹（果樹タイプ／非果樹タイプ）
モモの樹
リンゴの樹
梨の樹
桑の樹
柿の樹
栗《くり》の樹
ブドウの樹

ビワの樹
マンゴーの樹
ハウスツリー
ライトツリー
ファイアツリー
ウォーターツリー
ウィンドツリー
アースツリー
ウッドゴーレム

新たに植えられるようになったビワとマンゴー。

果実のレパートリーが増えるようになるのはむしろありがたい。

だが……おわかりいただけただろうか？

ハウスツリーやエレメントツリーよりもその下に躍る、その文字列を。

ウッドゴーレム……こいつが一体どんなものなのか、そろそろ確かめてみても良い頃合いだと思う。

こいつを気軽に使えなかったのは、僕とそれほど関係性を築けたわけではない元王国民の皆の前でこの力を使って、不要な騒ぎを起こしたくなかったからだ。

何かあった時にすぐ対応できるように、長時間ツリー村に滞在するようなこともなかったし。ここまで試す場所と時間がなかったんだよね。

めんどくさいのと目をそらしたいので、後回しにしてきたっていうのももちろんあるけどさ。

というわけでやってきました、シムルグさんのエレメントフルーツ園。

やや風属性のものに偏ってはいるが、変わらずサンドストーム（仮）の兵士達に行き渡らせても余るだけの量は生産できてるみたいだ。

「変わらずウィンドマスカットができていて何よりなのである！」

試す時に危険があってはいけないということで、今回はシムルグさんに戻って来てもらっている。

もし何か問題が起こっても、彼がいれば安心安全だ。

とりあえず自動収穫を使って腐らないうちに果物を回収してっと。

よし、試してみますか……場所、そして樹木の種類を選択。

選んだのはもちろん、ウッドゴーレムだ。

【ここに樹を植えますか？　はい／いいえ】

「はい」を選ぶと、ぱあっと光があふれ出す。

光が収まると……そこには僕二人分くらいの背丈のある樹の巨人の姿があった。

「これが……ウッドゴーレム」

ゴーレムっていうのは、魔物の一種だ。

無機物系の魔物であり、その特徴はなんと言ってもタフなところと、その再生能力の高さ。身体のどこかにあるコアと呼ばれる部分を壊されない限り活動を止めることはなく、周囲に素材があればそれを取り込んで失った身体をもりもりと再生させてしまう。

有名なのは砂でできたサンドゴーレムや、粘土でできたクレイゴーレム、鉄でできたアイアンゴーレムなんかだろうか。

「でも樹のゴーレムなんて……聞いたことがないです」

「ゴーレムというのは良くも悪くも環境に依存する魔物であるからな。たしかにウッドゴーレムは珍しいが、話に聞いたことはあるぞ。ちなみに水の都には全身水のウォーターゴーレムがいるという話である」

シムルグさんはウッドゴーレムを見てもまったく動じていない様子だ。

神獣様として長い時を生きている彼からすれば、大抵のことは受け入れられるってことなんだと思う。

とにかくゴーレムの強さは、その素材と場所によって大きく変わる。

先に挙げた三種類のゴーレムの中では、全身が鉄製のアイアンゴーレムが一番強い。

例えば鉄鉱山で出てくるアイアンゴーレムなんか、そりゃもう強敵の部類に入る。

鉄製なので、鉄剣じゃあまともに攻撃が通らない。

そして魔法や武器で頑張って相手に傷を付けても、周囲の鉄鉱を吸収されてしまえば、失われた部分もすぐに再生されてしまう。

戦う冒険者達からすれば、地獄だと思う。

ちなみに身体に使われる材料が稀少《きしょう》になればなるだけ、ゴーレムは強くなる傾向がある。

ミスリルゴーレムやオリハルコンゴーレムといった稀少な金属でできたゴーレムなんかは、そりゃもうめちゃくちゃに強いらしい。

戦闘用の素養なしではほとんど倒すこともできないと聞いている。

まあナージャは普通に倒せるらしいけど……それは彼女がおかしいだけだ。

と、そんなことを考えてる場合じゃないか。

目の前の木製のゴーレムを見上げる。

その見た目は、巨大な人型の木製人形といった感じだ。

身体の表面はやすりでもかけられたみたいにツルツルしている。顔がのっぺらぼうなので、なんだかジッと見ていると不安になってくるような見た目をしている。

腰のあたりに穴……というか隙間みたいなものがある。

あそこには武器を入れたりするんだろうか。

いや、それにしても……。

「動かないですね……」

「うむ……」

何かあればすぐに動けるよう、気構えだけはしていたわけだけど。

このウッドゴーレム君、まったく動く気配がない。

ゴーレムって何もしなくても勝手に動くイメージがあったんだけど、一体どうしてだろうか？

僕が首を傾げていると、シムルグさんが羽を振った。

するとスパッと、ウッドゴーレムの腕に切れ込みが入る。

「防御力はそこそこであるな。にしても攻撃をされても迎撃をしないとなると……これはもしかすると、ウッディの命令を待っているのかもしれないのである」

「僕の命令、ですか?」

「うむ、そもそも現在稼働しているゴーレムとは、古代魔法文明において人間が開発した魔道具の成れの果てなのである」

初めて聞く情報だが、ゴーレムというのはなんでも今では再現できない、いわゆるロストテクノロジーというやつでできている、古代兵器の一種らしい。

なんとそもそもゴーレムは、魔物じゃなくて魔道具だったらしい。

「このゴーレムというのは、バカな男が残した負の遺産なのである……」

そう言って顔を上げたシムルグさんは遠い目をしていた。

けれど彼はすぐに気を取り直して、パシッと翼を打つ。

「まあそれは今はどうでもいい話なのである。今大切なのは、恐らくこのウッドゴーレムはウッディの命令なら受け付けるということなのである」

「えっとそれじゃあ……左手を挙げて?」

僕がそう命じると、ウッドゴーレムがスッと左手を挙げる。

まるで人間みたいに滑らかな動作だ。

「右足を挙げて、次にそれを戻してジャンプ!」

僕がした命令を聞き入れ、ゴーレムが思った通りの動きをしてくれる。

どうやら本当に、僕の言うことを聞くみたいだ。

僕が言ったことをそのまま聞いてくれるゴーレム。

顔はないけれど、なんだかちょっとペットみたいでかわいく思えてきた。

ホイールさんの大家族を見てきたせいかもしれない。

愛着が湧いてくると、傷ついている右腕がなんだかかわいそうに見えてきた。

「右腕って、治せたりする？」

僕がそう命令すると、ウッドゴーレムは周囲をキョロキョロし始めた。

そして……近くにあったモモの樹に右手を埋める。

ズズズ……と音がしたかと思うと、気付けばモモの樹が半ばほどから消えており。

ウッドゴーレムの身体には、ツルツルと輝く腕がついていた。

「なるほど、ウッドゴーレムだから樹を吸収して回復するのか……」

「我の！　我のモモがなくなったのである！　これはゆゆしき事態なのである！」

「はいはい、大丈夫ですから」

シムルグさんが悲しそうな顔をしていたので、モモの樹を植えてあげる。少しおまけをして三本植えてみたら、すぐに機嫌は直った。

ちょっとちょろすぎなんじゃ……いや、何も言うまい。

機嫌が直ってくれたのならそれでいいじゃないか。

でも樹木を使うことで傷を癒やせるウッドゴーレムか……と、僕は少し気に入ってきたのっぺらぼうの顔を見上げる。

実は新たな村を作るにあたって一つ、悩みの種になっていたことがある。

それは彼らの身をどんな風に守ればいいかということ。

ホイールさんもシムルグさん同様、あまり表立って力を使えない制約のようなものがあるらしい。

それは奥さんも子供達も同様ということなので、新しい村の人達をなんとかして守るための兵力が必要だと常々思っていたのだ。

サンドストーム（仮）の皆はナージャやダン、そしてメグ達の下で上手《うま》く回っている。

彼らを半々にして、巡回してもらおうかと思っていたんだけど……このウッドゴーレムがある程度強くなるのなら、わざわざそんなことをしてもらう必要はなくなるかもしれない。

僕は張り切って、ウッドゴーレムの調査と魔改造に取り組むのだった——。


シムルグさんと一緒に調べてみることしばし。

ウッドゴーレムに関することは大体調べられた。

まず最初に結論から言おう。

このゴーレム……村を守る番兵としては超優秀だ！

僕は次の日の朝、デモンストレーションを兼ねてアイラとナージャの前でこのウッドゴーレムの力を見せることにした。

このゴーレムは今後、村の番兵として頑張ってもらうことになるからね。

村で重要な立場を持つ二人には、見せておいた方がいい。

「植樹っと……二人とも、これがウッドゴーレムだよ」

「ほう、なかなか悪くない面構えをしているな」

僕は『植樹』の素養を発動させ、一体のウッドゴーレムを召喚した。

後ろでごにょごにょ言っているナージャの方を振り返る余裕はない。

僕はとりあえず、ウッドゴーレムに命令を出していく。

「ジャンプ！　ジャンプ！　それからターン！」

僕の命令通りに、ウッドゴーレムが飛んだり跳ねたりしだす。

動かしているうちに、なんだか僕も楽しくなってきた。

もう一体ゴーレムを召喚し、二体のゴーレムに手を繋《つな》がせて踊らせる。

踊り自体はぎこちないけれど、僕の制御下にあるのは明らか。

後ろにいるアイラ達も、感心した様子でゴーレムを見つめている。

「制御下に置けているのは素直に感心だ。だがやはり一番気になるのはその戦闘能力。ウッディ、このウッドゴーレムはどれくらいの強さなんだ？」

「戦闘能力は大体Dランクくらいかな。アイラにわかりやすい言い方をするのなら、公爵家騎士団の新米騎士くらい」

「……結構強いんですね」

どうやら冒険者のランクより、騎士で伝えた方がわかりやすかったらしい。

たしかに彼らの日々の生活に根付いているのは、根無し草の冒険者ではなく警邏《けいら》や罪人の逮捕なんかもすることのある騎士達の方だもんね。

「ウッディ、ちなみにこれも……」

「うん、果樹と同じ消費量で出せるよ」

「……武装フルーツ国家、本当に作れそうですね？」

「……たしかに」

このウッドゴーレムは、そこそこ強い。

一体いれば、盗賊の集団を倒せちゃうくらいの強さはある。

そんな魔物（厳密には魔物じゃなくて魔道具らしいけど）を、笑顔ポイント4で生産できるという事実。

実際問題、これはヤバい。

今の僕は最低でも一日に300ポイントはたまるから、余っているポイントを全て生産に費やせば一日五十体は生産できる計算だ。

一か月ウッドゴーレムの生産に専念すれば、千五百体作れることになる。

まあそんな上手くはいかないだろうけど……にしてもある程度数を揃《そろ》えることができる兵士ユニットが手に入ったっていうのはデカい。

「替えが利くから、樹木配置と組み合わせてこんな風に使うこともできる」

僕はまず樹木配置を発動。

同時にウッドゴーレムの胸のあたりのスペースにファイアマロンを入れる。

そしてウッドゴーレムを遠くに移動させてから……ドオオンッッ！

エレメントフルーツを使って自爆させると、光点が一つ消えた。

そう、このウッドゴーレムはこんな風に自爆特攻をさせることができる。

更に樹木配置を使えば活動しているウッドゴーレムの場所は把握できるので、偵察に出すこともできる。

ウッドゴーレムが倒された場所の近くには敵が居るとわかるわけだ。

更に更に樹木間転移の対象にはこのウッドゴーレムも選ぶことができるため、とにかく先に進ませてから行ったことのない場所に転移するようなことだってできる。

一体一体だとそこまで強くはなく、純粋な戦闘能力だけだとちょっと微妙かもしれないけど。物量で勝負できるくらいコスパが良く、僕の素養と手に入ってきたスキルと組み合わせることで無限の可能性がある。

これはいい樹だ。

「ちなみにこのウッドゴーレムは、まだもう二段階変身を残していますよ、うっふっふ……」

「な……なんだとォッ⁉」

驚くナージャにふふふと笑いかけてから、僕は新たなウッドゴーレムを生み出していく。

ウッドゴーレムは一体ずつだとそれほど強くない。

ただの盗賊なら問題なく倒せるだろうけど、ちょっと強い冒険者や素養持ちがいたら、あっという間に倒されてしまう。

ウッドゴーレムだけで村の防衛をしようと考えると、それは大変よろしくない。

だがそんな問題を解決するのが――交配スキルである。

ハウスツリーが色んな樹と交配を行うことでその大きさを変えるように、ウッドゴーレムも交配を行う樹の種類によってその強さを変える。

ゴーレムの強さは素材と環境に依存するというシムルグさんの言葉は、まったく正しかったというわけだ。

色々な樹で試してみたが、やっぱり一番強くなるのはエレメントツリーと掛け合わせた時だった。

というわけでまずは素養を使って樹を植え、それを交配で掛け合わせる。

まとめて説明した方がわかりやすくインパクトもあると思うので、とりあえず四種類全部出してみることにした。

「これが変身の第一段階――エレメントウッドゴーレムだよ」

「エレメント……」

「ウッドゴーレム……」

二人の視線の先には、四体のゴーレムがいる。

全身が燃えている、ファイアウッドゴーレム。

ウッドゴーレムの体表に水が纏《まと》わり付いている、ウォーターウッドゴーレム。

風が周囲で渦を巻いているウィンドウッドゴーレム。

そして土を全身に纏《まと》いクレイゴーレムにしか見えないアースウッドゴーレム。

この四種類のゴーレムを見せると、流石《さすが》にシムルグさんも驚いていた。

『ウッディはとうとう……新たな魔物を生み出せるようになったのであるな……』

シムルグさんはもう何も言うまいという感じで首を振っていたっけ。

たしかにこれは考え方によっては、ウッドゴーレムという魔物を使って新たな魔物を生み出したと言えなくもない。

自分で言うのもなんだけど、僕の力はどんどん強化されて強くなっている。

『植樹』の素養のことは、ますます王国の人達に知られるわけにはいかなくなっちゃったな……。

今まではまだ食糧の確保だったけど、今回のウッドゴーレム関連はもろ武力に関わる部分だからね……。

「すごいな、ゴーレムが燃えている……」

ナージャの言葉を聞き、ハッと現実に帰ってくる。

今はこのゴーレム達の強さを確かめる時間だ。

「このエレメントウッドゴーレム達は、大体Cランク冒険者パーティーの強さがあるよ。といってもCランクもピンキリだから、『白銀の翼』ならまず間違いなく倒せると思う」

「ちなみにこの四体で同時に襲いかかったら、どうですか？」

「それは多分、ウッドゴーレム軍が勝利を収めるだろうね。ちょっとデモンストレーションしようか……戦ってみて！」

僕の言葉にエレメントウッドゴーレム達がペアを組んで戦闘を始めた。

当然ながら彼らは、自らの身体に属性を宿している。なので魔法……というか、魔力を使った属性攻撃を使うことができる。

魔法よりも原始的でシンプルな、属性変換をした魔力を叩《たた》きつける攻撃らしい。

例えばファイアウッドゴーレムとウォーターウッドゴーレムの戦いを見てみよう。

ファイアウッドゴーレムが右側の腕を振りかぶり、ストレートを放つ。

そして……ボッとその腕に一際強い炎が宿った！

「うおおおおおおっっ‼　かっけえええええぇぇっっ！」

「たしかにこれは、なかなかカッコいいじゃねぇの」

「火のパンチ……そう、あれはファイアパンチだっ！」

気付けば様子を見にやってきていた神獣様達も大興奮な様子だ。

お父さんと一緒に観劇をする親子みたいで、なんだか微笑ましい。

でもどうして、攻撃に名前を付けてるんだろう？

ただ火を纏って殴っているだけなんだけど、名前が付くだけでなんだか必殺技みたいでカッコいい。

対するウォーターウッドゴーレムは両手を高く上げ、そのまま勢いよく下ろす。

すると滝のような水が現れ、ファイアウッドゴーレムへと降り注いだ。

「うおおおおおおおっっ！　水だあああああっっ！」

「ちょっと、危ないからあっち行っちゃダメよ！」

「ならばあれはさしずめ……ウォーターフォールといったところでしょうか？」

神獣様達は変わらず大興奮。

今すぐゴーレム達のところに向かおうとする子供達を、キャサリンさんが押さえていた。

子育てって大変そうだなぁ。

そしてお嬢様モルモットことレベッカも魔力攻撃に名前を付けていた。

安直だけど悪くない。

お嬢様だから戦いとか嫌いなのかと思ったけど、ふんすふんすと鼻息が荒いので、どうやら楽しんでくれているみたいだ。

なんだかなごむな……あとでもふもふさせてもらえないだろうか。

ファイアパンチとウォーターフォールがぶつかり合う。

「「うおおおおおおっっ‼」」

炎の拳《こぶし》は、質量を伴う水に掻《か》き消《け》され、その勢いを一気に失った。

けれどファイアウッドゴーレムは更に拳を前に出す。

ウォーターウッドゴーレムはそれに合わせて、己の拳を突き出した。

そして両者のパンチが激突する。

「「うおおおおおおっっ‼」」

そこから始まるのは、ガチンコの殴り合い。

魔力攻撃の威力はそこまで高くないから、ぶっちゃけ攻撃手段として一番強いのは殴打なのだ。

ドドドドドドッ！

乱打乱打乱打、周囲の被害などお構いなしにお互いが、相手のことを殴って吹き飛ばし合う。

技術なんてものはない、純粋な力と力のぶつけ合い。

「「うおおおおおおっっ‼」」

けれどだからこそ、皆夢中になって戦いに見入っていた。

普段見られないものを見たいという欲求は、人も神獣も変わらないらしい。

戦い続けていくうちに身体はボコボコと凹《へこ》んでいく。

そしてとうとう、ファイアウッドゴーレムの右腕が吹っ飛んだ。

どうやら殴って殴られてを繰り返すうちに、耐久に限界が来たらしい。

ファイアウッドゴーレムはそのまま後ろに下がる。

それを追いかけようとするウォーターウッドゴーレムを命令で止めさせる。

ファイアウッドゴーレムの向かった先は、僕が事前に置いていたファイアツリーだ。

ウッドゴーレムは樹を消費することで傷を治すことができる。

ファイアウッドゴーレムは一瞬のうちに元通りになり、再びオーディエンスが湧く。

傷ついては治し、傷ついては治し。

もう一組の方のウィンドウッドゴーレムとアースウッドゴーレムの戦いの方も同様に楽しんで。

大満足の結果だ。

ウッドゴーレムのお披露目は、大成功に終わった。

一回やったから、次に新しい村の村人達に向けてする時はきっともっと上手くできるだろう。

ウッドゴーレム達を恐れることはなくなったらいいな。

エレメントツリーと交配することで、一段階強くなったウッドゴーレム。

本当はもう一つ上があるんだけど……皆興奮して疲れちゃったみたいだし、それを見せるのはまた今度でいっか。


ゴーレムのお披露目が終わっても、僕達は休むことなく歩き続けた。

砂が身体に当たることもなく、食糧の心配をする必要もなく、レベッカ達の癒やしパワーがあっても、やはり疲労というものは徐々に溜《た》まっていく。

当初はおしゃべりに精を出す余裕もあったが、今では終わりの見えない旅路のせいか、休憩の時以外はあまり話すこともなくなった。

水分補給はしたい時にできるとはいえ、それでも砂漠の熱気は嫌なものだ。

汗を掻き、掻いた汗が乾いて白い線になる……そんなことを何度も繰り返していく。

一体いつになったら、終わりが見えるんだろう。

先頭を行くホイールさんの言葉を待つ日々が続く。

旅を始めてから、既に一か月は超えている。

もしかしたら一生歩き続けるんじゃないか。

そんなことあるはずないのに、そんなネガティブな考えばかりが頭に浮かんでくる。

「ふぅ、ふぅ……暑いねぇ……」

「ウッディ、ほら水だ」

「ありがと」

すぐ隣にはナージャとアイラがいてくれる。

だからつらくはない。

……いや、嘘。

ホントは結構つらいけど、僕は皆を引っ張っていかなくちゃならない領主なんだ。

弱音を吐いて立ち止まることは許されない。

「ウッディ様、モモを切っておきましたよ。はい、あーん……」

「あーん……おいしい」

だからモモをあーんしてもらうことくらいは許してほしい。

水気の多い果物は、この砂漠で生きていく上で非常に嬉《うれ》しい。

水分補給にもなるし、甘みで舌が喜ぶし。

アイラとちょっとだけ甘い時間を過ごし、横にいるナージャから胃の中身が出るくらいの手刀をドスドスと食らいながら歩き続ける。

——それはそろそろ休憩にしようかという、昼時のことだった。

ホイールさんがその足をピタリと止めたのだ。

そしてこちらに向けて、くるりと振り返る。

その顔は、にやりと笑っていた。

「……よし、これで聖域同士が干渉し合わないところまで来れたのよ。あとは都合のいい魔力溜まりを見つけられれば、聖域が作れるのよな」

ホイールさんの言葉に、皆でわっと叫び声を上げる。

僕らが待ち望んでいた新たな村の候補地。

ようやく目的地がすぐそこまで近付いたのだと、僕はアイラやナージャと一緒に手を取り合って喜んだ。

終わりが見えれば、最後の気力を振り絞ることだってできる。

そして人間、目の前に人参がぶら下げられればやる気が出るものだ。

先ほどまで死にかけた顔をしていたのがまるで嘘みたいに、皆精気のみなぎる顔で歩き出していた。

終わりは見えたけれど、実はそれはむしろただの始まりだった。

そんな展開になったらやだなぁと思ったので、先頭を進むホイールさんに話を聞いてみることにした。

「すぐに聖域を作れるってわけではないんですか？」

「そうなのよな。聖域っていうのはいくつかの条件が整わないと作れないもんなのよ」

「そうなんですか？　シムルグさんはわりとパパッと聖域を作っていた記憶がありますが……」

アイラの質問に、ナージャと僕が頷《うなず》く。

たしかにシムルグさんはシェクリィさん達が住んでいた村を僕の領地にした瞬間、ぶわっと聖域を広げていた。

事前に条件を整えたり、綿密な調整や場所選びをしていた記憶はない。

「まあ誰にだって得意分野ってやつがあるってことなのよ。あいつは風を司《つかさど》る神鳥であるが故に、風に働きかけて自分に都合のいいように環境を調整できる」

「ホイール殿は土を司る神鼠なんだよな？」

「いかにも。俺が得意なのは聖域を作る方というよりむしろその後……つまりは俺という存在が聖域に根付いてからの方なのよ。聖域を作ってからその聖域を発展させることなら、シムルグには負けんのさ。区切った領域を魔力コーティングして季節に関係なく作物を作ったり、鉱山を作ったり、自然環境なんかを整えて湖を作ったり……色々できるようになるから、まあ楽しみにしといてほしいのよ」

こ、鉱山を作る……？

そんなことまでできるのか……流石神獣様だ。

索敵から嘘看破、飛行能力に建物の透過能力。

シムルグさんの力には、村作りを始めたばかりの頃はかなり助けられた。

どうやら神獣様にはそれぞれの強みというものがあるらしく、ホイールさんはそういった直接的なバックアップというより、聖域を弄《いじ》ったりすることの方が得意なようだ。

聖域が作れる環境をととのえるのが得意なシムルグさんと最初に出会うことができたのは、実はかなりラッキーだったみたい。

通常、聖域を作るにはある程度条件が重ならなければ難しいらしい。

「まず第一に、聖域として魔力を引っ張ってくるための地脈が必要なのよ。そこからラインを引っ張ってこないことには、聖域を維持するための魔力が確保できねぇからな。それにある程度周囲が魔素に満ちていなくちゃならねぇっていうのもあって……」

「ほうほう……」

アイラがなるほどという感じで詳しい話を聞いていたが、僕にはちんぷんかんぷんだった。もっと簡単に説明をしてもらえれば、僕にもわかった。

要するに、聖域を作るには人と魔力と神獣が必要ってことだ。

なので魔力がある場所――具体的には地脈と呼ばれる、この大陸が持っている無尽蔵の魔力を引き出せるポイント――へ行かなければならないらしい。

ただ土属性を司る神鼠であるホイールさんには、既にある程度の目星がついているらしい。

「多分こっからなら、半日もかかんねぇと思うのよな」

神獣様が言うのなら、まず間違いはないだろうということで、疲れを押して進んでいく僕ら。

そして言われていた通り、たしかに村の予定地の近くまで、日が暮れ始めた頃に着くことができた。

けれど……。

「うーん……これ地脈を引き出せるポイントを、魔物に占拠されてるっぽいのよ。このままだと聖域のど真ん中が魔物の住処《すみか》になっちまうのよな」

新たに発覚した驚愕《きょうがく》の事実により、僕らの村作り計画は暗礁に乗り上げてしまうのだった……。

風で状況を読み取るシムルグさんと比べれば精度は落ちるらしいけれど、それでもホイールさんだってかなり正確な探知能力を持っている。

彼が接近するまで気付けなかったということは、向こうもそれを掻《か》い潜《くぐ》れるだけの隠密能力があるということで。

……恐らくは向こうも、かなりの強敵なんだと思う。

戦っても楽勝とはいかないだろうね。

「一応、一旦《いったん》戻るという選択肢もあるけれど……」

その場合、僕らは来た道を、来た時以上にゆっくりとしたペースで戻らなければいけない。僕は樹木間転移があるけれど、この力がパワーアップしない限りはナージャ達にもう一度こんなキツい旅を続けさせることになってしまう。

そんなことはもうさせたくないというのが、正直なところだ。

「うん、やっぱり——僕らで倒すしかないね」

既に皆こっちに来てしまっているのだ。今更やっぱなしと戻るわけにはいかない。

それにホイールさん達が、シムルグさん同様参戦することができなくとも、こちら側にだって戦力はあるんだ。

僕が出せるウッドゴーレムだってそうだ。

もちろんそれだけじゃない。

「ああ、そんな障害物など、私達の手で薙《な》ぎ倒《たお》してしまえばいい。ここまで来て引き下がっては『剣聖』の名折れだ」

「私も『水魔導師』にできる精一杯をさせていただこうと思います」

ナージャもアイラも、僕と一緒に戦ってくれる。

そして今回は、砂賊退治をナージャに任せていた今までとは違う。

今までは他の面では貢献できても、戦闘ではいつだって二人にはおんぶにだっこだった。

けれど新たな力を手に入れたおかげで、僕も戦闘で役に立つことができる。

僕も彼女達の隣に立って戦うのだ。

彼女達の隣に立てるというだけで、なんだか感慨深い。

そう思っていると胸の奥がじぃんと熱くなり、鼻がツンとしてきた。

「ウッディ様、大丈夫ですかッ⁉」

嬉しい気分になり、こらえきれなくなってしまった僕に、アイラが駆け寄ってくる。

ナージャも一緒になって背中をさすってくれた。

大丈夫、大丈夫だよ。

だから――さっさと魔物なんか、蹴散《けち》らしちゃおう。

僕らならできるさ、絶対。

ウッドゴーレムもまだもう一段階、変身を残しているしね。

僕が落ち着くのを待ってから、魔物を倒すための段取りを立てていくことになった。

こちらに被害を出さずに相手を倒せるようになるには、事前にしっかりと情報を集めなくちゃ。

まずはその地脈を占領しているという魔物の偵察から始めよう。

大変だけど、きっとこれが最後のひと踏ん張りになるはず。

だからもうちょっとだけ、頑張ることにしよう。


早速、偵察に出ることにした。

いざという時に樹木間転移という逃走手段があるので、今回は僕単体での調査をしようとしたのだけど……。

「俺も行かせてほしいのよ。聖域を預かる神鼠として、しっかりと確認する必要があると思うのよな」

とホイールさんが断固として主張してきたので、二人で行くことになった。

「俺の背中に乗ってほしいのよ。超特急で魔物のとこまで連れていくのよ」

「え、でも……いいんですか？」

ちょっと畏れ多い気もしたが、そんな風にビビっている僕を見てホイールさんは笑ってくれた。

その笑みは本当に神獣様なのかと疑ってしまうほどに、人間味にあふれていて。

「問題ないのよ。俺と一緒に歩もうとしてくれている人がいるのなら、それに応えてやるのが神獣としての務めなのよな」

「ホイールさん……ご厚意に甘えさせてもらいます」

「おう。連れていくくらいなら……まあ多分問題はないのよ。神にドヤされたら……まあそうなった時に考えればいいのよ！」

ホイールさんが何やら不穏なことを言っていたけれど、今はそんなことより聖域作りだ。僕はホイールさんの背中に乗り、彼と一緒にずもも……と土の中を潜って進んでいくのだった――。

ホイールさんの背中はかなり快適だった。

ずもも……という音を聞いて土を掘り進めているものだとばかり思っていたけれど、そうじゃなかった。

ホイールさんは土を魔法で操作して、すいすいと土の中を移動していたのだ。

土魔法で器用に土を操ってくれるおかげで、僕の方も汚れることなく背中に乗ることができている。

おまけにホイールさんの移動速度はとっても速く。

彼が自分で太鼓判を押していたように、魔物のところまではあっという間に辿《たど》り着《つ》くことができたのだった……。

「あれが、ここに居着いている魔物……」

「大きいのよ……」

僕らの目の前にいる魔物は……とてつもない大きさの狼《おおかみ》だった。

姿形はたしかに狼だけど、砂漠に出てくるサンドウルフみたいな狼型の魔物とはまったくの別物だ。

全身は砂に同化した茶色だ。恐らく長いこと砂漠で暮らしているが故に、身体の表面を撫《な》でていた砂が固まってこびりついてしまったんだろう。

その表面は所々が剥《は》がれており、その中からは赤みを帯びた茶色が見え隠れしている。

おそらくあれが本来の体表なんだろうな。でもあれは……錆《さ》びた鉄、なのかな？

もし全身が鋼鉄製なら、傷をつけるのにも一苦労になりそうだ。

そしてサンドボアー何十匹分かもわからないほど巨大な狼の背には、なぜか緑色の樹が生えている。

表は砂、めくれば鉄、そして背中には樹。

あんな魔物、見たことも聞いたこともない。

「ホイールさんはあれがなんだか、知ってますか？」

「おう、俺も話にしか聞いたことはないけど、あれは多分……タイクーンウルフなのよ」

もちろん僕はまったく聞き覚えがない。

完全に未知の魔物となると、ホイールさんの情報が頼りだ。

「とりあえず、事前の打ち合わせ通りにウッドゴーレムをぶつけますか？」

「いや、タイクーンウルフを相手にそれは悪手になるのよ。一旦戻って作戦を練り直すのよな」

僕はホイールさんに従い、再度彼の背中に乗った。

そしてずもも……と地中に埋まっていく。

魔法でものすごい勢いで土の中を掘り進めるホイールさんの背中に掴《つか》まりながら、僕はあの巨体をどう相手取ればいいのか考えるのであった……。

戻ってからすぐに、アイラとナージャと情報を共有する。

僕らが見てきたものを伝えると、アイラの方は顔が引きつっていて、ナージャの方はまだ見ぬ強敵にキラキラと目を輝かせていた。

「そのなんちゃらウルフっていうのは、一体どういう魔物なんですか？」

「タイクーンウルフは簡単に言えば、フォレストウルフの親玉なのよ」

「フォレストウルフは有名な魔物だな。だが親玉といっても、いくらなんでもサイズが違いすぎるような気が……？」

フォレストウルフなら実際に見たことがある。

その見た目は、簡単に言えば全身が木でできている狼だ。

目は空洞になっていて、耳は枝が束になって巻き付いている感じ。

トレントの狼バージョンって感じだろうか。

ちなみに冒険者ギルドの格付けとしてはEランクなので、一体ごとの強さはウッドゴーレムより下ということになる。

「フォレストウルフっていうのは、実は狼の魔物じゃないのよ」

「初耳だ……」

「うん、僕も」

「私もです」

「まあ見た目は完全に狼だから、人がそう捉《とら》えるのも無理からぬことではあるのよ。でもあれは実はトレントやガイアツリーなんかと同じく樹木型の魔物に分類されるのよな。ウッディ殿にわかり

やすい言い方をするんなら……タイクーンウルフが樹そのもの、そしてフォレストウルフはその枝葉って感じなのよ」

どうやらタイクーンウルフは、フォレストウルフの上位の魔物になるらしい。

タイクーンウルフの背中に見えていた、あの緑色の樹々。

あれらはある程度成長するとぽとりと落ち、フォレストウルフに変わるのだという。

要はフォレストウルフをある程度生み出し、言うことを聞かせることができるようだ。

どれくらい出せるのかは、タイクーンウルフの強さによるらしい。

「俺が聞いたやつよりずいぶんとデカいから、出せるのも一匹二匹じゃないと考えといた方がいいかもしれないのよ」

どうやらタイクーンウルフはまず最初に、フォレストウルフによる物量作戦をしかけてくるらしい。

でも物量作戦なら、僕だって負けてないぞ。

「とりあえずあいつが生み出したフォレストウルフは、僕のウッドゴーレムで対応するのが良さそうだね」

フォレストウルフ自体はそれほど強い魔物じゃないから、こっちが物量で攻めれば先に悲鳴を上げるのはあちら側のはずだ。

「それなら本体を倒すのが私の役目になりそうだな」

とりあえずフォレストウルフをなんとかしてから、三人でタイクーンウルフにかかる。

これが一番良いやり方だということで僕らの考えはまとまった。

「すまんのよな、何かあった時に皆をツリー村まで送り届けるくらいのことしかできなくてよ」

「申し訳ないです……」

「いえいえ、そんなことないですよ！」

ぺこりと頭を下げるキャサリンさんに、むしろ僕の方が恐縮してしまう。

いざという時の逃走を手伝ってくれるってだけで大助かりですから！

神獣様はあまり表立って、その武力を行使することができない。

シムルグさんも言っていたその制限は、ホイールさん達にも変わらず有効らしい。

多分逃走の手助けだってかなり際どい判断だと思う。

なのでありがたいと思いこそすれ、それを批難するつもりなんてまったくない。

それに僕らが問題なく勝てば、二人がそんなことをする必要もないのだ。

僕らの邪魔をしてホイールさん達を申し訳ない気持ちにさせちゃうあの狼モドキなんか、さっさと倒しちゃおう。

そうすれば万事解決だもんね！

「よし……準備はいい？」

僕らはホイールさん夫妻の背中に乗り（僕がキャサリンさん、そしてホイールさんの後ろにアイラとナージャが二人乗っている形だ）、タイクーンウルフの近くにやってきた。

タイクーンウルフは地面に身体を伏せていた。

まぶたを閉じていて、どうやら身体を休めているらしい。

周囲を警戒している様子はない。

けれどタイクーンウルフの代わりに、フォレストウルフが周囲を徘徊《はいかい》していた。

どうやらフォレストウルフに言うことを聞かせることができるというのは本当らしい。

「じゃあ、頑張れよ」

「頑張って下さい」

「お、応援してますわ……」

ホイールさん達に砂漠に下ろしてもらう。

彼らにはいざという時にすぐに動き出せるよう、逃げられるくらいに距離を取ってもらい、後方待機をしてもらうつもりだ。

そしてなぜか、レベッカも見送りにきてくれていた。

ありがとう……もふもふ。

その毛並みを堪能してから、顎《あご》の下あたりをくりくりする。

「ですわぁ……」

お嬢様モルモットはちょっとだけふにゃふにゃになっていた。かわいい、やっぱり癒やされる。

神獣様達に下がってもらってから、くるりと後ろを振り返る。

二人とも何も言わず、僕の方を見てこくりと頷《うなず》いた。

「「……（コクッ）」」

戦闘準備は万端なようだ。

よし、それなら始めようじゃないか——大物狩りをっ！

「——先手必勝、初撃はもらうぞッ！　アイラ、合わせろッ」

「まったく、この猪武者《いのししむしゃ》はっ……！」

ナージャが前に飛び出す。そして彼女に合わせる形で、アイラが魔法発動のための準備を整えた。

普段から喧嘩《けんか》してばかりの二人の息は、不思議なことにぴったりと合っていた。

いや……喧嘩してばかりだからこそ、呼吸が合うってことなのかな？

「がるるっ‼」

ナージャは真《ま》っ直《す》ぐに最短距離で、タイクーンウルフの下へ駆ける。

なので当然のことながら、フォレストウルフ達には気付かれた。

けれど全速力のナージャの走力に、フォレストウルフは追いつくことすらできない。

どれだけ走っても、ナージャとフォレストウルフ達との距離は開く一方だった。

「受け取れ、デカブツ！」

ナージャが眠りこけているタイクーンウルフの鼻先へと近付く。

そして思い切り屈《かが》み、力を溜《た》める。

そして——抜刀。

「ぜあああああああっっ！」

『剣聖』が放つ一閃《いっせん》は、音を置き去りにした。

攻撃を全力で放っても、広大な砂漠を満たすのは静寂ばかり。

そして斬られた当人すら気付かぬほど滑らかな断面が現れる。

ドオオオオオンッッ！

その巨体は真っ二つになり、上半分が地面に落ちた。

けれどそれを見ても、アイラは攻撃の手を弛《ゆる》めない。

「食らいなさい――ヘイルストームッ！」

アイラが手を高く掲げると、長い時間をかけて彼女が準備した魔法が発動する。

まばゆい光が瞬いたかと思うと次の瞬間――突如として、夥《おびただ》しい数の氷の礫《つぶて》が現れた。

集合体恐怖症の人間が見たら卒倒するほど沢山の氷塊が、タイクーンウルフの頭上に浮かぶ。

そしてタイクーンウルフの身体が鼻先から真っ二つに切り裂かれたのと同時に、アイラは掲げていた手を地面に振り下ろした。

「があああああああっっ！」

タイクーンウルフが自らの身体を斬り裂かれた悲鳴を、襲いかかる氷が掻《か》き消《け》した。

加速した氷の礫はタイクーンウルフの表面の砂を貫き、内側を凹ませながら、止まることなく降り注ぎ続ける。

「――まだまだ行くぞッ！」

そして恐ろしいことに、ナージャはその氷の雨の中を掻い潜りながらタイクーンウルフへの攻撃を続けていた。

ただナージャの反射神経がすごいだけかとも思ったけど……よく見るとアイラも、ナージャにぶつからないよう魔法の軌道を微妙にずらしている。

絶妙なコンビネーションだ。

前に戦っているのを見たことがある『白銀の翼』の人達と比べても遜色《そんしょく》がないように見える。

「がるううううっっ‼」

タイクーンウルフは狼の魔物ではなく、樹の魔物。

それが事実であることを示すように、タイクーンウルフの上半分が動き出す。

そして断面部からしゅるしゅると蔦《つた》が伸び、下半身へ向かって動き出す。

「はあああああっっ‼」

「おおおおおおおっっ！」

アイラとナージャが水魔法と剣技でひたすら傷をつけ続けるが、タイクーンウルフはそれでも止まらない。

僕は二人の邪魔をされないよう、大量のウッドゴーレムを使いフォレストウルフを処理していく。

向こうからやってくるフォレストウルフの数は十を超えている。

それならと、僕は倍の二十のウッドゴーレムを召喚した。

今回は数を重視しているので、出すのは交配をしていない純粋なウッドゴーレムだ。

僕は倍の数のウッドゴーレムを、フォレストウルフ達の方へけしかける。

「がるるうっ！」

「がるっ！」

フォレストウルフ達は狙いを、前に出ているウッドゴーレムに定めた。

彼らはそれほど知能の高い魔物じゃない。

なので後ろにいるウッドゴーレムを生み出す僕を攻撃しようとはせず、ただ目の前にいるウッドゴーレムへと向かっていった。

――狙い通りだ。

「「がるるっ！」」

フォレストウルフ達はウッドゴーレムとの距離を調整する。

フォレストウルフの顎の力は強く、噛《か》みつき攻撃でウッドゴーレムはその腕を牙《きば》に貫かれた。

しかしウッドゴーレムは、身体の中心部にあるコアを破壊されるまでその動きを止めることはない。

ウッドゴーレム達は自分の右手をフォレストウルフに噛ませたまま、空いた左手で思い切りフォレストウルフの頭をぶん殴る。

「きゃんっ‼」

「がるっ⁉」

結果としてウッドゴーレムの一撃が、フォレストウルフ達にモロに入った。

ウッドゴーレムの動きは鈍重だが、その一撃は重く強烈。

結果としてフォレストウルフ達は顔を持っていかれ、そのまま息絶える。

フォレストウルフの弱点は、頭部のあたりにある赤いコアだ。

コアの役割はゴーレムと同じであり、壊すことさえできれば簡単に倒すことができる。

ただそのコアを壊すことができなくても、ある程度深い傷を与えればわりとあっさりと死ぬ。

フォレストウルフ達は問題なく倒すことができた。

僕はアイラの攻撃の精度が上がるよう、そして僕も手助けができるよう、ナージャとの距離を詰めていく。

そこで僕が目にしたのは……『剣聖』の素養を持ち、己の力を鍛え続けた人間が至ることのできる、武の境地だった。

「がるるるっっ‼」

タイクーンウルフがその顎を開き、ナージャへと噛みつこうとする。

図体はかなり大きいにもかかわらず、その動きは驚くほどに素早い。

ガチリッ！

けれどタイクーンウルフがナージャを噛み殺すべく放った噛みつき攻撃は、空を切る。

既にナージャはそこにはおらず。

「遅いぞっ！」

タイクーンウルフの人間大の耳が宙を舞った。

「ガルルッ！」

そのまま攻撃を続けるタイクーンウルフ。

鋭い爪による一撃、巨体を活《い》かした体当たり、そして噛みつき。

けれどその全てを、ナージャはするりとかわしていく。

どれだけ攻撃力が高くとも、当たらなければ意味はない。

タイクーンウルフの攻撃はその全てを避《よ》けられ、逆にナージャの攻撃は全てヒットしていた。

彼女が振り向きざまに放った一撃は、タイクーンウルフの爪を剥《は》ぐ。

トンッとタイクーンウルフの身体の上に乗ったナージャはその皮を削《そ》ぎ、足先を切り落とす。

羽根のように軽い動きにもかかわらず、その剣閃は恐ろしいほどに鋭い。

けれど僕は、ナージャの顔には焦りの色があるのを見逃さなかった。

その原因は明らかだ。

隙を作らずに小技を中心に攻めている現在の状況では——タイクーンウルフを仕留めきることができないのだ。

（タイクーンウルフは身体を真っ二つにしても、どれだけ身体を切られてもすぐに再生していた。頭の中にあるだろうコアを割らない限り、完全に倒しきることができないんだ）

厄介なのは、タイクーンウルフは頭のサイズもとんでもなくデカいということだ。

おまけにある程度知能があるからなのか、身体中の樹木を頭部に集めることで、攻撃から守りながら、コアの位置も気取られぬように気を付けている節もあった。

（でも決して無敵ってわけじゃない。どれだけ効いてるかはわからないけれど、しっかりとダメージは通ってる。アイラの広範囲の魔法攻撃を受けた後は動きは鈍っていたし、ナージャの攻撃で身体が切り裂かれたら、鳴き声を上げてもいたし）

けれどその耐久性は、普通の魔物なんかと比べればはるかに高いんだろう。

ナージャだから相手ができているだけで、普通の冒険者なんかだったらやられてしまっているはずだ。

であれば僕がすべきことは……とりあえずなんとかして、タイクーンウルフの隙を作ることだ。

「よし、ここからは——総力戦だッ！」

今の僕の植樹ステータスは、こうなっていた。

植樹数　234／400
笑顔ポイント　10018（4消費につき一本）
スキル　植木鉢　交配　自動収穫　収穫袋　樹木配置（改）　樹木間転移

使い切れなくなった笑顔ポイントをここで使い切る。

ウッドゴーレム達はどんどんやられるが、やられてしまったウッドゴーレムにもまだ使い道はある。

それこそがウッドゴーレム強化の最後のピース……ウッドゴーレムの結合である。

ウッドゴーレムは樹木を使うことで回復することができる。

そしてウッドゴーレム自体も、植樹で植えることのできる樹木だ。

で、あればここで一つの疑問が生じる。

——ウッドゴーレムを使ってウッドゴーレムを回復させた場合、果たしてどうなるのか？

その答えは、今の僕の目の前にあった——。

タイクーンウルフに取り付こうとするウッドゴーレムのうちの一体が、パンチを放つ。

けれどその攻撃はタイクーンウルフに傷一つつけることはできず、右手を負傷してしまった。

するとその個体は近くにあったウッドゴーレムの残骸《ざんがい》に手を突っ込む。

取り出された右腕は——先ほどまでより濃い茶色に変わっていた。

治った右手で、再度殴打を放つ。

すると今度は——。

「がるっ⁉」

その一撃は、タイクーンウルフの身体を凹ませた。

そう、これがウッドゴーレムでウッドゴーレムを治すこと――ウッドゴーレムの結合による効果である。

ウッドゴーレムは仲間の身体を取り込む度に強くなっていくのだ。

けれど足止めをして時間を稼ぐためには、より強いゴーレムが必要だ。

僕は収穫袋から、交配で生み出したエレメントウッドゴーレムを取り出す。

このエレメントウッドゴーレムは、シムルグさんのエレメントフルーツ園を取り崩す形で作り出した。

フルーツ園を潰《つぶ》すことを許してくれたシムルグさんに感謝しながら、エレメントウッドゴーレム達をタイクーンウルフへとけしかける。

エレメントウッドゴーレムの動きは、ウッドゴーレムよりずっと俊敏だ。

彼らはタイクーンウルフの攻撃をかわし、その身体へ体当たりやパンチを繰り出す。

魔力が込められ威力の乗っている拳《こぶし》は、タイクーンウルフへダメージを与えることができていた。

ただそれでも速度はタイクーンウルフの方がずっと速い。

エレメントウッドゴーレムのストックが尽きた。

このまま足止めができなくなるのはまずいので、僕はウッドゴーレムとエレメントツリーを植え、それを交配させることでエレメントウッドゴーレムを生産し、順次戦場へと送り出していく。

だがそれでもまだ足りない。それならとっておきを出すしかないな。

僕は交配によって作った二体のファイアウッドゴーレムを、更に交配する。

すると纏《まと》う炎の色は青くなり、より巨体なファイアウッドゴーレムが生まれた。

さらに今度は青くなったファイアウッドゴーレム同士を掛け合わせると、白い炎を身に纏うゴーレム――ブレイズウッドゴーレムが誕生した。

同様にウォーターウッドゴーレムも交配。

二体のウォーターウッドゴーレムを掛け合わせると、ウォーターウッドゴーレムは水だけではなく、氷を身に纏うようになる。

そしてそのウッドゴーレム同士を更に掛け合わせると、完全に全身が氷で覆われたアイスウッドゴーレムが生まれる。

ここからが僕のとっておき。

制限時間つきで使うことのできる、僕の出せる最強の駒だ。

僕は更にその二体のゴーレムを――結合し、交配させる。

このブレイズウッドゴーレムとアイスウッドゴーレムは、そのまま交配することはできない。

相反する属性を持つ二種類のゴーレムを交配すると、お互いが反発しあって何もできぬまま身体が壊れてしまうのだ。

けれどこの二体は、実は結合させることができる。

無傷の状態の二体のゴーレムを結合させれば、交配が可能だとわかったのだ。

現れるのは、氷と炎の巨人。

僕が用意していたとっておきの隠し球、その名は――。

「これが僕の全力……フレイザードウッドゴーレムだ！」

「合体しましたわあああっっ⁉」

「あ、ちょ、バカッ！」

ギギギ、と油の切れたゼンマイ人形のように後ろを振り返る。

するとそこには、事前に打ち合わせをしていた時よりもずっと近くにいるホイールさん達の姿があった。

み、見てたんですか……。

って、それどころじゃないっ！

「行けっ！　フレイザードウッドゴーレム！」

シムルグさんの見立てでは、ブレイズウッドゴーレムとアイスウッドゴーレムの強さは、大体Cランク前後。

そしてそれら二つを掛け合わせたフレイザードウッドゴーレムの強さは……Bランクの中でも最上位。Aランクにも届きうるだけの強さがある。

ただその分、コストパフォーマンスは激悪。

なんとこいつを一体生み出すのに、笑顔ポイントを７０００も消費する。

おかげでこれで僕のポイントの残量はほとんど無くなった。

だからここで……なんとしても仕留めきらなくちゃいけない！

「顔を狙って！」

「……」

フレイザードウッドゴーレムの背丈は、タイクーンウルフの顔ほどもある。

そして炎の右半身からはマグマのような粘質な液体が噴き出し、左半身から湧き出る雪が吹雪《ふぶ》いていた。

氷と炎の巨人は、黙して語ることはない。

そしてただ僕の言葉に従いコクリと頷《うなず》き――消えた。

いや、目で追えなかっただけだ。

気が付けばフレイザードウッドゴーレムはその拳を、タイクーンウルフの鼻先に叩《たた》きつけていた。

「ぎゃうんっ⁉」

タイクーンウルフがのけぞる。

しっかりとダメージを与えることができている。

けれど焦っているのは僕の方だ。

最強の駒であるフレイザードウッドゴーレムには大きな弱点がある。

それは――その力の強さに、身体がついていけないこと。

Aランクモンスターにも迫る戦闘能力を得ることができるかわり、フレイザードウッドゴーレムは戦えば戦うだけ自身の身を焼き焦がし、凍り付かせていく。

その時間制限は……おおよそ三分。

氷と炎の巨人が全力戦闘を続けられるのは、たったの三分だけなのだ。

やはりというか、先に限界を迎えたのはフレイザードウッドゴーレムだった。

「最後の力を、振り絞って！」

「……」

自らの限界が近付いていることをわかったフレイザードウッドゴーレムは、新たな動きを見せた。

なんと自分よりも身体の大きなタイクーンウルフに掴《つか》みかかり、その両腕を粉砕したのだ。フレイザードウッドゴーレムの氷に冷やされ、炎に炙《あぶ》られ、タイクーンウルフの力は明らかに落ちていた。

けれどそこで、限界だった。フレイザードウッドゴーレムはそのままがしりと、タイクーンウルフを掴む。

そして最後の最後まで、動きを阻害し続けた。

見ればタイクーンウルフの頭部は完全に破壊されていた。

その内側には、キラリと見える赤い宝石のようなものがある。

あれが間違いなくコアだろう。

けれど先ほどのラッシュを食らい続け、何度かはクリーンヒットしていたにもかかわらず、そのコアには傷一つついてはいなかった。

なんて硬さだ。

今の僕では太刀打ちできない。

けれど問題はない。

何故なら僕は——一人ではないからだっ！

「ウッディ、お前の助力は受け取った！　後は任せろっ！」

そしてタイクーンウルフの目の前には——そのコアを破壊すべく己の力を一心に溜《た》め、集約している『剣聖』の姿があった。

「ふううぅぅっっ……」

大きく息を吐き、そして吸う。

彼女は真っ直ぐに、剣を中段に構えている。

その刀身は――真っ白に光り輝いていた。

あれは魔力……なのだろうか。

とにかくとてつもなく強い生命力のようなものを感じる。

まるで力という概念を具現化させたかのような、圧倒的なエネルギー。

初めて見るあれがきっと……今のナージャが放てる、最大の一撃なのだ。

ナージャが全身から発する闘気、そして何より彼女が持つ剣から発されている圧倒的な暴威に、タイクーンウルフが必死で逃げ出そうとする。

けれどその逃走を、アイラは決して許さない。

アイラは魔法で、タイクーンウルフの足を凍らせてみせた。

そして――ナージャが思い切り、カッと目を見開いた。

「――シッ！」

次の瞬間、ナージャはタイクーンウルフの眼前に現れ、そしてコアへとその斬撃を叩きつける。

そして……。

パキンッ‼

今までどれほど攻撃を受けてもまったく傷つくことのなかったタイクーンウルフのコアは、実にあっけなく真っ二つに断たれたのだった――。

コアを破壊されたタイクーンウルフの身体が、地面に落ちていく。

地響きを立てて倒れた身体は、今度こそ完全に動きを止めていた。

「勝っ、た……？」

残っていたウッドゴーレム達の動きが止まる。

アイラが僕の方を見る。

そしてナージャが、ガッツポーズを高く頭上に掲げる。

それでようやく、どこか実感のなかった現実に、心が追いついてくる。

そうか……僕らは、勝てたんだ。

アイラとナージャが近付いてくる。

僕らは気付けば、三人で抱き合っていた。

強敵だった。ナージャ一人じゃ倒せないほどの相手だったのだ。

僕が時間を稼ぎ、アイラが動きを止め、ナージャが全力の一撃を放つことでようやく倒せた難敵だ。

ポイントの残量を見る。

もう残り54ポイントしか残っていない。

でもそんなこと、どうだっていいよね。

ポイントはこれからまた稼げばいい。

「いやぁ、いい出し物を見た気分なのよな」

僕らが勝利の喜びを分かち合っていると、ホイールさんがやってきた。

出し物って……まあ神獣様的にはそう見えるのかもしれませんが。

結構必死だったんですよ、僕ら。

「す……すごかったですわ……」

レベッカの方は、目をキラキラと輝かせ、ちっちゃい両手を組みながらこちらを見上げていた。

かわいい……餌をあげようと、思わず収穫袋を使いそうになってしまった。

思わずなでなでするとなぜかレベッカは顔を俯《うつむ》かせてしまう。

不思議に思いながら近付こうとすると……痛たっ⁉

両脇から鋭い痛みがっ⁉

「ウッディ様……今度は神獣様をたらし込んだんですか……」

「そこは流石《さすが》にノーマークだったな……まさかウッディのストライクゾーンがそこまで広いとは……婚約者は私なのに……ぶつぶつ……」

急に不機嫌になった二人をなだめていると、ホイールさんがくんくんと地面に鼻を擦《こす》りつけ始めた。

そして少し離れた、タイクーンウルフが眠っていたあたりまでいくとコクリと頷き、仁王立ちになった。

「よし……このあたりなら聖域が作れるのよ！　ちゃちゃっと済ませたいから、村人達を呼んで欲しいのよな！」

最後はなんだかしまらない感じで終わっちゃったけど……なんにせよこれで準備は完全に整った。

よし、これで……聖域が作れるぞっ！


それからはトントン拍子に進んだ。

ありがたいことに、ホイールさん夫妻とその子供達が村人達を連れてきてくれた。

その間に僕は一度ツリー村に戻り、悲しそうな顔をしているシムルグさんに、今余っているポイントの許される範囲でエレメントフルーツの生《な》る樹を提供して機嫌を直してもらい。

今僕の目の前には、ホイールさんがいる。

後ろにはアイラにナージャ、そして僕らを信じてついてきてくれた人達が。

待たせてごめん。

でもこれでようやく……安住の場所を提供してあげることができる。

「シムルグが何を聞いたかは知らねぇけどよ、俺が聞くのはたった一つ。ウッディ殿――いやウッディ、お前に皆を幸せにする覚悟はあるのよ？」

その問いに対する答えは？

そんなの、決まってる。

「――もちろんです！　僕はここで暮らすことになる村人達全員を幸せにしてみせます！」

「――よしっ、ウッディ、今抱いている気持ちを、いつだって忘れるんじゃねぇのよ！」

そう言うと、ホイールさんが飛び上がり、そのまま四本の足で思い切り地面を叩いた。

すると――ぶわん、ばっ！

シムルグさんがしたのと同じように、光が周囲へと拡《ひろ》がっていく。

けれど、そこからが違った。

ぼこん、ぼこぼこっ！

まずは草木が生えてきた。

砂粒は消えていき、赤っぽい色をした土へと変わっていく。

シムルグさんの時と比べれば、聖域から新たに生えてくるのは大した量ではなかった。

農作物の収穫高だけで言えば、ツリー村の方が多いだろう。

けれどそれだけでは終わらない。

次にオアシスが生まれ、それは更に大きくなり、湖へと変わる。

そして大地が大きく陥没していき、穴ができた。

更に離れたところでは、土が大きく隆起して山ができた。

すごい……一瞬で、砂漠とは思えない光景ができた。

シムルグさんの時は住みよい街って感じだったけど、こっちはどちらかというと鉱山街のような感じだ。

鉄が錆《さ》びたような匂いがするし、もしかしたら鉄鉱石が取れたりするのかも。

これがホイールさんが作り出した――聖域か。

「俺の子供達に託せるような、百年二百年って続く、すんげぇ街を作ってくれると助かるのよ！

あ、そういえば名前は決めてるのよ？」

「はい、ここは今日から――ギネアです！」

こうしてホイールさんが守護神獣となる、新たな聖域が無事誕生した。

その名前はギネア。

今の規模は村程度なので、街になるにはまだまだ時間がかかりそうだけど——ツリー村の時とおんなじだ。

家を追い出されても、砂賊に襲われても、あんなに強い魔物がいても、なんとかなったんだ。

だから大丈夫。

皆の力を合わせればきっと……いや絶対に、どんな困難だって、乗り越えられるはずだから。

だから一歩一歩、進んでいこう——。

エピローグ

苦節……というほどキツくはなかったけれど、一か月半近い時間をかけてようやく建てることができたギネア村。

ここにやってくるまでにかかった労力は、正直ツリー村へ辿《たど》り着《つ》くことができたあの時の比じゃない。

あの時は僕とナージャとアイラ、三人で進んでるだけでよかったしね。

今回僕は後に村を治める領主になる、言わば皆を率いなくちゃいけない立場だった。

あまり弱音を見せたりするわけにもいかない状態での長時間の旅行は、なかなかにキツかった。

砂漠行はもうしばらくいいかなって感じだ。

けど肉体的にも精神的にも疲れていたのは、どうやら僕だけではなかったようで。

まだ昼になったばかりなのに、僕がハウスツリーを用意したら皆ぐっすりと眠ってしまった。

かく言う僕もぐっすりと眠ってしまい、起きると既に日が落ち始めていた。

皆の分のフルーツを出したら、今日はゆっくりしよう。

色んなことをするのは、明日からでいいかなぁと、そう思っていたんだけど……。

「ウッディ、宴《うたげ》と洒落《しゃれ》込もうじゃないのよ！」

と言ってホイールさんが酒を持ち込んできたことで、ギネア村に住む人達総出で宴を始めることになってしまった。

僕はフルーツやワインを提供し、てんやわんやな時を過ごし。

そして騒ぎも少し落ち着いたので、ようやく一息ついている。

神獣様も、そして砂漠に暮らす人達も、皆本当に何かある度に祝い事をしようとする。

たしかにたまにランさん達行商人が来ることを除けば、娯楽らしい娯楽なんてほとんどないからね。

最近作れるようになってきた酒がほぼ唯一の娯楽な状況でそれをタダで飲めるのなら、祭りなんかなんぼあってもいいと、まあそういう感じなんだろう。

「ですわぁ……」

僕はあの戦い以降妙に懐いてくれているレベッカを膝《ひざ》の上に乗せながら、優しく撫《な》でている。

ホイールさんの子供達はどうやら老若男女問わず人気なようで、祭りの至る所で餌付けされていたり、撫でられている姿を見ることができる。

こうして見ていると、皆で共有して飼っているペットにしか見えない。

けれど……。

「こんなすごいこともできちゃうと」

僕が見上げる視線の先には、ドンドンと大きくなり、既にタイクーンウルフほどの大きさになった山がある。

ホイールさんの話では、色んな鉱物の出てくる鉱山が出せるって話だ。

今はとりあえず人間がよく使うという鉄と銅が出るようになっているらしい。

オアシスや湖を作ったり、砂漠を緑化したり、鉱山を作ったり……神獣様っていうのは本当に規格外だ。

「飲み比べなのである！」

「おお、今日こそ決着をつけてやるのよ！」

ワインを樽《たる》で飲み出している飲んべえな様子を見ているとつい忘れそうになるけど……シムルグさんもホイールさんも、伝説の神獣なんだよな。

ちょっと目が利く人間なら、いくらでも利用価値なんか見出《みいだ》せるだろう。

父さんやアシッドがこの場所を見つけたら、なんとしてでも神獣様や聖域を手に入れようとするんだろうな。

まあそんなこと、絶対にさせないけどさ。

「ようやく一息つけましたね」

「なんやかんやで、またすぐに忙しくなる気がするよ」

アイラに注がれた液体を飲むと、ワインだった。

見れば彼女の頬も、ほんのりバラ色に染まっている。

どうやら既に酔っ払っているらしい。

「そうですね……私もそんな気がします。ウッディ様はその存在自体が、色々な物を呼び寄せてしまうみたいですから」

「そんな、人を誘蛾灯《ゆうがとう》みたいに言わないでよ」

「でもあの『剣聖』も、神獣様も、商人達も、このギネアの村人達も……皆ウッディ様に惹《ひ》かれてこの場所にいます」

そう言ってアイラが、僕の右手の上に自分の手を添えた。

吐息の温かさを感じるほどに近い距離。

思わずドキリと心臓が高鳴る。

「もちろん私だって……そうですよ？」

アイラの顔が更に近付く。

このままいくと、そのまま顔と顔が——というか唇と唇がくっついてしまいそうだ。

ナージャは神獣様の飲み比べに無謀にも参戦している。

今の僕達を止めるものは、何もない。

（いいんだろうか、僕にはナージャっていう元婚約者が……。たしかにアイラのことは大好きだ。何も先の見えない状態でもずっとついてきてくれた彼女のことは、本当に大切に思ってる）

でもだからこそ……僕は自分の行動の結果を、お酒のせいなんかにしたくない。

もし二人の関係が進むとしたら、それは二人とも素面《しらふ》な状態で、僕が一歩を踏み出すべきだ。

「むふふ、ダメです」

肩を掴《つか》みこれ以上の接近を止めようとする手を、更にアイラの手が握る。

「いいんです、私に身を任せて下さい。私は二番目の女でいいですから……」

そう言ってそのまま顔を近付けてくるアイラ。

そして僕らの影が一つに重な——。

「そうはさせないぞ！」

――ることはなく、ナージャがものすごい勢いで二人を引き離した。

「けけっけ結婚前にそういうことをするのはふしだらだぞ！」

「たしかにそうだね、ごめんなさい」

「うむ、わかればいいんだ」

「チッ」

うむうむと頭を振っているナージャの横で、アイラが舌打ちをしていた。

その動きはキビキビとしていて、顔の赤みもなくなっている。

あの、もしかして……酔ってなかったの？

「というかだな、そういうことをするならまず最初に私と……（ごにょごにょ）」

ナージャがもごもごと何かを言っているが、周りの喧噪《けんそう》に掻《か》き消《け》されて聞こえなかった。

ふぅと一息ついてから、空を見上げる。

きっとアイラが言っていた通り、僕が安穏と過ごせるのはまだまだ先の話だろう。

けれど今僕は毎日が楽しくて、明日が来るのが待ち遠しくてたまらない。

現状は、僕が本来想像していた未来とは大きく違うけれど。

でも今僕はたしかに、幸せを感じていた。

いつまでもこんな日が続くことを祈りながら、僕は喧嘩《けんか》を始めたナージャとアイラを見て苦笑し、仲裁に入るのだった。

◇◇◇

目立つことこの上ない突如として現れた豊穣《ほうじょう》の地。

厳しい砂漠地帯に住む人達の間で、噂《うわさ》はとんでもない速度で広がっていく。

人の噂はあっという間に砂漠南部を越えて更に北へ北へと伝わっていった。

そしてツリー村の情報が、とある者達の耳に届くこととなる――。

砂漠地帯の中でも、ツリー村より更に北へ進んだところにある名もなき砂丘群。

長い年月をかけて堆積《たいせき》を続けたいくつもの砂丘は連なり、丘陵地帯を形成している。

そんな砂の中に、二つの影がある。

凍えるように寒い砂漠の夜の中で、二人は遠くを見つめていた。

左の女は、まるでその先にあるものの真贋《しんがん》を見極めようとするかのように、その瞳《ひとみ》は鋭く、そして険しい。

「ふむ……ミリアちゃんはどう思う？」

「……あの話か。にわかには信じがたいな。砂漠の中に、水や果物が無限に湧き出してくる楽園があるなどと……まさかお前は信じているのか、ルル？」

「事実だったら面白いと思わない？」

右にいる女は、その先にある金銀財宝を夢見るトレジャーハンターのように、キラキラと目を輝かせている。

「面白い、か……」

「うん、私達の暮らしにはさ、夢も希望もないじゃない。そんな日々の生活の中で降って湧いてきたような今回の話……真偽を確かめるくらいのことはしてもいいんじゃない？」

ぶわっとつむじ風が吹く。

風に煽《あお》られて、二人の被《かぶ》っているフードが取れた。

現れたのは──ピンと張っている長い耳。

「たしかにな……ここ最近、魔力の流れは明らかにおかしくなっている。それが真実であるにせよ、そうでないにせよ、何かが起きているのはたしか。それなら……一度行ってみるか、その楽園へ」

「さっすがミリアちゃん、話がわかるぅ！」

「ちゃん付けはやめろ、私はもう今年で八十六だ」

「うちらの中じゃあまだまだピチピチだって！」

まだ二十代にしか見えぬ二人の美女は、笑いながら歩き出す。

彼らはダークエルフ──世界樹を守るエルフの里を追放された者達。

呪いをかけられ砂漠で生きることを余儀なくされた──放浪の民である。

あとがき

はじめましての方ははじめまして、そうでない方はお久しぶりです。しんこせいと申す者でございます。

自分自身、現在あとがきを書きながらいまいち信じることができていません。

まさか天下のカドカワBOOKS様から本が出せるとは！

いくつかの作品は自分が作家になる前からよく読んでおりました。中でも『男なら一国一城の主《あるじ》を目指さなきゃね』や『週末冒険者』が好きでした。

シンプルな白黒の表紙に、ひらがな五文字というのが目を引きますね。ペンネーム、もう少しちゃんとしとけば良かったかな……。

ちなみに今作はコミカライズ企画も絶賛進行中！

漫画になって動くウッディ達の姿をぜひ楽しんでいただけたらと思います。というか、一読者として僕も楽しみにしております！

さて、話は変わりますが、ありがたいことに自分は他にもいくつか作品を出させていただいております。

その時書こうと思ったものを書いているので、自分にはあまり明確な作風というものがありません。ゴブリン、おじいちゃん、ロボット、亀……自分で言うのもなんだけど、大分好きなようにやらせてもらっています（もちろん王道的なお話も書いてますよ！　詳しくはしんこせいで検索！）。

「なんでもそつなくいけますよね」という方から、「しんこせいさんならやっぱりバトルですよね！」という人まで、編集さんですら評価が割れています。

自分はこういったスローライフ系の作品を書いたのは初めてです。なので今作を読んで、なんだかしんこせいっぽくないぞ、と思われたかもしれません。

ですが色んなものにとりあえず挑戦してみて、当たって砕けたり砕けなかったりするのが自分のスタイルなので、生暖かい目で見ていただけると助かります。

最後に謝辞を。

担当のHさん、本作を見出《みいだ》してくれてありがとうございます。恐らくHさんがいなければ今作は道半ばで砕けていたでしょう。本当にありがとうございます。

そしてリアル寄りなのに優しい、素敵な絵柄で今巻を彩ってくれたイラストレーターのあんべよしろう様、ありがとうございます。ふわふわっとした指示から見事なイラストを仕上げてくれて大変助かりました。

そして何より、今こうしてこの本を手に取ってくれているあなたに最大級の感謝を。

それではまた二巻でお会いしましょう。

お便りはこちらまで

〒102－8177
カドカワBOOKS編集部　気付
しんこせい（様）宛
あんべよしろう（様）宛

カドカワBOOKS

スキル『植樹《しょくじゅ》』を使《つか》って追放先《ついほうさき》でのんびり開拓《かいたく》はじめます

2023年10月10日　初版発行

著者／しんこせい

発行者／山下直久

発行／株式会社KADOKAWA

〒102-8177
東京都千代田区富士見2-13-3
電話／0570-002-301（ナビダイヤル）

編集／カドカワBOOKS編集部

印刷所／暁印刷

製本所／本間製本

●お問い合わせ
https://www.kadokawa.co.jp/（「お問い合わせ」へお進みください）
※内容によっては、お答えできない場合があります。
※サポートは日本国内のみとさせていただきます。
※Japanese text only

Printed in Japan
ISBN 978-4-04-075148-1 C0093

新文芸宣言

かつて「知」と「美」は特権階級の所有物でした。

15世紀、グーテンベルクが発明した活版印刷技術は、特権階級から「知」と「美」を解放し、ルネサンスや宗教改革を導きました。市民革命や産業革命も、大衆に「知」と「美」が広まらなければ起こりえませんでした。人間は、本を読むことにより、自由と平等を獲得していったのです。

21世紀、インターネット技術により、第二の「知」と「美」の解放が起こりました。一部の選ばれた才能を持つ者だけが文章や絵、映像を発表できる時代は終わり、誰もがネット上で自己表現を出来る時代がやってきました。

UGC（ユーザージェネレイテッドコンテンツ）の波は、今世界を席巻しています。UGCから生まれた小説は、一般大衆からの批評を取り込みながら内容を充実させて行きます。受け手と送り手の情報の交換によって、UGCは量的な評価を獲得し、爆発的にその数を増やしているのです。

こうしたUGCから生まれた小説群を、私たちは「新文芸」と名付けました。

新文芸は、インターネットによる新しい「知」と「美」の形です。

2015年10月10日

井上伸一郎